朱晓翔◎著

交锋

中国华侨出版社

图书在版编目（CIP）数据

交锋/朱晓翔著．—北京：中国华侨出版社，2014.2
ISBN 978-7-5113-4442-7

Ⅰ.①交… Ⅱ.①朱… Ⅲ.①长篇小说—中国—当代
Ⅳ.①I247.5

中国版本图书馆 CIP 数据核字（2014）第 031394 号

●交锋

著　　者 /	朱晓翔
出 版 人 /	方　鸣
策划编辑 /	周耿茜
责任编辑 /	严晓慧
责任校对 /	孙　丽
装帧设计 /	玩瞳装帧
经　　销 /	全国新华书店
开　　本 /	710 毫米×1000 毫米　1/16　印张/17　字数/270 千字
印　　刷 /	固安县保利达印务有限公司
版　　次 /	2014 年 4 月第 1 版　2020 年 5 月第 2 次印刷
书　　号 /	ISBN 978-7-5113-4442-7
定　　价 /	48.00 元

中国华侨出版社　北京市朝阳区静安里 26 号通成达大厦 3 层　邮编：100028
法律顾问：陈鹰律师事务所
编辑部：(010) 64443056　64443979
发行部：(010) 64443051　传真：(010) 64439708
网　　址：www.oveaschin.com
E-mail：oveaschin@sina.com

目录 交锋

第一章 诡秘杀手 / 001

第二章 污点证人 / 007

第三章 特工守则 / 013

第四章 以命相搏 / 020

第五章 猝死谜团 / 026

第六章 飞来横祸 / 032

第七章 悬于一线 / 038

第八章 麦田枪战 / 045

第九章 气味追踪 / 052

第十章 吸毒男友 / 059

第十一章 可乐暗器 / 066

第十二章 步步追杀 / 073

第十三章 覆手为雨 / 081

第十四章 十年噩梦 / 089

第十五章 危机诡局 / 096

第十六章 幽会陷阱 / 104

第十七章 捉奸拿单 / 109

第十八章 完美逻辑 / 115

第十九章 窃听风波 / 122

第二十章 金蝉脱壳 / 129

第二十一章 失控欲念 / 136

第二十二章　生死奇兵 / 143

第二十三章　黑道原罪 / 150

第二十四章　死缠烂打 / 157

第二十五章　迷离往事 / 163

第二十六章　香艳一吻 / 170

第二十七章　从头梳理 / 177

第二十八章　山洞迷宫 / 185

第二十九章　飞船在天 / 193

第三十章　警局灭口 / 199

第三十一章　漏网之鱼 / 205

第三十二章　高层暗战 / 213

第三十三章　姐弟重逢 / 218

第三十四章　信念崩溃 / 226

第三十五章　负心搭档 / 232

第三十六章　爱的摊牌 / 238

第三十七章　诱敌深入 / 247

第三十八章　局中之局 / 252

第三十九章　春梦无痕 / 263

第一章　诡秘杀手

笔直陡峭的断崖上，三个人影攀着钢索凌空而降。他们均戴着头盔，身穿迷彩服，脸涂油彩，背着方形包裹，每隔几米在山壁上蹬一下减缓下冲速度，最后轻巧地落在地面。

准确地说这是一片由烂泥、树叶、野草混合而成的土壤，上面浅浅地覆盖了一层小草和顽强的藤类植物，下面则是湿滑虚松的淤泥和沉积了几百年或许是几千年的腐臭气体，犹如巨大的吸盘随时准备吞噬一切敢向它挑战的生物。

三个人脚上绑着类似滑板的尖头木板，面积稍小些，但足以支持他们平稳地渡过这片暗藏杀机的沼泽，进入半里之外的"水中丛林"。"水中丛林"深处，大部分树木矗立在水中，高大的被淹没掉一半，低矮的则被淹没至树冠，只留两三根枝条竖在水面上。

"报告老船长，蜥蝎组已按时进入指定地点，报告完毕！"中间的人拿着对讲机说，两侧的人平端冲锋枪警觉地看着丛林深处，形成一个半包围。

对讲机里面传来嘈杂声和含混不清的声音："关闭一切通讯，行动！"

"OK！"

他关掉对讲机，左侧小伙子笑道："方教官，你的英语越来越顺溜了。"

"叫我6355，记住，这里不是中国，而是巴西；这次行动不是普通演习，而是真刀真枪的实战；我们也不是特种部队战士，而是无国籍营救人员，明白吗？"他严肃地说。

"是，方教官，哦不，6355。"左侧小伙子吐了吐舌头，与右侧小伙子相视一笑。

看着稚气未脱的两人，方晟紧绷绷的脸上露出一丝笑容，替右侧小伙子拉拉衣领，说："不是我制造紧张气氛，从训练成绩和实力上讲，你们是当之无愧的特种部队精英，但枪弹无眼，对手是擅长丛林战、以狡猾冷酷著称的贩毒武装分子，作为领队，我希望把你们平平安安带回家。"

"没问题，6355！"两人异口同声道。

"好，6733，6978，我命令你们进入一级戒备，全速前进！"

"是！"

从浅水区蹚过去，约十多分钟后，他们爬上了地势较高的山坡。丛林被绿油油的植物挤得水泄不通，各种说不出名字的树木在视野里无限延伸，树枝上长满了苔藓，十多厘米长的水蛭在上面爬来爬去。

蹲到四五根粗大树根组成的天然洞穴里，方晟拿出夜光地图和仪器再次确定行军方向和线路，又督促两个小伙子将身上所有武器检查一遍，才重整装束上路。行军速度则明显慢下来，因为越靠近目的地危险越大，密密匝匝的树林中到处都可能潜伏枪法精准的狙击手，随时有可能射出致命的子弹。一旦被对方发现行踪，意味着整个营救行动的难度要提升十倍甚至几十倍。

这趟任务来得很突然，也很偶然，包括活动组织者约瑟克少将也是事前一分钟才接到通知。

四天前特种部队高级教官方晟带着小冯和阿林到里约热内卢参加国际刑警组织的特种部队射击交流会，参与者包括美国、俄罗斯、英国等七个国家名声显赫的王牌部队。说是交流，谁也不敢懈怠，因为他们既代表自己的国家，又是本国特种兵最高水平的反映。

第四天是海上射击，要求每人驾驶一艘冲锋舟在规定时间内射击移动靶。前三天中国队积分暂时领先，但海上项目历来是中国队员的薄弱环节，方晟关照两名小伙子放下包袱大胆发挥，力争在分数上咬住对手，等明天山地射击再抢回榜首位置。

然而当七个国家的特种士兵和教官列队准备动身时，约瑟克少将匆匆将他们带到离地面四十多米的地下密室，里面坐着一名表情严肃得有点紧张的中年绅士。方晟经常与EDG（国际反贩毒组织）打交道，一眼便认出他是大名鼎鼎的"扫毒斗士"副主席卡罗拉先生。

"昨天下午出了点意外，"约瑟克开门见山道，"一伙贩毒分子武装袭击马瑙斯飞机场，抢走被查封的四百包可卡因的同时劫持了两位旅客，很不幸，一位是EDG高级督察豪格，一位是IBRD（国际复兴开发银行，俗称世界银行）副行长李斯特，他们到巴西执行一项至关重要的扫毒计划，关于这一点我不好透露更多，总之如果被贩毒集团获悉的话将是一场灾难。目前两人的真实身份还没有泄露，对方只要求交换被关押的毒枭，因此……"

"因此必须在最短时间内把他们救出来，但巴西警方高层有内奸，不能信任，美国海军陆战队赶到这里则需要两天，两天会发生很多事，我们不能坐着干等，"卡罗拉犀利的眼神扫过众人，"刚才我已跟在座各位的上司通过电话，他们同意我的建议，那就是——临时组织营救队，深入阿斯道罗森林的贩毒基地救回人质！"

约瑟克补充道："这是个难题，热带雨林以原始生态为主，地形复杂，环境险恶，大家对它一无所知，却要深入其中对付毒贩并救人，但各位又是世界上最精锐的武装力量，我相信你们能做到常人难以想象的事，包括这次，有问题吗？"

密室里鸦雀无声。

40分钟后直升飞机载着21个人起飞，依次投放到指定地点，他们分成七个组从不同方向向纵深挺进，目标只有一个：救回人质。

阿斯道罗森林是亚马逊流域最典型的热带雨林，辛德诺贩毒集团看中它前面是交通发达的马瑙斯，后面是浩瀚的亚马逊河，80年代便霸占下来作为贩毒基地，源源不断地向整个巴西高原提供毒品。巴西当局派兵围剿过几次，无奈毒贩们武器精良、作战骁勇，加之地形险恶，内部又有人通风报信，每次都无果而终。

"扑棱扑棱"，几只遍体通红、只有两翼前缘呈天蓝色的鸟儿从远处飞过来，三人连忙躲到树根下的缝隙里。这是亚马逊分布最广的鸟——金刚鹦鹉，当地土著将它视为力量与美丽的象征，经过驯化后，它能起侦察和监视作用，一旦在空中发现入侵者，就会立即回去报告主人："有人，有人。"

避过"空中侦察机"，他们意识到外围暗哨就在前面不远，遂贴着地面，从树枝、野藤、荒草间匍匐前进，一点一点地向前挪动。湿热的空气、泥泞的地面，还要提防突然袭来的毒蛇、毒蟾和无孔不入的虫子，弄得他们又难受又憋闷。

他们一路上以飞刀、绳圈解决掉两处暗哨，然后经过一块羽状河漫滩，从右侧陡坡上去便是两条支流之间的华格拉平原——毒贩武装人员大本营。躲在灌木丛用高倍望远镜向里面看，最先入目的是大树之间交织的铁丝网，里面零分布着十多幢木屋，都建在四五米高的树桩上，东面空地中央停了几辆大卡车，不少人在忙忙碌碌往车上搬东西。

方晟这一组处于基地西面，这个位置应该接近关押人质的木屋。因为南面正对大路需要重点防御，北面背倚悬崖，那一排长形屋子可能是仓库和弹药库，西面几个木屋间距较小，屋前还有晾晒的衣服，八成是居住用房。

方晟打开一只手机大小的金属盒，拉出三根天线，分别探测声敏、红外线和热感，数据通过卫星信号发送到美国在南太平洋的计算机监测中心，几分钟后运算结果返回，液晶屏上显示出这一带区域的所有警戒装置。

仅仅有这些是不够的，电脑只能分析出它所掌握的静态数据，树林中的暗哨却处于不断移动状态，要安然无恙通过"死亡地带"，更多要靠默契的配合、机敏的反应和临场决断能力。

"砰！"

方晟正在盘算怎么诱出暗哨，在最短时间内结束战斗，基地南面突然响起第一声枪响，然后是密集的冲锋枪扫射声。由于正面位置防守十分严密，国际队友虽成功晃过入口处两名暗哨，却被斜坡下来的游哨撞了个正着，双方立即展开激烈的交火。

仿佛已约定动手的信号，不一会儿整个基地周围枪声大作，其他小组见偷袭无望，索性甩开膀子大干一场。基地中心地带人影幢幢，不时传来一两声吆喝，却没有惊慌失措的情绪，显然久经沙场的毒贩们正集结力量准备反击。

小冯和阿林弯腰欲强行冲过去，被方晟一把拦住，用手指示意再等一分钟——只过了30秒左右，前面十多米的树枝深处冷不丁冒出三个大胡子毒贩，手持冲锋枪跑回基地增援。不等方晟下令，两个小伙子几个点射将他们撂倒在地。

"冲！"方晟带头冲向铁丝网，跑到前面的小冯掏出高能集束激光器，几千度高温下指头粗的铁丝迅速熔断，数名毒贩见状猛扑上前，三人强行冲进基地内部。

短短两三分钟基地已乱成一锅粥，火光冲天，浓烟滚滚，到处都有人奔跑、射击，还有伤者在地上辗转哀嚎。显然毒贩们从未碰到过如此强硬、高效的对手，以至于在交火瞬间便受到了沉重的打击，防御体系雪崩式瓦解，只得各自为战，凭借丰富的野战经验和精湛的枪法顽强抵抗。

方晟等三人成品字形直扑西北角第二幢木楼，楼上有两挺机关枪锁住左右两侧通道，楼前用沙袋搭建了简单的工事，有至少三个火力点，一看便知属于重点防守据点。沿途有四名毒贩仗着掩体狙击他们前进，一番枪战后两人被击毙，另两个负伤而逃。

此时局势趋于明朗，经过短暂的混乱，毒贩们重新整合，逐渐形成三个据点：西面固守方晟准备冲击的第二幢木楼，南面是起议事大厅功能的大木楼，东北方两幢木楼更是重兵把守，扼住通向仓库的要道。

方晟连续冲锋了两次均被打回去，毒贩们设置的火力点虽然不多，但每个位置都是在长期实战中精选而成，有效覆盖了所有角度，令方晟寸步难行。

就在一筹莫展之际，一名国际队员突然出现在木楼右侧杂草丛中，一番猛烈扫射将工事里的火力压住。毒贩们快要崩溃了，搞不清平时戒备森严、固若金汤的基地怎么会破绽百出，处处露馅？

方晟趁机占领工事阵地，与那名国际队员联手包围住木楼，楼上机关枪手见势头不妙，抱头团身从侧面跳下连打几个滚逃走。这位队员抢先第一个踏上楼梯，小冯有点儿不服气，方晟朝他使了个眼色，跟在这位队员后面冲到楼上。

一进屋子，他们被眼前的景象惊呆了，很难想象在热带丛林深处能有如此奢华的居室：瑞士立式钟表、法国木藤床、英国钢琴、中国八仙桌……

然而就是没有人，一个人都没有。

这位队员耸耸肩，困惑道："为什么？"

方晟突然一闪念，猛地将阿林甩到门外，大喝道："快跑！"

阿林虽不解其意，但凭着对教官的信赖果断地从走廊栏杆翻身下去，方晟和小冯一个从窗户一个从门飞跃出去。

这位国际队员只愣了两秒钟，随即跟在小冯后面向外跑，身体的一半刚露出门楣，"轰"一声巨响，木楼仿佛被拆散的玩具积木四分五裂，滚滚浓烟和着烈焰吞噬了一切。

小冯虽两秒之差侥幸逃生捡回一条命，也被巨大的冲击波震得满身乌黑，衣衫褴褛。

方晟伏在潮湿的地面连连喘息，懊恼自己早该想到这个关节：人质其实被关在最后一幢木楼上，毒贩们之所以严防死守第二幢木楼，一是担心误伤人质，二是设置圈套诱他们上当。

"救人质！"方晟一跃而起叫道。

三个人如猛虎下山直扑最后一幢楼，游弋在树林间的毒贩吓得逃之夭夭，他们一枪未发便直接上楼撞开木门。

里面陈设与刚才一间相似，不同的是当中有张长沙发，上面绑着豪格和李斯特，两人嘴里被塞得满满的，脸涨得通红，冲方晟他们连连眨眼。

人质神色为何如此异常？方晟稍稍一迟疑，小冯和阿林已双双上前欲为他们松绑，蓦地沙发背后冒出半个头和两只手，双枪齐发正中两人眉心——他打得精确而巧妙，小冯和阿林的头盔基本上挡住额头，心脏和咽喉有防弹衣保护，两眼之间的眉心是唯一能一枪致命的部位。

更可怕的是他出手快到令训练有素的特种兵都来不及反应，世上只有一种人能做到这一点——职业杀手，以杀人为职业的刺客！

他的眼神冷酷而无情，他的表情呆板而坚忍。

方晟一瞬间做了三件事：第一，扔掉冲锋枪；第二，从腰间抽出手枪；第三，射击。

因为狡猾的杀手隐藏在人质后面，冲锋枪会误伤人质，只有手枪才能精确打击目标。

杀手迅速低头，躲在后面推着沙发向前移动。

方晟跳起来攀住头顶上的吊扇向前一荡，身体腾空跃到沙发上方，朝下面连开数枪。不料杀手好像算准他有这一招，仰面躺在地上，双枪对准他猛烈开火。

"砰砰砰砰！"

子弹悉数打在彼此身上，虽然都穿了防弹衣，如此近距离中枪的滋味毕竟不好受，方晟在空中失去平衡，重重落在地板上。杀手想起身扑过去，身体抬到一半时无力再动。

两人同时举枪逼住对方。

杀手目光冰冷地盯着他，另一支枪缓缓向后抬，顶到豪格后脑勺上。方晟心一紧，意识到自己面临两难选择。

营救行动的最高原则是人质生命安全第一，但此刻放下枪就代表放弃，人质照样得死。怎么办？

还没来得及做出决定，楼下突然传来数声巨响，木楼猛地一震，整个地板分崩离析，两名人质连同沙发，还有方晟都从四五米高处栽下去。

方晟昏迷之前看到的最后一幕是：杀手如猿猴般攀到一根支柱上，混乱中冷冷回瞥一眼，借助浓烟转瞬消失在树林里。

第二章　污点证人

　　方晟站在梨树下发呆时，小护士飞跑着过来通知说有客人在病房等他，是两个老外，她认真地补充道，红苹果般青春的脸庞上透出几分好奇——他是疗养院里待遇最好、身份最神秘的病人，后来神通广大的护士们终于了解到他是特种兵高级教官而且未婚，眼中除了尊敬和崇拜还多了点其他含义。他为人内敛低调，与医生护士相处随和有礼，闲暇时跑跑步、看看书，而不是没完没了地发短信、煲电话粥，黏糊糊没有男人样。

　　方晟皱皱眉，实在想不通什么人会找到这里，从巴西回国那天是部队派直升飞机直接将他从机场送到疗养院，行程高度保密，包括院长在内知道这件事的不超过五个人。

　　他点点头转身回去，刚走了几步两名外国人便迎上来。

　　"我叫格森，这是我的助手希蒙，"为首的中年男人主动上前握手并自我介绍，然后对小护士道，"如果不介意，请回避一下。"

　　护士离开后格森才出示证件：EDG上海分部主任助理。

　　"方，伤势怎么样？"格森关切地说，"副主席卡罗拉先生很关心你的伤势，并委托我转达他的问候。"

　　方晟做了两个扩胸："谢谢，我的外伤早就好了，院方担心脑部受到震荡后可能会有后遗症，一直让我住院观察。"

　　格森道："医生的话总是很有道理，你必须要相信，但他们经常面临困惑，比如我的顶头上司豪格，和你一样也被木头砸到脑袋昏迷了两天，虽然已恢复正常，但每天夜里总是腹泻三四次，腹泻与脑部受伤有什么关系呢？医生们无法解释，只能说是心理因素。"

　　提及豪格，方晟联想到死在异乡的小冯和阿林，心里一阵刺痛，拳头捏得格格直响，恨不得穿越时光隧道再与那个凶残的杀手决一生死。

那天方晟与杀手对峙之际，其他国际队员击溃正面防线，潜入楼下用炸弹炸掉支撑楼体的木柱，打破僵局解救出两名人质。东面战场也取得胜利，毒贩们见大势已去，纷纷从密道逃入山后雨林，数吨海洛因和价值逾十亿美元的武器被缴获，基地所有设施付之一炬，彻底铲除了这颗盘踞在阿斯道罗森林二十多年的"毒瘤"。

但这批立下奇功的特种精英也损失惨重，21名参与营救人员7死9伤，至今还有三人因伤势过重不能回国，一直躺在巴西的马瑙斯医院。事后国际刑警组织给予方晟极高评价，因为他准确快速地找到人质，为整个营救行动争取了时间，更因为他的对手是NF。

NF，欧洲最神秘、身价最高的职业杀手，出道以来出手从不落空，擅长利用脸面肌肉改变容貌，至今无人识得其真面目，因此人们给他起了个绰号：无脸人（NO FACE）。

NF出现在阿斯道罗森林并非特意狙击特种兵，几个月前他替辛德诺集团除掉一位EDG的卧底，这次专程过来收取现金并顺路旅游的。方晟是唯一与他正面交锋还活在世上的人，代价却是两个活蹦乱跳的小伙子的生命。

格森注意到他的脸色，耸耸肩道："抱歉，方，让你回忆起悲伤的往事，NF是欧洲和国际刑警的噩梦，不时让大家的情绪变得很坏，今天我们就是想告诉你一件事，"他顿了顿，"NF又出现了。"

"什么？"方晟激动之下不由抓住格森的胳膊，"他在哪里？想暗杀谁？"

这种反应完全在格森意料之中，他笑了笑，道："说来话长，而且这件事与你的老家——郭川市还有关系……"

阿斯道罗森林一役以及随后的一系列反黑扫毒行动，使辛德诺集团在南美的势力遭到沉重打击，无奈之下又将目光投向亚洲，打算与金三角地区的贩毒组织秘密合作，拓展亚洲市场。为便于渗透发展，他们必须与当地犯罪团伙合作，形成金字塔状的走私、销售网络。经过精心考虑，辛德诺集团选择了郭川市。

于是，阿斯道罗基地覆没的第七天，一个叫金小咪的女孩来到郭川。

关于金小咪的情况，EDG并不是很了解，只知道她原来是郭川市人，一直在唐人街等华人社区餐馆辗转打工，三年前应聘到纽约最著名的大街——第五大道的一家意大利餐馆做侍应生，在那里她结识了辛德诺集团副总占姆士，没多久便闪电般辞职成为他的秘密情人。

去年她已回来过一趟，种种迹象表明她很可能与青藤会老大蒲桑炯建立了某种联系，为今年的见面打下基础。

两周前金小咪和助手乔抵达郭川的当天晚上，蒲桑炯率主要骨干为她们接风洗尘，宴后遣退手下三个人闭门秘谈。过去几年里青藤会私下小打小闹贩卖K粉、摇头丸、大麻之类，逐步形成稳定的销售网络并积累了丰富的反侦察经验，与辛德诺合作相当于零售转批发，轻车熟路。

几个小时后郭川警方收到一个神秘邮件，里面有两段录音，分别提到青藤会干过的几件声名狼藉但警方始终没掌握证据的坏事，以及辛德诺集团贩毒运作中的一些细节。虽然关键部分都被故意消磁，但已让警方有足够理由展开行动。

突击搜捕工作非常顺利，警方以雷霆之势闪电般包围青藤会的总部——三家桥商务会馆。17名核心骨干落网，仅有两人幸免于难，一个是蒲桑炯，他在警方收网前几分钟仓皇出逃，并顺路带走了金小咪和乔，还有一个是萧连，青藤会二号人物，因胃疼去医院输液，得知商务会馆被查封的消息后从此踪影全无。

警方突击搜查蒲桑炯别墅时捉住正打算逃跑的管家万琪，由于他负责打点蒲的日常起居和私人事务，自然成为重点审讯对象。出人意料的是提审时他突然声明自己是录音带的拥有者，手中掌握辛德诺集团幕后掌舵者威尔逊犯罪事实的全部录音内容，他要求与美国大使馆直接联系，申请引渡到美国出庭指证。

辛德诺集团名义上的负责人是占姆士，但FBI一直怀疑犹他州房产商威尔逊才是真正的首领，而且很多线索也间接证明他在幕后操纵着毒品走私。然而威尔逊拥有堪称梦幻组合的律师团，凭借律师们的巧言簧舌，他总能逍遥法外。

FBI（美国联邦调查局）特工对他恨之入骨却又无可奈何，一个关于这件事的冷笑话是：如果有人拿着能让威尔逊入牢的证据要求做穆勒（FBI局长）的女婿，穆勒会对女儿说，亲爱的，为什么不试试？结婚还可以离婚，如果放过这次机会就可能永远抓不住威尔逊了。

因为事关重大，郭川警方如实向EDG和FBI做了通报。很快，FBI特工格蕾丝风尘仆仆地出现在郭川，第一桩事就是与警方交涉要求接管万琪，将他送到上海大使馆进行保护，等办完引渡手续后立即回国。警方当然不同意，一来万琪可能掌握蒲桑炯大多数犯罪活动,从他身上能挖出有价值的信息;二来负案在身的要犯引渡到国外做污点证人,过去从无先例,涉及复杂的司法解释和法律界定,两国要经过马拉松式的外事谈判,一旦让他进入美国大使馆,谈判时中方就失去了主动权,这无论如何也不能接受。

在格森的斡旋下,双方艰难地达成一致:郭川警方交出万琪,由格蕾丝和警方派出的刑警将他押送到 EDG 上海分部听候处理。

不料格蕾丝等人驾车刚离开市区,就在国道上爆发一场激烈的枪战。一群武器精良、训练有素的杀手玩命似的盯着他们追杀,最终两名刑警不幸牺牲,杀手也死了三个,格蕾丝则带着万琪弃车而逃。

从这一刻起无论 EDG、FBI 还是警方,再也联系不上格蕾丝,她和万琪好像凭空蒸发了似的,无影无踪。

"对她来说,最安全的地方是大使馆……"方晟沉吟道。

格森道:"我早就派人守在使馆周围 24 小时全程监视,相信杀手们也会这么做,作为一名经验丰富的特工,格蕾丝不太可能去冒险。"

"这些杀手都是 NF 的手下?"

"不,他们属于泰国鳄鱼杀手团,在东南亚一带很有名气,NF 喜欢独来独往,从来没有商业伙伴。"

"NF 还没有出手?"

格森苦笑道:"等到他出手一切都晚了……考虑到你与他交过手,对郭川的情况又比较熟悉,卡罗拉先生要求我务必请你出马,先设法找到格蕾丝,再保护他们安全抵达上海。"

方晟抬头看着远处山脉,岔开话题道:"作为私人管家,万琪有无机会窃听到蒲桑炯与金小咪的谈话?把青藤会的黑幕抖搂出来对他有何好处?蒲桑炯固然死路一条,他又能好到哪儿去?"

"我们也觉得奇怪,但提审万琪很困难很麻烦,事实上直到他上火车,我们都没有正式审讯过一次。"

"为什么?"

格森富有深意地笑了笑,反问道:"方,你是郭川人,难道不了解那边的情况?"

方晟冷冷哼了一声。

市局个别人的嘴脸与伎俩,方晟再熟悉不过。有时确实是这样,一只蛆坏一缸酱，一两个居心叵测的小人能败坏整个系统的风气。

"公安局内部对青藤会案件的处理非常……混乱，"格森用了个相对中性的形容词，"我常常从不同部门听到不同意见，每个人都坚持自己的说法得到过领导授权，而且万琪与我们见面时总是暗示有人要杀他，所以格蕾丝才坚持把他送到大使馆，她完全是从安全角度出发的。"

"警方出动警车送他们去上海吗？"方晟问。

格森叹了口气："他们建议过，格蕾丝拒绝了，因此车辆是我安排的，希蒙提供了三条线路供她选择。"

"也就是说警方不知道格蕾丝去上海的细节？"

格森又叹了口气："是。"

方晟笑了笑，道："看来格蕾丝提防的不仅有杀手团、NF，还有郭川警方，甚至包括你和希蒙，难怪她不愿意露面，因为感觉到危机四伏。"

"这是大家最不愿意看到的局面，不幸的是偏偏成为现实，目前EDG、FBI、郭川三方之间互不信任，蒲桑炯携金小咪在逃，格蕾丝信息全无，情况糟糕透顶，我们需要一个强有力的人物扭转乾坤，那就是你，方。"

方晟沉思良久，慢慢道："你已找过我的上司？"

"吴队长原则上同意，考虑到你还在休养，他希望你根据恢复情况和身体状况自主决定，不过，"格森诚恳地说，"卡罗拉先生认为你是最合适的人选，我们可以为你配备最新式的武器并答应你的一切要求，包括个人方面……"

方晟笑了笑，道："格森先生，坦率说如果仅仅是保护证人，我们特种部队任何一名队员都足以胜任，可既然NF来了，作为东道主，又是他的老朋友，我岂能不出面招待？这桩任务……我接！"

格森连忙与他热情握手："很好，非常好，欢迎你加入这次跨国联合行动……"他上前一步揽着方晟的肩走到一边，压低声音道，"还有件事，关于格蕾丝突然失踪，FBI有种很奇怪的看法，说她的前男友吸毒，因此不排除与威尔逊之间有微妙的关系……"

方晟吃惊地说："这是FBI的责任，为什么派一个心理上可能同情或倾向贩毒分子的特工处理涉毒案？"

格森耸耸肩："天晓得，FBI经常自以为是，当然我只是提醒一句，具体是什么情况谁也不知道。"

"看来……这件事远比想象中更复杂。"

"那是当然，否则怎么会让你这种高手亲自出马？"格森用力搂搂他，"我有一瓶珍藏了60年的Martell（马爹利），等你凯旋而归时喝个痛快。"

方晟看着格森微笑的脸，暗想：原来西方人也深谙东方马屁之道，这顶高帽捧得那是相当有水平，简直达到骗死人不偿命的境界。

第三章　特工守则

绵延不绝的麦田呈波浪状向远方伸展，与碧蓝色的天空在地平线上交融，染织出一层淡淡的青紫水色，就像郑娆娆常穿的淡紫色长裙，远看雾气蒙蒙，走到近处才看到隐隐约约的水仙花图案，清清爽爽，还有股淡淡的香气。

郑娆娆是方晟少年的梦，这个甜蜜的梦持续了好长时间，直到被另一个噩梦惊醒……

方晟双臂抱膝坐在田埂上凝视远方，往事如快镜头般从脑海中闪现，恍惚中仿佛回到了过去，回到那个无忧无愁的大院。

"大晟，摘颗葡萄喂到我嘴里。"

"大晟，把窗台上的茶杯递过来。"

娆娆小腿钩住木板倒悬在秋千上晃来晃去，时不时冲方晟发号施令，方晟毫无怨言地一次次丢下暑假作业跑来跑去，那双白白嫩嫩的小腿和肆无忌惮裸露在外面的肩膀让他心烦意乱，他一遍遍擦掉不知所云的错误，口干舌燥。可娆娆才不管呢，她总是那么漫不经心，那么洒脱爽直，全不在意这些举动让一个可怜巴巴的小男生忍受多大的折磨。

那时候真是太纯了，方晟感叹地想，后来遇到岑冰冰似乎又太直截了当，一个月不到就上了床，可又怎么样呢？至今落得个不尴不尬的局面。

不能再拖下去，任务一结束就回去了结此事，他暗暗下了决心，然后甩甩头将思绪拉回现实。

田埂前面是郭川辖内的国道，离市区约40多公里，方晟坐的前面不远处便是三天前的枪战现场，如今已清理得干干净净，地上的血渍也被洗刷干净，几乎看不出什么痕迹。

再向前四公里就到了唐新镇，典型的卫星小镇，白天热热闹闹、车水马龙，傍晚随着下班回城大军的撤退，镇上立即冷冷清清，难得碰到几个人。

格蕾丝带着万琪从包围圈里冲出来，第一站会逃到唐新镇吗？

鳄鱼杀手团素以嗅觉灵敏、行动快速、配合默契著称，肯定要在第一时间赶到小镇仔细搜索。当时是晚上十点多钟，镇上所有店铺都打烊了，按说没人敢贸然收留一个外国女孩，而且她手里还拿着枪。

郭川市刑警大队长安图生和副队长黄永泉也会迅速带人过来，这两个家伙为人是不怎么样，刑侦方面上却是行家里手，干起活来雷厉风行，没准要把唐新镇翻起来梳理一遍，有他们俩压阵，别说两个大活人，就是两只苍蝇也藏不住。

而且特工守则中说：永远不要出现在小镇上，那会让你过分引人注目。

综上所述，格蕾丝不可能去唐新镇。

她会逃到哪儿呢？继续向前走，躲到17公里外的新化镇？更不可能，她带着证人，行动、枪战都不方便，尽量避免与杀手团持久战才是上策。

特工守则还有一条：当你逃跑时，必须往人最多的地方跑，人群是最好的掩护。

格蕾丝是一名优秀的FBI特工，因此她会严格遵循特工守则行事。

晚上11点钟，城市夜生活才拉开序幕，杀手团虽人多势众却不敢在市区撒野，同样安图生也不敢轻举妄动。郭川是地级市，近十年来城市化步伐加快，市区不断蚕食附近的卫星城而急剧扩张，成为本地区举足轻重的大市，想一夜之间进行拉网式搜查，凭这点警力力有未逮。再说全城搜捕可不是小事，容易造成民心不安、社会动荡，政治影响非同小可，公安局长、分管市长都拍不了板，要书记点头才行，以安图生的精明不会自讨没趣。

格蕾丝初来乍到，在郭川人地两生，如果出于防范心理想避开所有的人，还得依赖万琪。

万琪是谁？问题就在这里，方晟对他一无所知。

因为十多年前的一桩悬案，方晟与公安局闹得很僵，双方从无互动。不过由于郑阳的关系，他对郭川地面的事了如指掌，包括青藤会，包括蒲桑炯，然而万琪除外。他从不出席青藤会各种形式的聚会，从未参与，至少表面上没有参与他们的犯罪活动，蒲桑炯在家会客或招待朋友时他也不露面，对外界而言他简直是个隐身人，人们甚至不知道他何时来到蒲家，正如不知道他的过去。

有好事者向蒲桑炯打听万琪的底细，蒲总是含糊其辞一笑带过，似乎为他掩饰什么，又似乎不屑多说。可另一方面万琪对青藤会的控制力与影响力又不可忽视，蒲桑炯对他极其信任，不光所有私人事务全交给他打理，很多涉及青藤会核心利益的事也征求他的意见。有一阵子蒲到欧洲游玩，万琪成为事实上的决策者，躲在别墅里电话指挥，使得萧连都看不下去颇有微词。

只有掌握万琪的社会关系和基本情况，才能判断出他和格蕾丝的藏身之地。格蕾丝认为中止与外界的一切联系就很安全，殊不知NF最欢迎她这么做，免得他费太多手脚，杀完了就走，不会被警方纠缠。

方晟决定约郑阳见面。

郑阳是方晟在郭川关系最铁的死党，也是郑娆娆的弟弟，曾有段时间郑阳背地里管方晟叫"姐夫"，尽管发生那件事后再也没提起过，但心理总有一种亲上加亲的感觉。郑阳在城南派出所任所长，有人说这个职位是某些人出于种种原因搞的心理平衡，也有人说这里面可能存在某种交易。

总之十多年前那件事确实影响巨大，直接改变了很多人的命运，其中有郑阳，也有方晟。

华灯初上，方晟踱进城南街角一个小酒吧。营业高峰还未到，里面稀稀拉拉坐了五六位客人，他点了杯果汁，坐到光线最暗的角落等郑阳。一杯果汁喝掉了，人没到，再叫了一杯，这时郑阳打电话连说抱歉，说格蕾丝失踪后局里压力很大，三天两头召集派出所所长开会，这不，刑警队的会刚结束，郁局又把人叫过去训话，再这样下去精神快崩溃了。方晟说忍着点别崩溃，否则刘璐没人照顾，郑阳"嘿嘿"笑了两声匆匆挂断电话。

按惯例凡有郁华峰讲话的会议肯定短不了。他的拿手绝招是讲三个问题，每个问题分三个要点，每个要点里面包括三个注意事项，每个注意事项又分三小点，凡有他发言的会议起码得两三个小时。最长纪录是从早上九点说到下午两点，参会者又累又饿，当场有人出现低血糖症状。

方晟要了碟盐花生打发时间，边慢慢剥边听着周杰伦独特的歌曲，享受着难得的闲暇。记忆中这种机会太少了，在部队要身体力行带着队员出操、训练、演习，外出执行任务不是荒漠就是丛林，或是群山，条件艰苦恶劣，好容易回家探亲，岑冰冰是好静不好动的性格，宁愿躺在床上吃东西看电视也不出去散步逛街，因此很少涉足娱乐休闲场所。

过了八点，酒吧渐渐热闹起来，有四五个朋友围成一桌谈笑风生，有年轻情侣挨在一起窃窃私语，还有站在吧台前随意喝上一两杯的，人来人往，热气腾腾。

方晟喝完第三杯果汁起身上洗手间，慢悠悠走到卫生间时突然硬生生打了个寒噤，顿时生出芒刺在背的感觉——这是长期生死考验中锻炼出的对危险的敏锐直觉，多次在刻不容缓间挽救过自己的性命。

他闪电般回头，与门口一人的目光碰了个正着，那是一双毫无生气的脸，眼神邪恶、冰冷、无情。

脸已不是那张脸，眼睛还是那双眼睛。

NF！

NF迅速收回目光，敏捷地闪出酒吧。

方晟当即拔出手枪，推开挡在前面的客人追上去。

站到门口向两边张望，NF已不见踪影。

此时造型独特的街灯将大街照得亮如白昼，街上车来车往，人行道上是三三两两散步的市民。右侧依次分布着工商银行、电动车行，然后是十字路口，左侧是一块大草坪，中间水泥地有几十位老人伴随着音乐打腰鼓，孩子们穿着溜冰鞋在周围蹿来蹿去，家长们则坐在两边花台上聊天。

方晟毫不犹豫地选择了左边，右手持枪贴在大腿外侧，侧着身体一步步逼近草坪——这样可以减小身体受弹面积，当然对杀手来说只需一处致命点就足够，但保持良好的职业素养在任何时候都十分必要。

人行道到草坪有三级台阶，方晟静静站在台阶边等了四五分钟。

人的视觉容易受外部环境影响产生钝化。如果大家都在人行道上悠闲地行走，中间只有一个人步履匆匆就显得与众不同；而一群人动作幅度很大地跳舞、做运动，即使有人在附近奔跑也会被忽视，职业杀手通常善于利用这种视觉差掩护行动。方晟虽然站着一动不动，视野却覆盖草坪每个角落，不管哪里有动静都会在第一时间做出反应。

这一招对NF形成了震慑，NF领教过方晟的出枪速度，并无把握在现身的同时抢先一步击中方晟要害，他的原则是决不冒险，一击而中，确保全身而退。

方晟见对方毫无反应，稳稳向前迈出一步踏上台阶，没有动静，再迈一步，还没有动静，方晟提足十二分小心抬脚迈上最后一级台阶……

"咔"，为腰鼓队伴奏的录音机戛然停止，所有人都一愣，纷纷中断动作看怎么回事。这时右侧花坛里突然腾跃出一个人，在半空中冲着方晟射击。

方晟向左前方卧倒，举枪还击。瞬间草坪里乱成一团，上百个人尖叫着、大喊着四处乱跑，摔倒在地的人更是惊惶失措，好像世界末日来临。

方晟如钉子般立在原地，任凭身边人群推搡拥挤，屹立不动，眼睛锐利地扫视着一张张面孔。陡然间他身体下沉，左手向内一划，格开NF从人群缝隙间刺过来的匕首，NF立即放手快速向后退，方晟似灵巧的游鱼逆流而上紧追不舍。

NF率先突出重围，几个起跃跳过花台，从水花四溅的喷泉穿过去。方晟随后赶到，却在喷泉面前刹住脚步。

喷泉一字排开喷涌成一道晶莹透彻的"水墙"，飞滴出的水珠像毛毛细雨，在街灯的映衬下如雾如烟，煞是美丽。然而方晟看不清对面的情况，无法判断NF有没有离开，冒冒失失穿过去等待自己的可能是一颗子弹。

"唉！"方晟重重顿了下脚，心里既失望又佩服。

不愧是欧洲头号职业杀手，这份应变与机智信手拈来又浑然一体，好像经过精心设计和演练似的。但方晟相信自己的出现对NF而言绝对是个意外，NF根本想不到在有十多亿人的中国，他居然与唯一见过面的中国特种兵再度重逢。

"喂，方晟！"

郑阳将警车停在路过，手伸出车窗挥舞，见他一副意兴阑珊的样子，诧道："谁惹咱们堂堂的大教官不高兴？是不是岑冰冰？"

"她？坦率说这趟回来我没有跟她见面的打算……或许，或许我应该从长远角度考虑今后的生活。"

"哦……"郑阳颇感意外。

岑冰冰这个女孩很古怪，性格孤僻不合群，与方晟交往期间始终别别扭扭，矛盾不断，郑阳早就想劝他下决心一刀两断，女朋友刘璐坚决不肯，说拆散别人的姻缘有损阴德，最好由他们自生自灭。

方晟指指左边道："到老城区找家安静的小饭馆，今晚好好聊聊。"

"好啊，我通知刘璐过来。"

郑阳说着掏出手机，方晟一把按住，道："就我们俩。"

郑阳愣了愣："你鬼鬼祟祟的搞什么名堂？怎么感觉你这次不是探亲而像办案？"

"猜对了，刚才你不是说FBI特工失踪事件闹得市局鸡飞狗跳吗？我也为这事而来,不过,"方晟说,"我是单干。"

郑阳惊异地瞪大眼睛:"等等,等等,失踪案是郭川市局负责的,没有邀请其他部门介入。"

"这么大的事,你以为市局那几个人能顶得住?"

郑阳沉默半晌,道:"我知道你对郁局、张局还有安队一直耿耿于怀,其实十多年前那件事……"

方晟摆摆手:"扯远了,今晚只谈失踪案,咱们对事不对人……你老实交待,青藤会在郭川存在了十多年都没人管,一盘小小的录音带就让它阴沟翻船,这里面到底有什么玄机?"

"玄机嘛倒谈不上,青藤会的情况你也熟悉,幕后肯定有人撑腰,但弄不清是谁,平时大错误没有小问题不断,勒索、强收保护费、欺行霸市、贩卖K粉摇头丸,样样有它的份儿,真追查起来又拿不出证据……"郑阳叹了口气,"这次行动是安图生先斩后奏下狠心干的,趁两位局长到市委开会,再把黄队支到基层检查卫生,然后一声不吭带了几十个弟兄包围三里桥商务会馆,闪电般将一帮人逮捕,事后领导们个个捏着鼻子不置可否,你让他们怎么表态?既成事实嘛,索性万言不如一默。"

"你认为万琪被关押期间谁想杀他灭口?"

"对万琪你了解多少?"郑和反问道。

"我正打算问你,他是个很神秘的人物,直接关系到案情的走向。"

郑阳突然一踩刹车,将车停到路边,凝视着他说:"刚才我说了一半就被你打断,我想说的是,关于你父亲的死,原来我与你意见相左,始终不能接受你提出的阴谋论,直到几个月前发现一个人的下落……"

"谁?"

"邰子俊。"

"邰子俊,"方晟将名字反复咀嚼了几遍,"导致我爸爸死亡的三个医疗事故责任人之一,他不是消失了好多年吗?怎么又出现了?"

"为了寻找他我费了很多心思,这些细节以后再慢慢说,总之我一直在秘密监视他的一举一动,两个月前一天晚上,他偷偷摸摸跑到一家茶楼与人见面,你猜他见的人是谁?"

方晟目光闪动,紧紧盯着对方。

"滕自蛟。"

方晟浑然忘了坐在车里,刷地站起身,头"咚"地撞在车顶。

"他放出来了?怎么一直没发现他?"

"可能提前释放吧……看到滕自蛟之后我立刻转移了注意力,等两人谈话结束后尾随在滕自蛟后面一路跟下去,看着他走进蒲桑炯的别墅,后来我连续盯了好几天,又暗中查访附近居民,得知他竟然是蒲桑炯的管家。"

"啊!"方晟一激动又刷地站起身,又是"咚"一声。

"闹了半天滕自蛟就是万琪,万琪就是滕自蛟?"

郑阳沉重地点点头:"是的,但那天晚上之后邰子俊又不见了。"

第四章 以命相搏

NF不会无缘无故出现在郭川,说明他的判断与方晟一样,认为格蕾丝和万琪还在郭川。NF也不会无缘无故到酒吧消遣,说明他对找到目标有足够的把握。

难道格蕾丝和万琪躲在城南一带?

吃完晚饭方晟站在包厢窗前看着外面万家灯火,其中是否有盏灯属于岑冰冰?她是否还惦记着自己?

"有个问题我搞不懂,"郑阳说,"NF是欧洲身价最高的杀手,佣金动辄几百万上千万,而且是欧元,威尔逊花大代价聘请,本身就对他抱以绝对信任,指望NF单枪匹马以最小的动静取得最佳的效果,那鳄鱼杀手团是怎么回事?好像是南辕北辙的做法。"

方晟转过身,坚硬的唇边抹过一丝冷笑:"这就是焦点所在,万琪一旦松口可能交代哪些东西呢?一方面他从录音带上知道青藤会与辛德诺合作的细节,说不定牵连到威尔逊,因而威尔逊必须杀他灭口,而且青藤会覆没后蒲桑炯失去利用价值,连同金小咪、乔在内都有性命之忧;另一方面蒲桑炯逃亡后的去处,作为管家万琪应该有数,如果蒲桑炯落网,他的后台老板势必要受到牵连,从这个角度出发万琪还是不能活在世上,所以谁雇佣了鳄鱼杀手团不言自明。"

郑阳摇头叹息道:"怎么会这样呢……这几年社会上有风传说蒲桑炯的根子通到警方,我是持怀疑态度,蒲桑炯算什么东西?靠打打杀杀、收保护费起家的混混,而我们是响当当的人民警察,有什么理由跟他穿同一条裤子……"

"但裤兜里有金灿灿的利益!远的不提,就说城东商业步行街周围的几家歌舞厅,有几家证件齐全并且通过消防验收?每年都要求整改,什么时候真正整改到位过？这些娱乐场所蒲桑炯都有股份的，可单凭他能罩得住黑白两道？"

"无牌无证经营的现象到处都有，涉及众多行政部门，你不能把账都算到公安局身上，"郑阳申辩道，"每个月拿那么多工资我都有种惭愧的感觉，我想其他警察……"

方晟用力捶了他一拳："你呀，十足的完美主义者，所以你想不通坏人为什么犯罪，刘教授为什么不同意你和他女儿谈恋爱……"

"两码事，两码事，"郑阳忙不迭道，"不准把我的老丈人跟犯罪分子相提并论，那是对他老人家的不尊重。"

方晟撇撇嘴："自作多情，哼……"

两人谈笑了一番调节情绪，又把话题转到万琪身上——如果他确实是滕自蛟的话，NF出现在城南就顺理成章。

对滕自蛟，两人真是太了解了，有句话这样说过，最了解你的人不是朋友，而是仇人。这句话用在滕自蛟身上一点儿也不错，这些年来方晟和郑阳几乎把他祖宗十八代的资料都挖出来了，自然知道他在城南东谷小区有个60平方米的房子。

这套房子原来是滕自蛟的父母住的，二位老人去世后直到现在，已经锁了18年，从来没人住过。

滕自蛟选择躲在那里是有道理的，此时他应该对自己的处境心中有数，除了想不到会惊动欧洲第一号杀手，肯定意识到蒲桑炯的后台老板要下毒手，所以凡是蒲掌握的自己的情况，那个人都有可能知道，唯有藏身到从未住过的、没有在蒲面前暴露过的地点才靠得住。

两人走出饭店，郑阳抱歉说要回所里值夜班，不能一起过去蹲点，如果看到NF出现，务必要先通知他再出手。

方晟连连答应，心里却大大松了口气，就在前一分钟他还为如何拒绝郑阳同行而犯愁，不料难题竟被郑阳自己解决了。

两度交手之后方晟对NF的实力有了清醒认识，这是自己进入特种部队以来遇到过的最强悍、最狡猾的对手，也是前所未有的困难与挑战！

然而方晟并未有丝毫畏惧或胆怯，相反感到临战前的兴奋，甚至，有些跃跃欲试。

从特种部队士兵到教官，方晟经历过太多太多磨难与考验，当它们成为常态，变成生活中的一部分时，就会自然而然形成一套独特的应对模式，每次不管碰到什么局面只要按这些套路就足以应付，长此以往心理上难免有些懈怠，因此在阿斯道罗森林与NF乍一交手，无论心理还是体能均显得处处被动。NF的出现激发了方晟的斗志，他找到了当年第一次执行任务时那种如履薄冰、兢兢业业的感觉，不同的是自信与沉稳取代了当年的青涩。

方晟不愿郑阳蹚入这潭浑水。虽然郑阳是警校毕业高才生，擒拿格斗曾获得过全市警察系统大练兵一等奖，但NF不同于普通犯罪分子，他是职业杀手，他的一招一式，一举一动，只有一个目的：杀人。因此无论从哪个角度讲，郑阳与NF都非一个等级的对手。

东谷小区在城南西侧，前面大街直通环城公路，后面不远是老护城河，进可攻退可守，是上佳的隐匿场所。

方晟从边门进去，沿着破旧的院墙慢慢靠近滕自蛟的房子——七号楼102室，站在九号楼边的藤架下远远看去，102一片漆黑，门窗紧闭，阳台上没有任何晾晒衣物，近期应该无人居住。

很正常，格蕾丝是经验丰富的FBI特工，懂得如何伪装和隐匿行踪，不会在这些细节上犯低级错误。要知道空旷多年的房子突然亮了灯，别说小区保安，就是左邻右居也会疑神疑鬼。

方晟最关心的不是格蕾丝是否住这儿，而是NF会不会来。

23点50分。

方晟抹抹头上的露水，微微调整一下姿势，时间还早。按常规凌晨一两点钟是人睡得最沉、反应最迟钝的时刻，街上的巡警、联防队也差不多完成第一轮巡视回去休息，这才是职业杀手行动的"黄金时段"。

方晟埋伏的地点很巧妙，在八号楼与九号楼交界的院墙凹处，阴影正好挡住他的身形，从这个角度能将七号楼一单元入口看得一清二楚，距离也在手枪射击范围之内。

跟这种冷血动物打招呼的礼物只有一样，子弹。

时间在一点一点地流逝，方晟一动不动地盯着七号楼，十米之内的动静尽在耳中。做特种兵这一行，耐力与耐性是基本功，他曾经为抓捕毒贩，潜伏在戈壁滩里曝晒四个小时。守候到毒贩后又在沙漠中追逐了三个小时，最后毒贩累得虚脱昏倒过去。毒贩醒来后有气无力地说：你他妈的不是人，是铁打的金刚。

凌晨两点零五分，NF还未出现。

理论上讲他应该来，因为万琪就是滕自蛟，滕自蛟在城南只有这套房子，就算吃不准格蕾丝是否同意住到这里，过来看看总是必须的。

当然NF行事诡异，他有可能有其他想法，或者在酒吧门口相遇纯属偶然，他只是闲逛时路过而已，无论如何方晟都会坚持守到天亮。

只要有一丝可能就不能放弃。

凌晨3点20分，方晟轻轻合了合眼，并非疲倦，而是长时间盯着远处眼睛有点酸疼。唉，年岁不饶人呐，他暗暗发出感叹。刚入特种部队接受魔鬼式训练时，天晓得，简直是地狱般的日子，每天天没亮就集合做越野拉练，然后是一系列高强度高危险集训，晚上临睡前还有五千米游泳，一天下来全身无处不痛，骨头几乎要散架。即使这样，上床后还有精神哼哼张学友、齐秦的歌，尤其那首《狼》，个个跟在后面鬼哭狼嚎叫成一片，想想真有意思。

可是NF为什么没来？

再过两个小时天就亮了，虽然这期间有段黎明前的黑暗，职业杀手通常不在这个时间里动手，因为太仓促。他们要在天亮前撤离现场，再兜很大的圈子回到住处，然后伪装成平时的身份，每个环节还得做得细致周密，两个小时是不够的。

也许昨晚草坪里那场追逐使NF起了警觉之心，宁可放慢节奏也要确保自身安全，这等级别的杀手很自恋，不会轻易冒险。

明晚以什么方式进七号楼刺探虚实，水管工、收费员、保安，还是干脆在对面楼上架起高倍望远镜？难道两人关在家中一步不出，即使滕自蛟有方便面将就着，格蕾丝恐怕也很难熬吧？

这样胡乱想着，方晟心神略松，懒懒地打了个呵欠，几乎同时他突然感觉到右侧五六米处有极其细微的动静，就像老鼠出洞发出的声响，很短暂，很轻盈，然而他还是听到了。

有人！

他果断一个侧翻，手臂向右一扬，身体却向左卧倒——这是高级避弹技巧，在黑暗中容易误导对方以为自己朝右边躲避。

一声消音器下发出的手枪枪响，子弹擦着方晟面颊打在墙上。

NF！果然是NF！

原来NF比方晟来得更早，因此将方晟的行动尽入眼里，然而NF知道如果仓促出手必定遭到反击，到时招来保安和附近警察得不偿失，遂一声不吭屏息等待，等到方晟松懈之时偷袭。

谁知机会是等到了，可方晟的机敏尤在他预料之上，于刻不容缓间躲过必杀一击。

方晟抬起手腕想开枪，但NF已占尽上风，岂能容得对方有喘息的机会？他双手执枪一边大步上前一边交替开火，方晟借助树木、苗圃、院墙连连避让，竟没机会回击。

抬腕，开枪，方晟只需要0.5秒，然而NF就这么霸道，硬是让方晟找不到半点机会。

方晟在地上连续翻滚躲闪，心里说不出的窝囊。第一次在阿斯道罗森林被动挨打情有可原，NF躲在暗处以逸待劳；第二次两人相遇都没有心理准备，NF利用地形从容逃逸；这回又复制阿斯道罗森林的情况，可为什么不能像NF一样轻松扭转局面呢？

闪念间两人一进一退已有十多米远，NF如此离他四五步的距离，既防止他拼死反噬，又留走撤退的空间。方晟滚到院墙拐弯处，冒着危险将身体换了个角度，变成右腿在外左腿在内。匆忙中NF没有注意到这个细节，坚持原有的战术。谁知方晟单腿猛地一跃，右脚凌空射出一道寒光——这是方晟的绝招"鞋中刀"！

从实战效果上讲，飞刀再快也比不上子弹的速度，如果NF拼着挨一刀继续射击，方晟立即成为枪下游魂。可这个假设是不存在的，NF才不会以负伤为代价换取一条人命，这样做不值得，也违反职业杀手的原则，杀人要用智慧以巧取胜，而不是不要命地蛮干，何况现在是在中国，强敌环伺，他绝对不可以受伤。

NF轻轻一闪，躲开飞刀。

方晟要的就是这个效果，瞬间翻转手腕对准NF连开四五枪，NF早有防备，跨开几大步退到十米之外。

方晟并不指望能打中NF，这几枪只有一个目的：鸣枪示警。

因为他的手枪没有装消音器，清脆的枪声在深夜寂静的小区显得格外刺耳，足以将格蕾丝从睡梦中惊醒，接下来她应该知道怎么做。

NF并未被吓跑，相反静静地站在原地不动，身影与月光下树木的影子融为一体，黑暗中透出森然肃杀之气。方晟紧贴着院墙双手执枪，眼睛一动不动盯着前方。仿佛受这种莫名气氛的感染，草丛间虫子们都知趣地闭上嘴，天地间宛如只剩下两个黑影，三把枪。

两人对峙了足足四五分钟，七号楼后面传来嘈杂的脚步声，还有电筒光柱的扫射，这是小区保安听到枪声过来查看情况。方晟只听得对面"簌簌"数声，急步赶过去看时大树间空空如也，NF 早已不见踪迹。

方晟心有不甘地看看七号楼，毫无疑问，这会儿格蕾丝肯定离开了 102 室，惶惶如惊弓之鸟的他们，下次会藏得更隐蔽、更令人难以想象。其实此时的方晟比任何人都急于见到两人——自从知道万琪就是滕自蛟之后，关于爸爸的死，他有太多太多不解要找滕自蛟当面问清楚。

十多年前，当他独自在医院停尸间摸着爸爸冰冷的面颊时，心里近于执拗地认定一个念头：爸爸不是死于医疗事故，而是谋杀。时至今日，这个想法依然没变，而且更加坚定。

第五章　猝死谜团

郑阳边戴警帽边挎上枪匆匆出门，一头撞到一个人身上，定神一看，连忙立正道："郁局，张局……安队也来了？"

他有些惶然，凌晨四点多钟，局里排名前三位的领导同时光临城南派出所，莫非发生了什么大案要案？

"小郑啊，这么早到哪儿去？"张局和蔼地问。

"东谷小区保安打电话反映听到几声枪声，现场还有子弹壳，准备过去看看。"

张局"哦"了一声，过了会儿道："你估计是什么情况？"

"这个……要看看现场痕迹、枪型才能做大致判断。"

安图生摆摆手道："不劳你大驾，刚才黄队已带刑警队的兄弟去了。"

"刑警队？"郑阳一愣。

郁局满脸严肃道："很意外是不是？没想到你的好朋友方晟会惹上刑警队吧？"

郑阳大惊："郁局，您……您怎么知道他回来的？"

"你不汇报我就掌握不到信息吗？"郁局冷冷道。

"不，不，郁局，这件事……"

张局道："你也无须解释，为方局去世后局里的调查结论，方教官对我们几个很有看法，所以这些年回家探亲从来不跟局里通气，那些都属于私怨，暂且不提。眼下格蕾丝在郭川境内失踪，惊动了省厅和公安部，这是关系到国际影响和反毒扫黑的大事，方晟既然奉命参加搜索工作，就应该主动与我们联系，互通有无，上下联手，齐心协力完成任务，你说对不对？"

"这个……"郑阳一时难以回答。

"当然，他隶属特种部队，享有独立调查和处置权，可以不对地方负责。"

安图生话锋一转，"只是一个人跑到居民小区玩枪战，事后不作任何说明就一走了之，恐怕到哪儿都说不过去。"

郑阳觉得浑身冒汗，半辩解半开脱道："现在……现在还不能肯定是方晟所为，如果调查结果证明真是他干的，我会出面……"

郁局冷峻道："你就问他，特种兵的高级教官就能破坏社会治安，就可以为所欲为不受地方监督吗？要是不把市局放在眼里，我就反映到省厅，再上面还有公安部，一层一级上去，总有降得住他的人！"

"这……"郑阳无从说起。

郁局扫了他一眼板着脸走出去，张局紧随其后，安图生本已迈出门，想想回头拍拍郑阳，低声道："别放在心上，这几天老大的日子不好过，三天两头挨骂……方晟那边你也多劝劝，别跟局里硬顶，把郁局弄毛了大家脸面上都不好看。"

郑阳看着他的背影，实在搞不清这位刑警大队长哪句话是真的，哪句话是假的。

东谷小区离派出所只有两条街，郁局叫司机先走，三个人步行过去。

"小郑是实在人，不会和方晟弄到一处搞鬼，"张局开口道，"刚才从他的神态看得出来，对东谷小区枪战他也不明白怎么回事。"

安图生道："是啊，小郑是思想上过硬、政治上信得过的好同志。"

郁局哼了一声："不见得，真理到谬误只有半步之遥，有时一冲动就迈过去了。"

"回过头想想，我们处理方局去世那件事基本原则是没错，但具体手法和措施似乎太简单、粗暴，忽略了一个孩子的感受，"张局缓缓道，"我想是不是选择合适的时机和方晟坐下来谈谈，加强沟通，消除彼此间的误会。"

郁局低头不语，张局与安图生对视一眼，默默跟在后面，三个人无言走了两百多米，郁局重重吐了口粗气。

"可以安排，不过要把握一个度，那就是在他父亲的问题上市局没做错，我们找他不是赔礼道歉，更不是搞什么翻案，过去十多年的事不要拿出来喋喋不休。大家要存异求同，放下历史包袱，解决好当前的麻烦。"

安图生说："行，小区那边现场勘查一结束我就找郑阳。"

穿过马路又走了一段，张局叹了口气道："说实话我也觉得奇怪，滕自蛟提前出狱后为什么给蒲桑炯做管家呢？而且还改名换姓，如果让方晟知道了，不是更容易往他原先怀疑的思路上联系吗？"

郁局表示同意："是啊，滕自蛟搅进来硬把简单的事复杂化，方晟肯定以为我们隐瞒了什么，幸好当年经办的三个人都在这儿，我可以问心无愧地说一句，处理方局的后事，无论为公为私我自认为办得公平公正，没有亏待方家。"

"郁局说得对，当时我们的压力也很大，方方面面都要有个交代，方晟不能只站在他的角度考虑问题。"张局继续道，"安队，提到滕自蛟我又忍不住要说你，在撬开他的嘴之前为什么急于把案子报到FBI和EDG？现在人失踪了，万一被贩毒组织派来的杀手灭口，能找到蒲桑炯的唯一线索就会被掐断，青藤会的事将永远结不了案，你知道这样对市局来说意味着什么？"

安图生讪讪笑道："我是做得欠考虑，主要是发现案子与辛德诺集团有关，担心隐瞒不报会遭到严厉处分，当时你和郁局去市委开会，手机都关了打不通，冲动之下就报了……线索嘛除了滕自蛟还有萧连，我敢保证他绝对躲在市区，找到他只是个时间问题。"

郁局冷冷地说："我很有耐心，可上级领导是不是有耐心就难说了，今天我把话撂这儿，格蕾丝失踪事件我当然是负领导责任，但我要是受到处分，你们几位一个也跑不了。"说完加快脚步进入东谷小区大门，小区里已停了七八辆警车，刑警们正在进行测量现场、提取脚印、收集子弹壳等工作。

三号楼处于小区最北端，离护城河只有七八米，方晟伏在楼顶翘檐阴影下，从望远镜里观察刑警们的活动。

他没有离开，也不会离开。第一，他想进入102房间看看，说不定能从他们仓促间留下的物品中找到线索；第二，NF、格蕾丝、万琪都可能留在小区内，他不想放过任何机会。

看着刑警们在昨天交战的地方忙忙碌碌，郁局沉着脸如黑金刚般站在中间，张局像弥陀佛似的笑口常开，安图生精悍干练地指挥现场，黄永泉蹿来蹿去忙得满头大汗，心情非常复杂。

十多年前方晟的父亲方仁冲是郭川市公安局第一副局长，因一把手局长突发脑溢血长期住院治疗，实际主持局里全面工作。当时郁局是排名最后的副局长，张局和安图生分任刑警大队正副队长，黄永泉则是城中派出所所长。

方仁冲在警界以嫉恶如仇著称，在扫黄反黑方面火力猛、出手狠，张局、安图生都因坚决贯彻执行他的意图而受到赏识并提携到刑警队，可以说是有知遇之恩。

相比之下黄永泉的运气就差了许多，他从派出所所长抽调到刑警队借用，原本已内定为刑警队副队长，方仁冲却认为他与个别私营老板走得太近，不适宜留在刑警队，硬将他摁回基层。一朝天子一朝臣，黄永泉只好捏着鼻子不吱声，安心窝在派出所踏踏实实工作。谁知人倒霉喝水都塞牙，没过几个月他辖区内的白天鹅歌舞厅发生火灾，两死一伤。市政府立即组织联合调查组驻场检查，一查之下发现这家歌舞厅既无营业执照又无经营许可证，更不用说消防验收合格证，而且有多人举报这里是黑社会成员经常聚会的据点，又是买卖摇头丸等毒品的重要窝点。方仁冲雷霆大怒，一方面要求检查组彻查到底，一方面命令黄永泉停职检查，把事情说清楚。

白天鹅歌舞厅的老板就是滕自蛟，郭川城里的风云人物，黑白两道都吃得开。当时蒲桑炯道行尚浅，遇到他总恭恭敬敬叫一声"滕爷"。

方仁冲怀疑黄永泉是白天鹅的保护伞，或者在其中占有相当多的股份，纵容它无证经营。黄永泉自然矢口否认，因为警察涉黑涉毒是非同小可的罪名，一旦坐实丢掉饭碗不提，还要坐牢。

方仁冲给了他一个月期限，说如果他主动交代，组织上将给予从宽处理，否则后果自负。

然而就在这个月里，发生了一件蹊跷离奇的事。

那天晚上方仁冲走出局大门，没有像往常一样沿人行道步行回家，而是打车来到城西区月亮湾咖啡厅，独自坐在里面将近一小时，然后才出去站在路边等出租车。

这时滕自蛟驾着车从远处驶过来——他因无证经营被拘留十五天，下午刚刚被释放，径直冲向人行道将方仁冲撞倒在地，接着车子去势不减，又开进咖啡厅连续撞倒七八张桌椅，滕自蛟本人也头破血流昏迷不醒。

幸运的是方仁冲在车子冲上来的一刹那向旁边闪了半步，没受到致命伤，神志清醒，有热心人立即把他送到市第一医院。值班医生万文暄让他做了CT、脑电图等常规检查后开药方输液消炎。然而令人想不通的是，从无药物过敏反应的方仁冲居然青霉素过敏，全身抽搐不止，面色呈紫绀色，血压急剧下降，等护士们采取急救措施时已停止呼吸。

地级市公安局长车祸后在医院猝死，这是一件引起社会关注和公安系统震惊的重大新闻，省委省政府领导先后作重要批示，责成郭川市公安局全面调查，给社会、给方仁冲亲属、给公安系统广大警察们一个交代。

郭川市立即成立专案组，政治委书记担任调查组长，郁华峰任副组长，具体负责整个调查工作。

一个月后市局宣布调查结论：滕自蛟撞伤方仁冲非蓄意挟私报复，而是酒后驾车；致使方仁冲死亡的属于医疗事故；方仁冲去世不能认定为因公殉职。

结论迅速获得市委和省厅等方面通过，接着滕自蛟因酒后驾车等罪名被判了八年，白天鹅舞厅买卖毒品的事情没能查下去，仅停业关门了事。医疗事故的责任人也受到相应处罚，万文暄开除留用，两个月后调到社区门诊，周护士行政记大过处分，三年内不准晋级和评职称，实习生邰子俊则被退回医学院，实习考评自然是不及格。

表面上几个人都遭到了处罚，细看就会发现亲属提出的"阴谋说"、"暗算说"被刻意回避，让人感觉调查组是敷衍了事。方仁冲的妻子看到结论后捂着心口气了一夜，第二天便神情恍惚，目光呆滞，嘴里不知说些什么——双重打击之下她精神失常了。

那时方晟才16岁，为了处理后事和交涉对父亲去世的疑问，一趟趟跑公安局，然而得到的是冷冰冰的答复。尸体火化那天黄永泉特意跑过来露了回脸，连方晟都看得出这是故意炫耀——方仁冲去世后市法院副院长过来当一把手，由于不了解情况，黄永泉的事不了了之，成为最大的受益者。

到底什么原因使市局的态度发生根本性改变呢？几年后方晟才断断续续了解到大致内幕。

第一，那天滕自蛟从拘留所出来后当即被几个朋友接到饭店接风压惊，他喝了七两左右，酒足饭饱之后准备去浴城"放松"一下，滕自蛟独自开了辆车，说打算绕到白天鹅看看。月亮湾咖啡厅正好是饭店到白天鹅的必经之地，方仁冲出现在那里纯属偶然，所以调查组认为滕自蛟在行动上不存在"早有预谋"，而且在查封白天鹅以及后来的调查上，两人没有正面接触，"挟私报复"无从谈起。

第二，万文暄开青霉素时口头询问方仁冲有无过敏史，方仁冲在清醒状态下说没有，可以用。考虑他的身体多处有表外伤急需消炎，万文暄便省略了做皮试，周护士忙于照顾其他病人未跟踪监护，实习生发现他有不良反应后没有在第一时间采取正确措施，延误了青霉素过敏后的"黄金三十秒"，致使方仁冲猝死。调查组认为以上三人与白天鹅案、与方仁冲均没有利益攸关的冲突，只能判断为医疗事故。

第三点，也是最关键最重要的一点：方仁冲下班后独自到咖啡厅干什么？

开始这是横亘在调查组面前的难题，因为他没有对任何人提起过，而且也看不出咖啡厅与工作有何关联，直到另外一件事意外解开谜团。

那天晚上方晟住的院子里发生了两件大事，一是方仁冲去世，二是郑娆娆失踪。

当时郑阳只顾陪着方晟没在意，他父母亲都是卡车司机，长期在外面跑长途，姐弟俩习惯了一起生活，而娆娆是出了名的朋友多、玩心重，两三天不回家也是有的，但一晃过去一周，娆娆还没回来。郑阳着急了，到学校、朋友家、娆娆经常光顾的舞厅、台球室找，都没有消息，无奈之下只得报警。

警方立即着手调查，并到郑家进行地毯式搜索以期发现线索。撬开她的抽屉，里面有半张信纸，上面用铅笔写着一句话：明晚七点，月亮湾咖啡厅。没有日期，没有落款，但信封最下方印着一行字，郭川市公安局。

经鉴定，这是方仁冲的笔迹。

娆娆失踪那年刚好十八岁，很有几分妩媚的风情，加上她性格外向，活泼爱笑，又在社会上广交朋友，是老师、同学们眼里的"坏女孩"。由于父母很少在家，无人约束，娆娆平时天不怕、地不怕，就怕方仁冲，怕被他板着脸训斥一顿——院子里所有孩子都怕他，包括郑阳。

普通劝导教育可以在家里进行，与一个漂亮的小女孩相约到离家非常远、充满暧昧气氛的咖啡厅见面，其用心就有点让人怀疑了。

摸出这个情况后整个调查工作戛然停止，据说是有位级别很高的干部看到内参后说了一句，"哎，没想到仁冲好这一口，算了算了，点到为止"。

那年郑阳才14岁，处于懵懂时期，基本上是大人说什么就信什么，但方晟不同，他凭自己的观察和感觉认定爸爸不是那种人，娆娆也非大家所想象的轻浮女孩，两人绝对不可能发生不伦之情。

可那天晚上方仁冲约娆娆到咖啡厅谈什么呢？

方仁冲本可以说清楚，但他离奇地匆匆去世。

娆娆应该知道，可惜她失踪了，恰好在同一个晚上。

第六章　飞来横祸

正午的阳光洒落在晋东城每个角落，包括市中心银月大厦那片金光闪闪的琉璃瓦上。36层高的银月大厦是故乡人的骄傲，每当外地人来到这里，总要尽力推荐他们去看看"我们银月大厦"。

大厦一至十层分布了五家商业银行、三家保险公司，另外电信、移动、烟草等老百姓心目中的热门单位在上面都有办事处，11层至20层是宾馆、商场、酒店、美容院、休闲中心、运动场馆。20层以上则是炙手可热的商住房，又称景观房，房价堪比上海、杭州黄金路段的价格。

蒲桑炯站在35楼东侧客厅阳台上，嘴里叼着烟，冷冷地朝下面俯视。

从郭川逃到这里已有十二天，秘密电话还没响过一次，这不是好兆头，说明两个重要心腹——万琪和萧连处境不妙，说不定已陷入囹圄。这使他更迫切等待另一个电话，那个电话很重要，会提供他最想知道的一切。

到目前为止蒲桑炯还是一头雾水，不明白警方的突然袭击是怎么回事。

十多年来青藤会从无到有，从小到大，发展得异常顺利，一方面是自己运筹帷幄领导有方，另一方面也离不开那张坚实的保护伞做后盾，不管大事小事，警方有什么行动他都能提前获悉，因此这么多年一直没让人抓到把柄。

可这次好像某个环节出了岔子，事先一点风声都没有，能从警方重重防线中脱围，全倚仗蒲桑炯平时养成的好习惯。

郭川黑道上都知道他有三个规矩：第一，无论谈生意、赴宴还是其他社交活动，没有后门的场合不去；第二，出门必带两辆车，分别停在前后门待命；第三，从来不与司机预定行程安排，上车后才临时决定。

此外他还有一个不为人知的习惯：每次进了办公室必定先调监控，查看各楼层以及商务会所周围有无异常状况。

那天开车来到三家桥商务会所后蒲桑炯很快发现问题，会所南侧大街是

第六章 飞来横祸

郭川市"四纵四横"之一的主要街道，平时车水马龙、人来人往，热闹非凡，可今天像是长江洪峰被泄了流，路上格外冷清，特别是站在街头卖报、兜售小工艺品和骑电瓶车卖冷饮的小商贩，全无踪迹。

有问题！一定有很大的问题！

蒲桑炯根本没抱侥幸心理去证实或打电话了解什么，于第一时间做出决定：逃亡！

当警方冲进商务楼将所有人员全部抓获后，居然无人说得出蒲桑炯什么时候离开的，去了哪儿。他停在楼下的两辆车都没动，也没有证据显示他利用其他车辆逃跑。搜索范围扩大到各高速公路监控和火车站、机场，均无结果，他如同一滴水蒸发在空气中，瞬间无影无踪。

蒲桑炯忙乱中没忘了到宾馆接出金小咪和乔，然后乘快艇来到与郭川隔湖相对的东城。

这些天他时而独自冥思，时而与金小咪讨论几句，题目只有一个：到底怎么回事？

警方凭什么突然包围三里桥商务会所抓人？

那个人神通广大，这回为何被蒙在鼓里？

这一切与金小咪过来商谈建立贩毒据点有无联系？

一连串疑问让蒲桑炯郁闷无比，更使他难堪的是金小咪不远万里从美国过来共商大计，转眼间却跟在后面东躲西藏，而他居然不知道为什么。

电话，电话……

很久以前双方有过约定，只能那个人打给蒲桑炯，蒲桑炯不能打给他。因此12天来蒲桑炯忍着没有主动打过去，他也想通过这件事考验一下双方友谊的坚固度，锦上添花谁都愿意做，雪中送炭就未必了。如果——当然蒲桑炯有足够的耐心，如果那个人忘恩负义甚至在背后踩自己一脚，他手中有很多让警方欣喜若狂的东西，到时大不了一起完蛋。

他不会的，绝对不会！

从某种意义上说，那个人对青藤会的感情尤在蒲桑炯之上，他和蒲桑炯就像结在青藤上的两颗果实，吸吮着藤蔓里的营养，相互依赖，相互支持，一明一暗，一黑一白，谁也离不开谁。

但那个人坚决反对贩卖海洛因，态度非常坚决，他说每个人都有自己的底线，他的底线是人可以伤天害理，但不能丧尽天良。敲诈勒索、收取保护费、空买空卖等等属于鹰过拔毛，偶尔出一两条人命也罩得住，贩毒就不同了，任何国家和政府发现后都会穷追猛打，辛德诺又是臭名昭著、人人喊打的贩毒集团，沾染上它只会带来祸患。

蒲桑炯没有听那个人的，他被金小咪描绘的诱人前景迷住了。他从来不敢想象自己能拥有那么多财富，能过上那种天堂般的生活，相比之下贩毒所面临的风险和灾难性后果显得微不足道。在其他方面，金小咪的个人魅力也是促成合作的重要因素，按说像他这种在黑道跌打滚爬的枭雄，有明聘正娶的妻子，明里暗里还有七八个情人，可谓阅女无数。但去年遇到金小咪后，他觉得那些女人都是豆腐渣，没一个像她这样有真正的女人味。

因此他一边敷衍塞责，一边紧锣密鼓进行策划，才有了金小咪的再度回国和密谈，谁知天不遂愿，横里杀出这档子事。

"咝——"手机在手心里震动，看到号码蒲桑炯心里顿时一松，那个人果然没抛弃自己。

"在哪儿？"

蒲桑炯含糊道："一个安全的地方。"

"身边有其他人？"

"没有，"蒲桑炯道，"这次到底怎么回事？为何事先没有一点消息？"

那个人恨恨道："还好意思问我？就是你偷偷谈的那桩生意惹的祸！这回事情搞大了，省厅、EDG都有专人住在郭川督办，由于金小咪是美国籍，辛德诺集团头目威尔逊也是美国人，又把FBI牵进来了，你说说，这件事怎么收场？"

蒲桑炯脑子嗡嗡直响，费劲地咽了唾沫，尽力理清混乱的思路："等等，让我想想……不对，不对，跟辛德诺合作仅仅是个意向，还没有发生事实，警方怎么随便抓人？"

"你在录音带里不是说得很清楚吗？我们掌握了郭川歌舞厅摇头丸和K粉百分之八十的销量，我们建立了完整的分销网络和销售渠道……"

"录音带？谁偷录了我们谈话的内容？"蒲桑炯大惊失色。

"万琪。"

"不……不可能，"蒲桑炯冷汗沿着两颊直往下流，"那天晚上我们在海天大酒店吃饭，然后他送手机过来，和萧连坐在楼下大厅等，我和金小咪、乔到顶层临时指定的包厢闭门密谈，万琪也压根没靠近过包厢半步，怎么……

怎么可能窃听？"

"我也很奇怪，万琪出狱后人老了胆子也小了，成天闷在你家极少出门，按说没理由跑到酒店窃听，但他被审讯时言之凿凿说拥有你们谈话的全部录音，提到几个细节跟我们收到的录音带内容一模一样，比如有一段，金小咪提到威尔逊到墨西哥谈毒品时你亲手削了个苹果给她，对不对？"

蒲桑炯张张嘴，口干舌燥。

"万琪……万琪……您，您当然不可能让他胡说下去，是吧？"

"迟了，他已被 FBI 特工带走，我高价雇佣鳄鱼杀手团在途中拦截，哪知道那群笨蛋居然没得手，让两人逃得不知去向，这一来 EDG 又着急，通过协调将特种部队的方晟抽调过来。"

"方晟？"蒲桑炯觉得头有三个大，"方仁冲的儿子？"

"他始终怀疑方仁冲的死有问题，几年来还找过个别当事人，我发现后派人劝阻了，这个人是个大麻烦，我担心他介入后会把事情越搅越乱。"

蒲桑炯倒吸一口凉气："如果他碰到万琪，会不会挖出方仁冲的事？"

"应该不会，否则我们固然要下油锅，他就有好下场？从酒后驾车到蓄意杀人，还得再抓进去判刑！"那个人恶狠狠地说，"所以我才想不通他为什么窃听你们谈话，放着好端端日子不过趟这潭浑水，弄得大家都不安分。"

"其实……其实依我的话早早把这老东西做了反倒干净，您总是不肯……"

"我何尝不想，可老东西入狱前把证据藏在女儿手里，扬言如果他遭遇不测，女儿就把证据满天飞，我了解他，他真会这么干。"

蒲桑炯感觉到前所未有的混乱和无奈，仿佛刚刚还是九九艳阳天，转眼就乌云密布、飞沙走石，天已不是那顶天，地也不是那块地，茫茫然如置荒野之间。

"桑炯，桑炯，听得见我说话吗？"

"啊，我在听着。"

"这会儿金小咪在你旁边吗？"

"没有，她和乔在对面房间看电视。"

那个人干咳一声："这个……桑炯，万琪那边不管怎么折腾，只要我在这边守着出不了大岔子，反倒是金小咪和乔让我不安，我想干脆把两个人做了，连威尔逊也会感激我们……"

"可是……"

"可是你喜欢金小咪,对不对?桑炯,三条腿的蛤蟆难求,两条腿的女人还不好找?这样吧,如果不忍下手,只要提供你们现在的准确位置,我派人过去!"

蒲桑炯悚然一惊:"不,不,我会处理的。"

那个人似乎意识到什么,叹了口气说:"桑炯,别怪我心狠,你静下心想一想,金小咪给我们带来了什么,这件事一闹,我们辛辛苦苦赚的一点钱全砸进去了,而且,而且我真担心能不能善终呐!"

蒲桑炯勉强笑道:"您可从没这么没信心过,别开玩笑了,眼下我才是混得最惨的人。"

"你错了,桑炯,我宁愿像你那样一走了之,但是不行,我的牵挂比你多,一时半刻也下不了决心,再说我在这儿多少能发挥点作用,说不定挺一挺就能扛过去。"

"照您的观察,这件事最终会怎么处理?如果万琪死了,青藤会的案子会不会永远悬着?如果他没死被引渡到美国,我们又怎么办?"蒲桑炯小心翼翼试探道。

那个人沉吟了好一阵子,显然一时难以回答这个问题。

蒲桑炯进一步问:"这么说吧,我回郭川的可能性到底有多大?"

"……目前局势扑朔迷离,很多因素都在左右案情发展,碰到这种国际背景的大案要案,个人力量是微不足道的,不过桑炯你记住一点,这么多年来我一直把你当成最亲近、最值得依赖的兄弟,人生在世图什么?无非是交像你这样的知心朋友,钱呀房子呀汽车呀都是身外之物,对不对?"

"是……"蒲桑炯一时被他的话所感动,竟有些哽咽。

"情况就是这样,我还在设法了解更多信息,总之最重要的是安全,什么人都不要信,等事情明朗再说。"

蒲桑炯一迟疑,把想说的话咽回去,只简单地说:"我的手机一直开着。"

"注意,"那个人警告道,"一是金小咪的事,二是当心有人跟踪,据可靠消息欧洲第一号杀手已潜入郭川,不要因为她而被牵连。"

蒲桑炯心一寒:"明白。"

"对了,那天萧连也侥幸脱逃,至今没有下落,你分析他可能藏在哪儿?"

蒲桑炯想了想说出一个地址,那个人没有再说什么,直接挂掉电话。

他看着手机直发愣，低头沉思良久，一抬头看到金小咪不知何时倚在门背上，神情从容淡定。他心里陡然一热，想起去年第一次见她的样子，也是这样闲闲淡淡，什么事都不放在心上的气度，眼睛却暖暖的充满笑意，好像随时准备倾听别人的烦恼。那次蒲桑炯整整说了四个小时，她整整听了四个小时，当晚他就做出与辛德诺集团合作的决定。

"他让你杀了我和乔？"她说。

蒲桑炯吐了口闷气："他也想杀我，青藤会土崩瓦解，我已没有利用价值，反而成为他的累赘……"

"就像我和乔，这桩交易谈砸后就成为废物，威尔逊不会让废物活在世上。"

"但我们都握有警方感兴趣的东西，这是大家还小心翼翼维持友谊的原因，"蒲桑炯狞笑道，"其实万琪根本是朽木一根，方晟也不足为虑，等风头过去我护送你从南方出境，再回来跟他们大干一场！"

"方晟是谁？"

"一个特种兵，跟我们有点私怨，哼，特种兵有什么可怕的？碰到我的蜈蚣镖，来一个杀一个，来两个杀一双！"说着冷不丁双手一扬，对面墙上画中的美女胸口整整齐齐钉了四只蜈蚣形状的飞镖。

金小咪饶有兴趣地将飞镖逐个摸了一遍，拍着手笑道："好精致的蜈蚣镖，美国有全美飞镖王大赛，以你的水平去参加进前十名没问题。"

蒲桑炯痴迷地看着她巧笑嫣然的样子，笑道："我的镖只用于杀人，不适宜观赏，不过你除外，只要想看我随时可以表演。"

她扑哧笑了起来，走到他身边，大大咧咧在他上臂扭了一把，笑眯眯道："只要时机成熟，随便你出什么都可以。"边说边从桌上捏了颗话梅扔到嘴里，做了个鬼脸溜进屋继续看电视。

蒲桑炯居然有些脸红。

他从没见识过这种类型的女孩，把露骨的成人玩笑以如此轻松悠闲的语气说出来，将一件原本赤裸裸的男女游戏变成充满情调的期待，一时间仿佛时空错乱，蒲桑炯浑然忘却眼前烦恼，仿佛回到了青涩的少年时代。

金小咪是不是他命中注定的劫数？蒲桑炯不知道，正如不知道是他改变了青藤会，还是金小咪改变了他。

第七章 悬于一线

萧连厌恶地看着餐桌上过去六天的食物：牛肉方便面、海鲜方便面、麻辣方便面、鸡蛋方便面……

够了，现在一想起"方便面"三个字他就要吐。

身为青藤会第二把交椅的人物，虽谈不上夜夜笙歌，顿顿山珍海味，每天至少要赶一两个场子，半斤八两白酒那是小事一桩，桑拿、按摩也是家常便饭，什么时候闷在家里吃过方便面？

树大招风，这话说得一点都不错。几年前青藤会第一次涉足摇头丸、K粉生意时，萧连就忧心忡忡地劝过老大：毒品是一本万利的断头生意，做也无妨，但是要低调，不能太张扬，否则容易引起警方注意。蒲桑炯听了就笑，然后诚恳地说老萧到底是围棋高手，未求胜先虑败，"不错，你说得不错，我们是不可以太嚣张。"

谁知才安稳了两年，蒲桑炯居然跟辛德诺的特派代表金小咪挂上钩，着手将毒品业务扩大到海洛因。这次金小咪二度回郭川，蒲老大安排一辆凯迪拉克、一辆劳斯莱斯到机场迎接。接风自然是到最高档的海天大酒店，住最豪华的套间，除了上厕所，蒲老大一刻不离地跟着，好像捧着瓷娃娃似的。

萧连暗自琢磨，将心比心，如果我是警察，看到青藤会这帮家伙以这么高的规格接待一个女人，肯定有兴趣知道两件事，第一，她是什么来头？第二，他们想搞什么阴谋？占姆士是在EDG和美国警方挂了号的人物，倘若查出金小咪与他的关系，青藤会不就与贩毒联系上了吗？

蒲老大笑他杞人忧天，"美国FBI世界闻名，可跟威尔逊斗了十多年硬是拿他没办法，金小咪只是占姆士的情妇，从法律上讲与他毫无关系，总不能见风就是雨套青藤会一个莫须有的罪名吧？老萧，你是不是年龄大了，不太适宜再在圈子里混？"

萧连一抖,不敢说三道四。他有自知之明,在黑道上混无非靠两条,一是斗狠,对手狠,你就得比对手更狠,对手切小拇指,你就得切大拇指,只有在气势上压倒对手才能立足;第二是面子,在黑道上面子越大道行就越深,比如说帮派里的小喽啰过生日,只能拉几个朋友在大排档凑合,可大哥级人物不用撒请柬,黑白两道自有人主动上门抬轿子。有面子就有号召力,关键时候振臂一呼才有人响应。而他已经四十多岁,早过了在刀口上舔血玩命的年龄,能在青藤会混上第二把交椅,主要是当年跟随蒲老大的那班兄弟大多投身商海发财,目前青藤会里就数他资历最深、功劳最大,从上到下多少让着他三分,可这个位置说没就没,为一个金小咪跟老大翻脸不值。

然而蒲老大真栽了,而且栽得很惨。

仅仅过了一夜,三家桥商务会馆突然被查封,17名主要骨干被警方拘捕,蒲老大提前几分钟仓皇出逃。三个小时不到,苦心经营十多年的青藤会便分崩瓦解。

那天萧连因胃疼去医院输液,回去的路上听到出租车司机绘声绘色地说起警方查封的经过,惊出一身冷汗,当即改变线路直接去早就安排好的秘密藏身之处。

狡兔三窟,这套八十多平方的房子处于市中心最大的居民小区,从购买到装修只有萧连自己知道,从感情上讲他很想今生今世都不来这儿,但丰富的阅历和社会经验告诉他,青藤会早晚有此一劫,未雨绸缪铺好后路很有必要。

只是没想到报应来得如此之快。

十多天过去了,外面一点儿消息都没有,平时连街坊老太太吵架都要恨不得开专栏做现场直播的电视台、报刊像集体哑巴了,丝毫看不到有关青藤会的报道。按说这么大的动作,铲除的又是郭川市最有影响的黑势力,应该是件大事,可从地方台新闻以及报纸上看,无论是市领导还是公安系统官员都绝口不提,好像根本没这回事。越是这样越让萧连不安,就好比犯人被押上断头台,铡刀老是悬在半空不往下落,这种感觉简直是残酷的精神折磨。

之所以如此提心吊胆,因为他担忧警方突然出手却严密封锁消息的目的不仅仅是扫黑制暴那么简单,可能想深挖贩毒这条致命线索,万一这个罪名坐实,等待青藤会核心成员的不是十年、二十年的牢狱之灾,而是死刑!

眼下萧连有两个期盼,一是蒲老大潜逃成功,只要他不归案,一切罪名都无法坐实；二是自己能躲过警方搜捕，挨个两三个月伺机逃出郭川市，过隐姓埋名的生活。

在他看来这两个愿望都不难实现。表面看蒲老大有些大大咧咧漫不经心，其实他考虑问题非常细致缜密，精于谋略、果敢敏锐，很多事情都比帮内一班兄弟高看一眼，几乎能用"高瞻远瞩"来形容，因此十多年来青藤会才能屹立于江湖不倒。

大概三年前，或是更远，蒲老大就开始在外省秘密购房，那时房价便宜得惊人，他一出手就是四五套，有时甚至把整个单元都买下。开始萧连替他跑过几次腿，订协议，办手续，交费用，后来改由万琪负责，两人均守口如瓶从未向任何人泄露过。只要蒲老大能跑出郭川，至少有二十处地方供他藏身，每处地点都不为外人所知。

至于自己，在外地也有房产，如果运气好，说不定能和蒲老大重逢做邻居——这些年青藤会生意不错，老大吃肉，老二啃骨头，再下面的弟兄喝汤，萧连并没有浪费这个机会，这也是他多年来执意不肯离开青藤会到外面独立发展的原因。以前一起闯荡江湖的哥儿们不知劝过他多少次，早点洗白出来，生活安定些，将来也有保障，他反在心里嘲笑他们胆子太小，目光短浅，青藤会凭什么在郭川经历那么多风浪始终屹立不倒？那是有靠山的，而且是相当大的靠山，虽然蒲老大从未提起过，但他多少猜出几分，只要那个靠山在，不管什么问题都能解决。

想到这里萧连心里宽慰了几分，觉得方便面并不那么难吃，连续吃两个月虽有困难，撑十天半个月应该没问题。他懒洋洋打了个呵欠，一步三摇进卧室看每天必定关注的郭川台新闻。

脚刚踏入卧室半步，他蓦地全身一震，身体宛若坠入万年冰窟，僵直在原处不能动弹半分。

卧室中央的床上半躺着一个人，一个黑衣人，正似笑非笑地看着他！

NF！

NF笑得很诡异，不是那种正常的、自然的笑，脸上几十块肌肉好像相互叠加，胡乱拼凑成笑容，与其说是笑脸，不如称之为鬼脸更恰当。

萧连从未见过有人能这样笑，更想不到笑也会如此可怕！

更可怕的是自己在屋里待了十多天，没有踏出屋子一步，四周门窗用的是最好的防盗材料、由手艺最好的工匠施工，别说人，连苍蝇都别想飞进来，可这个人居然大模大样躺在床上，姿势放松得好像在自家床上睡觉刚刚醒来一样。

若非楼下隐约传来大婶们聊天的声音，萧连简直怀疑是在做梦。

大概过了半分钟，也许更长时间，总之在萧连看来似乎比一个世纪还漫长，他还没想好是进还是退，是呵叱还是责问。NF 微微一动，也没见什么动作，人已站到面前，两人相距顶多二十厘米。

"蒲——桑——炯，在哪里？" NF 开口道，语气生硬而别扭。

萧连稍稍恢复镇定，脑中急剧盘算并得出三点结论：第一，这家伙是个老外；第二，他不是警察；第三，他找蒲老大应该与贩毒有关。

他摆开谈判的架势反问道："你是谁？你找他干什么？"

NF 凝视着他，眼睛里透出幽幽蓝光，闪电般捉住他的左手食指向后一拗——

"啊！" 萧连发出一声惨叫。他半跪在地，惊恐地看着软搭搭垂下的食指，钻心般的痛楚使他的冷汗大滴大滴往下流。

"只回答，不提问，明白？" NF 揪着他的衣领缓缓说，两人靠得如此之近，以至于能嗅到黑衣人混浊而刺鼻的气息，萧连胆怯地咽了口唾沫，连连点头。

"蒲桑炯去了哪儿？金小咪和乔是不是跟着他？"

"没人知道，警察包围商务会所时他单独逃跑的，我不在现场。" 他看到 NF 垂眼看自己的手指，心里一颤，急忙补充道，"不过我可以提供他在附近城市购置的房产位置。"

"写，但不准玩花样！"

萧连小心翼翼指指书房："那边。" 受影响他也说得简洁起来。

NF 不置可否 "唔" 了一声，拉着他走到书房里宽大气派的老板桌旁边。萧连从桌上材料堆里抽出一本信纸，然后坐到椅子上拉开抽屉找笔。第一个抽屉没有，第二个抽屉又没有，第三个抽屉……

第三个抽屉拉开后，萧连右手飞快地握住藏在杂志下的手枪，左手拿起桌上烟灰缸砸向 NF 的脸，同时单脚踢中办公桌底下侧面机关，一张布满倒刺的铁网从天花板上撒下来，正好将 NF 罩住。

这时 NF 只做了一件事。

他抓住萧连的胳膊向后一甩，一百六十多斤的汉子在他手里像纸糊的假人，被重重甩在身后的墙上，萧连低低哼了一声，如同一摊烂泥从墙壁上慢慢滑下来瘫倒在地。

NF这才慢条斯理地清理罩在身上的铁丝网，然后走到萧连面前，蹲下来，单手托起他的下巴。此时萧连满脸是血，呼吸粗重，全身剧烈地颤抖，他分明想说几句卑微求饶的话，可一口血堵在嗓子口，只能发出"嗝嗝"的声音。

"写。"

NF冷冷地说，一抬臂又将他送回书桌前。

十多分钟后，一份"血书"——纸上沾满了鲜血，出现在NF面前，上面详细罗列了蒲桑炯在六个城市的十处房产所处位置，包括街道、小区、楼牌号和套型。

NF满意地点点头，眼光转向瑟瑟发抖的萧连。

NF——他知道国际刑警档案中自己的名字叫NF，他不喜欢这个名字，如果可能的话宁可他们叫自己NL——没有生命。

因为凡是在作案现场见过他的人都得死。

萧连自然也不例外。一串血珠掠过，他闷哼一声，咽喉间多了道血痕，软软栽倒在地。

NF折好纸揣入怀中，悄无声息出了书房，打算到卧室简单化妆一番再光明正大地开门出去，才走出两步突然生出警兆，闪电般冲到对面厨房。

"208，是这一家？"郑阳看着门牌号问。

方晟笑道："你是郭川地面的地头蛇，你说了算。"

郑阳摇头笑道："不行不行，原来我对特种兵的印象无非是会开坦克、能爬高，飞檐走壁，但走访装修公司调查萧连的秘密据点这一招实在是高，彻底改变了我对你的看法。买房、办手续可以用假名字，可装修非得他本人出面……"

"话虽如此，不是堂堂的派出所所长出面，人家一句'商业机密无可奉告'就把我打发走了，谁肯讲真话？"

"这么说我们是焦不离孟孟不离焦了？"

"当然……"才说出两个字方晟用力翕翕鼻子，表情刷地严峻起来。

"怎么了？"

郑阳已用万能钥匙将防盗门打开一半，见状赶紧停下来。

"血腥气！"方晟沉声道，"咔嚓"打开手枪保险。

郑阳也掏出枪，猛地将门拉开，两人一齐冲进去，举枪一个向左一个向右凝神戒备，屋里异常安静，只有冰箱"嗡嗡"的声音。

书房门边沁出一道细细的血痕，郑阳朝方晟眨眨眼，示意血腥气是从书房里传来的，方晟摇摇头，让他别着急进去，再等等。

NF紧紧贴在厨房与客厅的隔断边上，聆听外面两人的动静。正常情况下无论警察还是普通人，必然沿着血腥味跑进书房看个究竟，从而将后背留给NF，他可以射击后从容逃逸。

这是一个局，NF经常在危急关头利用周遭环境即兴发挥，设计出令人拍案称绝的创意。

但就在郑阳开门一刹那NF发现自己太依赖小聪明，失去了第一时间逃跑的机会，因为来的人中有方晟，而方晟绝对不可能被这种小伎俩所骗。

NF干燥稳定的手轻微颤抖，手心里有些潮湿，他屏息静静等待，等待双方正式摊牌，展开残酷的近距离枪战。

方晟闭上眼听了许久，朝厨房方向做了个手势，向旁边让开两步，与郑阳形成犄角，两只黑洞洞的枪口对准厨房，然后两人同时迈出一步。

从门口到厨房隔断大约有六步，双方都在紧张地盘算何时是动手的最佳时机。

方晟和郑阳又迈出一步，双方实际距离已不足三米！

NF微微仰起头，准备出击！

方晟全身肌肉绷得如拉满弓弦的箭，随时迎接突如其来的暴风骤雨！

这时意外发生了——

两人背后陡然传来一个声音："哎，你们两人找谁？"好管闲事的对门邻居踱进来问。

郑阳下意识回头，方晟喝道："小心！"

厨房里扔出一个如手榴弹大小、黑不溜秋的东西，落到地面上滴溜溜直转。方晟拉着郑阳向后急退两步就地卧倒。

"砰！"瞬间满屋子烟雾弥漫，白茫茫一片，原来是烟幕弹。

郑阳爬起来要向前冲，方晟将他拉回原处，凑在耳边道："小心！"

趁着难得的机会，NF跃上大理石灶面，紧握不锈钢钢条用力向两边扯，硬生生扯开一条缝，一脚踹破双层玻璃，纵身跳下去。

听到动静两人飞快冲过去，伏到窗台正好看到NF落地时打了两个滚，灵猫般消失在黑夜之中。

"嗨!"郑阳又气又恨,可恶的邻居不知轻重,让煮熟的鸭子飞掉了。

两人进入书房,里面满地血污,萧连双目圆睁仰面躺在书桌前,浑身上下到处是血,咽喉处一道深深的切痕显然是致命伤。

桌上斜放着一本信纸,纸面上沾了不少血渍,方晟戴上手套将信纸移过来,凑在放大镜前细细看了几分钟,脸上绽出一丝喜色,随即从口袋里掏出一个小瓶子,倒了些粉末在瓶盖里,用水调好后泼到纸上,眼前顿时浮现出几行字迹。

这是目前最尖端的显影剂,即便肉眼看不见的印痕也能被完整地恢复出来,正常成年男子书写印痕四页之内,女孩子笔锋纤细些,也有两页,均可以达到复印般的效果。

"银月大厦、尚王堂、柳堤公寓……"方晟一行行念道,脸上慢慢浮起笑容。

"银月大厦地处晋东城黄金地段,房价高得离谱儿,尚王堂、柳堤公寓等几处房产也都是郭川附近县市的高档商品房,我想只有蒲桑炯具备这种实力。"郑阳道。

"这表明除了万琪,蒲桑炯、金小咪和乔也是 NF 猎杀的目标。"

"或许 NF 不想跟你正面对抗,因此先找蒲桑炯的晦气。"

"他并不怕我,问题是格蕾丝和万琪在东谷小区被吓跑后,短时间内无迹可寻,NF 唯有暂时放弃,先从蒲桑炯入手。"

郑阳点点头,过了会儿问:"你打算怎么办?按上面的地址跑一圈?"

"不,让 NF 自个儿去,那是狗咬狗的斗争,"方晟道,"找到万琪才是当务之急,无论于公于私。"

"你还是不放弃?"郑阳道。

"你放弃过?"方晟反问。

两人面面相觑,然后爆发出一阵大笑。

手机响了,郑阳一接听就惊讶地脱口而出:"什么?城东郊区湖畔花园发生枪战!?"

方晟精神一振:"鳄鱼杀手团!他们跟踪到了格蕾丝!"

郑阳"啪"地合上手机:"快走,去湖畔花园!"

"等等,"方晟目光闪动,"磨刀不误砍柴工,先到你所里找张地图看一看。"

第八章　麦田枪战

雪亮的车灯刺破漆黑的夜空，一辆110警车飞驰在环城大道上，郑阳开着车，方晟坐在旁边。

"你确定格蕾丝不会进市区而是往郊外田野里跑？"

"如果她足够聪明。"

郑阳道："格蕾丝不进市区是防止与大批赶过去的警察碰个正着，更因为北面有广阔的农田，易于隐蔽？"

"还有一个因素，杀手的优势是静态状况下长距离射击，或者近身偷袭，一般不擅长野外追逐战，而在奔跑中对撞是FBI特工的强项，格蕾丝应该选择利于自己发挥的战术。"

"另外你也不愿意在湖畔花园遇到郁局、张局吧？"

方晟笑了笑："勘查现场，提取脚印，这些是侦查刑事案件的例行程序，但NF、鳄鱼杀手团与国内普通罪犯的行事方式、作案手段有很大的不同，对付他们要打破常规，站在杀手的角度考虑问题。"

郑阳想了想："你的意思是说这些人根本不需要掩饰，只要完成刺杀任务，不惜采用任何手段……"他将车子减速，指着远处一片别墅，"那边就是湖畔花园，我们正处于它的东北方向，待会儿从前面拐弯过了老护城河，桥北全都是麦田。"

"经过麦田时保持中速。"方晟拿出红外夜视镜，蹲到座位下从很小的角度向外看。

郑阳正待说话，手机响起，是女朋友刘璐打来的。

"喂，你在哪儿？"她火气很大。

郑阳一拍脑袋："糟糕……璐璐实在对不起，我……"

"哼！每次都失约，每次都事后说对不起，知不知道你的对不起已经不值钱了！"

"这次是真的对不起，方晟……方晟回来了……"郑阳涨红脸解释道。

"噢，朋友一来就忘了女朋友，不愧是重友轻色的楷模啊。"

方晟忍不住笑起来，重友轻色，这个词倒是头一回听说。

"我们在外面办案……"郑阳低声下气道。

"少来这一套，他是特种兵教官又不是警察，是在花天酒地吧？告诉方晟明天我请他吃鱼头，叫上岑冰冰，对了，岑冰冰不是住兴化小区吗？昨天怎么看见她拎着方便袋进了百乐园四号楼？"

"百乐园？"郑阳吃惊地说，"那可是富人区……"他见方晟做手势停车，赶紧说，"好好好，明天见面再聊，拜拜。"

郑阳将车停在路边岔道处。

方晟掏出笔在纸上画了个圈："第十七棵树、第二十六棵树，上面有狙击手，两树之间向纵深大约六百多米有光点闪动，可能他们在九号桩一带交火……"

"怎么没听到枪声？"

"双方都不愿意惊动警方，自然用了消音器，估计直到顶不住时格蕾丝才会发出动静引来警察脱身，不过，"方晟揶揄道，"刚才你恨不得钻进手机里，哪有心思观察麦田四周？"

"去你的！"郑阳恼羞成怒，重重捶了他一拳。

"听我说，我们必须分头行动，"方晟用笔在纸上画了一道线，"我从这边进去，切到杀手侧面缓解格蕾丝的压力，你呢，把车开到第二十棵树附近牵制两个狙击手，只要警车不走，他们就不敢乱动，同时对杀手们形成威胁……"

郑阳脸红脖子粗地叫道："不行！你深入进去拼命，我却坐在车里看着，这算怎么回事？小时候打架你每次都抢着上，反正轮不到我，现在还这么霸道，我不干！"

方晟压着他的手沉声道："警察的职责是阻止犯罪，警察的枪口只能对准非致命部位，但这回不一样，现在要以杀止杀，每颗子弹都得冲着对手的要害，你没经历过，短时间内无法适应……"

"可是……"

"万一我觉得不行了就放明枪，到时鸣响警笛定能吓跑他们，"方晟拍拍他的膝盖，"你要起一锤定音的作用。"

郑阳无奈摇摇头："你是常有理，说不过你……不过鸣响警笛后五分钟内看不到人出来，谁也别管我。"

"一言为定。"方晟只得让步。

八月的麦田正处在成熟的季节，扑面而来的青草和着麦香，让人忍不住停下来从麦穗上抓一把到嘴里细细咀嚼丰收的喜悦。方晟猫着腰谨慎地钻过狙击步枪覆盖地带，前面应该是杀手团的包围圈。半跪在地上仔细倾听，麦田里静悄悄的，偶尔传来一两声犬吠，再仔细听，西北区域隐隐传来"沙沙沙"声，看来短暂交火后格蕾丝又摆脱了纠缠，杀手们正在搜索之中。

FBI特工果然不凡。

方晟暗赞道，当然万琪的配合也很重要，他知道杀手冲自己而来，唯有乖乖地听命行事。

又向前移动了十多米，偏西位置几处麦叶有明显颤动，杀手正分几个方向横向拉网式搜查，点与点之间的距离并不大，这是为了相互呼应。方晟从斜侧面插过去，绕到一名蒙面黑衣人背后，那人戴着夜视镜，双手握枪，半矮身体一步步向前迈进。

"呼"，方晟猝然扑上去，一手捂住他的嘴，一手用匕首在他咽喉间轻轻一划，那人没来得及做任何反应便报销了。

方晟继续向前面走，没多久又摸到第二个黑衣人后面，然而这回出了意外。

就在他准备出手之际，一条被惊扰的毒蛇吐着毒芯闪电般跃起，直袭他的脚踝，方晟不得已伸出两指凌空一夹一甩，毒蛇像被截断的绳子全无生气落在麦田里。

饶是他动作轻得不能再轻，前面的黑衣人还是敏锐感觉到动静，飞快转身，目光与他对了个正，边厉声叱喝边抬手举枪。

"噗"，方晟闪电般开枪将他撂倒。

如此大的声响暴露了他的行迹，瞬间麦田里冒出十多个人影，同时举枪射击，麦田间顿时硝烟四起，弹片乱飞，子弹从方晟身边掠过，打得地面泥土四溅。

方晟在麦秸间蛇行穿梭，心中叫苦不迭。

不是后悔把杀手都引到自己这边，而是这样一来便没机会与格蕾丝会合，无法见到万琪——滕自蛟。至于应付这种野战，方晟有绝对的自信，他在撒哈拉与沙漠抢匪交过手，在西亚长途奔袭恐怖组织，在戈壁滩打击过强悍的马帮，都是以寡对众，最后都以胜利告终。

暗淡的月光下十个人在麦田里展开追逐，由于方晟稳中有凶的回击，杀手们始终不敢过于靠近，而略带弧线的逃跑线路又无形间将一部分杀手落到后面，使得阵形越跑越乱，人数越跑越少。

蓦地西面靠路边出现一阵骚动并伴随"汪汪汪"的犬吠，紧接着传来一阵"噗噗噗"消音器下的枪声，方晟一惊，原来格蕾丝想从西路直插公路，被杀手们狙击住了。

方晟突然停住不再奔跑，钻在麦田里没了动静。

杀手们愣住了，一时摸不清他的意图，狐疑地相互看看，半矮下身体小心翼翼向中间集结。

包围圈越来越小，可方晟始终没有反应。杀手们有些迟疑起来，东面为首的手一挥，几支枪朝中间一齐开火，一轮射击之后，杀手们相互打手势准备继续向前之际，方晟出人意料地在中心偏南位置出现，双手持枪猛烈射击，正对面的杀手应声倒地，西面杀手闪得快但臂头中了一枪，其余数人来不及回击，均被火力压住。

方晟一击得手，迅速以蛇行线路曲折向西前进，杀手们虽紧追不舍，慑于他的犀利反击也不敢过于靠近，只能保持在十五米左右的距离。

离刚才骚动区域还有一百多米时，三个黑衣蒙面突然出现在前面，强大的火力压得方晟抬不起头。这支暗藏在麦田深处的伏兵原本想配合正面斜线穿插到格蕾丝背后偷袭，不巧与方晟打起了遭遇战。

顷刻之间局势发生逆转，方晟由略占主动变成绝对劣势，三名杀手加上四名追兵再度完成包围，麦田里的气氛平静而可怕。

这时一大团乌云缓缓移动，一点一点地靠近月亮，然后将它完全吞没，天际间顿时一片漆黑，真正是伸手不见五指。

方晟仿佛离弦之箭向西北方向猛冲，守在西北方位的杀手感觉到他朝自己冲过来，却什么都看不见，慌乱间朝响动处胡乱开了一枪，对面霎时没了声音，暗自舒了口气，蓦地身边劲风扑面，一只铁钳似的手扼住他的脖子，紧接着一掌击在脑门上，杀手一声不吭地昏死过去。

方晟迅速从尸体上跨过去，潜出一段路松了口气，简单辨认一下方向，刚想抬步忽听到右后方两三米内有异动，他悚然一惊，想不到杀手当中也有如此追踪高手，竟然在如此之短的时间内快速逼至自己的安全区，刚才真有些麻痹大意了。此时眼睛已基本适应漆黑的环境，能依稀看到周围两米之内的移动物，他悄无声息地转身站起，打算冒险辨认出对方大致位置后开枪。

这时意外发生了，月亮突然从乌云中一跃而出，麦田间顿时一亮！

方晟与暗中潜行上前的杀手刚好都将头探出麦穗张望，四目相对，两人之间的距离只有两米多一点。

来不及多想，两人同时侧翻、举枪、射击、翻滚，然后再次起身，又同时射击、翻滚，麦秸被大片大片地压倒，麦穗中两人此起彼伏，若隐若现。情急中不知射出多少发子弹，始终没有分出高下。

"咔"，方晟的手枪没子弹了。

杀手敏锐地听出问题，立即刹住身形，狞笑着从地上爬起来举枪便射。

"咔"，他也打光了子弹。

方晟一个虎跃扑上去，杀手身体一侧运用"霸王卸甲"让过，不料方晟此招的绝活却在腿上，单腿一钩将他绊倒在地。两人同时跃起，手中各多了一柄匕首，试探性互攻两个回合，这时左侧五六米又出现两名杀手，举枪指向方晟。

方晟突然俯身靠近持刀杀手，展开贴身短打，这家伙见有同伙支援，不再恋战，一步步朝后面退，既想避开危险的匕首对攻，又想拉开距离让同伴射击。方晟偏不让他如愿，索性单手架住双臂，低头撞向他的腰际，逼得持刀杀手半蹲下去护住下盘，方晟借力向后一扯，两人再度倒在地上缠斗。

两名持枪杀手无法锁定目标，只好拿着枪跟在两人后面打转，混战中方晟在掌影拳风中突出怪招，以左臂迎向匕首，杀手一呆，当仁不让一刀刺下去，然而方晟等的就是这个机会，右手腾出空隙闪电般甩出匕首，右侧持枪杀手根本没有防备，匕首深深扎入心口，惨叫一声倒在地上。

"咔"，匕首刺在硬处向旁边一歪，原来方晟臂上缠了护臂，方晟顺势一转身移到他右侧，几乎是同时"砰"的一枪，左侧持枪杀手一枪擦着两人打在泥土里。

持刀家伙显然对同伴极为不满，叽里呱啦嚷了几句，持枪杀手正犹豫间，为首的杀手跑过来，见状二话不说举枪便射——他根本不在意同伴的性命，完成任务拿到约定的酬金才是唯一。

见势不妙，方晟陡然发力，双手锁住对方双臂，将持刀杀手挡在前面，"噗噗噗"，几秒钟工夫那家伙身上中了几十枪，方晟趁机掏出备用手枪一枪击中为首杀手的脑门。

"砰！"

清脆的枪声让所有人一呆，方晟这才想起这把枪没加消音器，来之前与郑阳有过约定，枪响即代表自己落在下风，可时下局势依然复杂混乱，他实在不愿郑阳搅进来。

"呜——"

刺耳的警笛声如期响起，杀手们彼此对视一眼，当下萌生退意，如潮水般向后撤。

方晟长长舒了口气，缓缓坐下来调整气息。

另一边郑阳眼看两名狙击手从树干上滑下来惶惶然跑进麦田，遂下了警车，选择一处入口钻进去。

作为一名警校高才生，郭川市公安系统技能比赛一等奖获得者，他不信自己与方晟的差距有多大，实战经验固然重要，基本功却是硬碰硬来不得半点虚假，他很想跟真正的杀手正面较量一回。

前面依稀有细微的簌簌声，郑阳抑住心跳蹲了下来，以极慢的速度向前移动。

突然间，一个蒙面黑衣人陡然出现在面前，举枪朝郑阳射击，郑阳的半蹲姿势不好向左右避让，只得翻身后仰。黑衣人鬼魅般冲上来一脚踹在腰间，"啊"，郑阳痛苦地闷哼一声，挣扎着向右侧翻滚，黑衣人追上去抬手欲射，郑阳一个飞铲踢在他手腕上，黑衣人左手化掌为拳击在膝盖处，郑阳一哆嗦，蜷腿急退。黑衣人再度举枪，郑阳摆出同归于尽的架势飞身而起撞过去，黑衣人皱眉向左侧退了半步，右脚使出跆拳道的竖劈重重蹬在郑阳背部，郑阳身体平平落地，全身骨头仿佛散了架，再也无力抬起。

黑衣人狞笑着第三次举枪——

"噗"，一声脆响，黑衣人软软倒在郑阳旁边。

郑阳强忍伤痛道："方晟？"

一双高筒皮靴出现在他眼前，沿着腿向上看，竟是位金发碧眼的美女，个子高挑，身材修长，白皙的皮肤在月光映衬下反射出几分冷艳，双手握枪冷冷地看着他。

"格蕾丝?"郑阳试探道,"我是郭川公安局警官,我叫郑阳,上衣口袋里有我的证件。"

格蕾丝冲他凝视半晌,右手持枪贴在大腿外侧,左手伸到他面前。

郑阳一愣,很快明白她的意思,掏出工作证递过去。格蕾丝冲他甜甜一笑,她笑得很美,尤其是两排洁白的牙齿,像一片片最精美的贝壳编织而成,冷不防右手倒转枪柄,狠狠敲在他脑袋上。

"嗡",郑阳眼前一黑,顿时不省人事。

第八章 麦田枪战

第九章　气味追踪

"妈……妈妈，我是大晟！妈……"

不管方晟怎么喊，妈妈始终面无表情地看着窗口，嘴里念念有词。

医生在一旁说："刚进来的时候夜里都不肯睡，躺一会儿就坐起来走来走去，一个人说得口干舌燥，现在情况好多了，按时吃药吃饭，中午午休，傍晚天气好的话就动员他们在院子后面走走，透透气。"

成天服用大剂量镇定剂和麻痹神经的药，就是正常人也会变成痴呆，难怪能乖乖遵守作息时间，方晟心里想着却没说出来，毕竟自己长年在外无暇经常过来探望，日常照顾主要靠精神病医院的医生们。老实说妈妈的气色还不错，不像刚进来时憔悴枯槁，体重只剩下六十多斤。

"妈妈，大晟带了你最爱吃的柿饼，尝尝吧，尝尝。"方晟拿起一个放到她眼前。

妈妈瞟了一眼，木讷地接过去咬了一小口，随即眼睛一亮，大口大口地吃起来。方晟看着她津津有味的样子，开心地笑了，又递了一个过去。

"柿饼太凉，不宜多吃。"医生悄悄提醒道。

两个柿饼下肚，妈妈的情绪明显好转，眼中也多了点神采，目不转睛盯着方晟看。

"大晟，我是大晟呀，妈妈。"方晟轻声道。

妈妈迟迟疑疑伸出手，在方晟脸上来回抚摸，从额头到眼睛、鼻子、嘴，方晟一动不动，眼角却沁出两滴泪水。

"仁冲……仁冲……"妈妈喃喃道。

方晟终于控制不住情绪，紧紧搂住她哽咽道："妈妈！"

妈妈好像意识到什么，眼光更加柔和，轻轻拍着他的后背。这一瞬间方晟恍然回到无忧无愁的童年，每次在外面打架铩羽而归时就是这么委屈地扑在妈妈怀里,而妈妈总是无原则地站在儿子一边,和他共同声讨其他伙伴。

过了会儿医生小声说差不多了,不能让病人情绪有太大波动。方晟这才松开手恋恋不舍地与妈妈告别,意兴阑珊地离开精神病医院。

接下来还有件沉重的事——岑冰冰与百乐园。昨晚刘璐说的话他一个字都没漏掉,之所以不动声色,是想扔在一边不管,然而在感情的问题上,从来没有人能真正做到拿得起放得下的。经过一夜考虑,方晟决心勇敢地面对现实,到百乐园小区走一遭。

四年了,从未听她提过"百乐园"三个字,她也从未说过另外还有一个家。百乐园是公认的富人俱乐部,郑阳曾协助安图生调查过几桩贪腐大案,无一不与这个敏感焦点有关,据说里面最便宜的房子也在一百万元以上,还不含车库。岑冰冰说自己是自由撰稿人,替各类报刊写短评、杂文,以她的收入别说买房,恐怕连物业费都交不起。

细细回想起来,方晟陡然醒悟到一个事实,那就是他对岑冰冰的了解其实少得可怜,印象中除了不苟言笑和青春鲜活的胴体,竟然没有其他哪怕是一丝丝回忆,她的家庭、她的过去、她的社会关系,他一无所知。

更奇怪的是,每次方晟回来后想见她必须先通电话,有两次他兴冲冲跑到她住的兴化小区想给她一个惊喜,总是吃闭门羹。那套房子好像仅仅为他的到来而存在,岑冰冰真正的家应该在百乐园?!

方晟不敢想下去,也没有勇气再想下去,情妇、二奶……这些恼人的名词像苍蝇般在眼前飞舞,又汇聚成四年前两人偶遇的一幕。

那天晚上他和郑阳多喝了几杯,昏昏沉沉独自骑着自行车拐过大道穿越市中心附近的娱乐地段,无意中瞥见几十米开外的梧桐树后有个女孩子扶着树干呕吐,旁边两个不怀好意的青年假借搀扶乘机动手动脚。趁着酒意他上前大吼一声:"你们干什么!"两个家伙看势头不对慌忙离开。他打好车子上前想关照女孩子几句,谁知刚靠近她便昏沉沉一头栽倒在他怀里,怎么叫都没有回应。

方晟只得连抱带拉将她扶上车,一路推着回到自己的家,夜里她又是哭又是闹,中途还呕吐了三回,方晟索性好事做到底,坐在床边陪到她天亮。

两人就这样相识并开始了淡淡的交往。

后来提及那天醉酒失态,她轻描淡写地说心情不太好,一个人跑到酒吧喝酒,没想到鸡尾酒后劲儿太大,喝到嘴里甜滋滋,酒劲发作来势汹汹,将她轻而易举地击倒。

这个解释有些勉强，不过从此之后她确实没喝过一滴酒。

岑冰冰有辆银白色奔驰，外形很优雅，说是朋友的，偶尔借过来开开。有关她的朋友又是一个谜，因为他从未见过任何一个。

第二年两人就上了床，性爱关系并没有使方晟加深对她的了解，相反她更显得神秘和不可捉摸。逛街、吃小吃、散步，这些普通女孩喜欢的户外活动她一概拒绝，宁可和他猫在小屋里看电视、玩游戏、做爱，四年里只勉强同意以女朋友身份出席与郑阳、刘璐的聚会。这是方晟的底线，他不能容忍对最好的朋友隐瞒实情，但若谈到婚姻又是一个死结。

"时机不成熟。"她说。

他困惑地问："怎样才算成熟？"依他的想法，男女只要上了床就可以确定婚姻关系，还要怎么"熟"？

"我也不知道。"她无所谓应了一句，将头依偎在他怀里香甜地睡了。

恼怒于她的冷淡和不通人情，方晟多次想跟她一刀两断，可……可又不甘心，岑冰冰像一潭深不可测的湖水，越神秘就越有吸引力，越能驱使他义无反顾地投身其中探索秘密，哪怕粉身碎骨也在所不惜。

现在看来他对她的了解仅限于兴化小区那个家，出了门她就变成一个完全陌生的女孩。想到这里方晟的心像被千万根针刺穿似的：冷冰冰的岑冰冰，背后到底有多少秘密？

门被轻轻推开。

屋内没人，阳台上晾着一件衬衫和外套，卧室、书房装潢得很漂亮，床、布艺沙发等都是品牌家具，空气中弥漫着淡淡的清新剂的味道。

他注意到一个细节，整个屋子没有一张照片，与兴化小区的房子一样。他问过原因，她说自己不上照，拍出来比实际效果差很多，不如不拍，免得丢人现眼。

唯一能确定岑冰冰主人身份的是梳妆台上的香水，一种很优雅、很别致的香味，好像是法国香水，她说过它的名称，他没放在心上。

屋内陈设、衣柜里的衣服、生活用品、卫生间洗漱用具，都显示只有年轻女孩独居的痕迹，这让方晟感到一丝丝安慰。

没耽搁多久他又来到兴化小区的房子，同样没人，不同的是家里到处蒙着布罩。

很显然，岑冰冰在刻意隐藏自己的身份，她为什么要这么做？

方晟心事重重回到郑阳的住处，刚进门便听到郑阳的惨叫声，紧接着是刘璐的呵斥："活该，谁叫你看到美女就分不清东南西北！"

刘璐正替他的伤口敷药，边教育边惩罚，郑阳苦不堪言。

昨夜方晟好不容易找到昏倒在地的郑阳，郑阳醒来后坚持不去医院，一来晚上的行动属于"私活"，郁局知道了肯定要发火，二来这回栽得有点丢人，传出去影响不好。

上午刘璐听说后立即风风火火赶过来，方晟见势头不对找个借口溜出去，没想到转了一大圈回来刘璐还在嘀咕。

方晟被逗乐了，走进卧室道："不能全怪他，是美女特工太紧张，看谁都是敌人……还好，就是后脑勺有点伤，两三天就会好。"

郑阳愁眉苦脸连连叹气，一副有口难言的样子。

原来今晚刘教授正式邀请郑阳"过去坐坐"，刘璐自然明白其中的分量，可以说是"一考定终身"，可关键时候郑阳偏偏掉链子，总不能后脑勺上贴块大纱布上门相亲吧？

方晟摇摇头，暗想倒霉事碰一块儿了，两人谈三年多了，刘教授始终睁一只眼闭一只眼，怎么郑阳一受伤就约见面？

刘教授是逻辑学教授，夫人是中文系副教授，刘璐则在市移动公司培训部负责网络研发和教学，标准的高级知识分子家庭。由于只有这么个宝贝女儿，自然视为掌上明珠，刘教授一心要觅得乘龙快婿，前前后后至少替她安排了十多次相亲，学历都是硕士以上，博士居多，因为高学历才有高智商，高智商才有高品位。每次相亲刘教授都端坐其中参与会谈，不时抛出高端艰深的问题让人家答得满头大汗，就连她妈妈也看不过去，私下怪老头子：又不是论文答辩或智力闯关，搞这么复杂干什么？

也许物极必反，见多了，刘璐便打心眼儿里讨厌那些风度翩翩、戴着金丝眼镜口若悬河的学术圈俊才，所以在同伴家看到同学录中的郑阳后眼睛一亮，拍手叫道："这才是我心目中的男子汉，快替我联系，本姑娘吃定他了！"

两人的交往很顺利，双方在茶座见面后开始攀谈，整个晚上成了记者招待会，刘璐好奇地询问各种问题，比如说你们平时带不带枪，发现坏人作案时有没有权力先开枪之类，一谈就是三小时。当晚郑阳陪她回去的路上，刘璐指着一堵围墙说："能跳过去吗？"

"不能，"郑阳连连摇头，"纪律规定我们不能在公共场所炫耀身手，不过，"他踏踏实实说，"如果你在那边被坏人骚扰，别说这么矮的墙，再高一倍我也会跃过去救你。"

刘璐"扑哧"一笑："万一你骚扰的话，谁来救我？"

他脸红了，期期艾艾半天说："不……会的，除非……你同意。"

两周后他们已经手拉手漫步在街心公园，心情舒畅地看着洁白的鸽子忽上忽下飞来飞去，恋爱中的情侣看什么都是美好和灿烂的。

再后来他真的频频骚扰她，刘璐也喊过救命，声音很轻很轻。

如何与刘教授见面，以什么方式见，始终是横亘在郑阳面前的难题。人贵自知，他知道凭自己在警校学的那点文科知识根本招架不住刘教授连珠炮式的提问，尽管刘璐苦心搜集了大量的面试题目让他背，还是有很强的畏难情绪。

机会总在不经意间来临，由于刘教授连续两篇论文在国家级学术刊物上发表，高兴之下一家三口到意大利餐厅吃晚饭表示庆贺。晚餐刚刚开始郑阳恰巧出现在餐厅，恰巧看到刘璐并上前打招呼。刘璐对父母介绍说这是高中同学，毕业后第一次遇到，接着邀他坐下聊天，有意无意地询问他的职业、家庭情况，有无结婚等敏感问题。刘教授得知小伙子在派出所工作颇感兴趣，说若没有其他朋友就坐这儿吧，人多热闹些。郑阳笑道刚接到线报有可疑分子在这家餐馆接头，所以我过来盯着，有你们作掩护真是太好了。此言一出两位教授顿时惴惴不安地东张西望，刘璐嗔道瞧你们这紧张样，坏人一看早吓跑了。

晚餐进行得其乐融融，刘教授平时喜欢喝点酒，正好郑阳酒量还可以，两人推杯换盏倒也喝得惬意。酒至半酣刘教授老毛病又发作了，摇头晃脑道："小郑，问你个问题，有个词叫'烂醉如泥'，其中'泥'字作何解释？"

郑阳心一紧，刘璐的"相亲题库"中可没这一条，明知答案不是想象中的，还是硬着头皮说："烂泥吧，形容一个人醉得像烂泥一样走不动了。"

"非也非也，南海有虫无骨，名曰泥，在水中则活，失则如一堆泥。再提一个问题，现在炒股属于热门话题，我想问你，当十元钱的股票跌至四元时，根据价值转移原理，那六元钱到哪儿去了？"

郑阳汗流浃背，面红耳赤道："这可真难倒我了，关于股票我真是一窍不通，我……我自罚一杯。"

刘璐冲父亲撒娇说:"人家成天忙着抓坏人,哪会像你一样在书本里钻牛角尖?如果他谈起枪的性能、子弹的射程、炸药的安装,你不也是一问三不知吗?"

刘教授一愣,哈哈笑道:"这也是,这也是,来,我们喝酒。"

后来郑阳怪刘璐准备不充分,这两条题目题库中都没有,她撇撇嘴道:"得了吧你,老爸出的是预赛级别的题目……"

自此郑阳打消了再次碰壁的念头,日复一日与刘璐发展地下情,刘教授夫妇明知她的异动,也猜到可能与那位警察有关,苦于女儿没挑明,出于知识分子的矜持和修养,只能旁敲侧击暗示对这段恋情的不乐观,刘璐自然充耳不闻。

这次邀请见面或许是一个信号,刘教授打算摊牌了,但即使不看好会谈结果,刘璐也希望郑阳以最佳状态出席,输也要输得漂亮些,而不是这般狼狈。

"我想……"方晟见郑阳焦急地冲自己挤眉弄眼,不得不出面圆场,"作为基层派出所领导,突发事件很多,几天几夜连轴儿转是常有的事,所以……"

刘璐冰雪聪明,当下听出他的意思:"所以临时取消见面情有可原,对不对?"

"不过没有你配合肯定不行,"方晟道,"就说市局组织突击检查,严厉打击卖淫嫖娼活动,顺便让二老保密,千万别把消息泄露出去。"

刘璐看看郑阳一脸苦相,又爱又恨道:"你呀,真拿你没办法……今天说好了,等伤一好主动上门接受审查。"

"当然,当然。"郑阳忙不迭道。

刘璐又关照了几点注意事项,监督郑阳吃下一大把药,这才赶回单位上班。

门一关郑阳便长长出了口气,捂住胸口说烦死人,还没结婚就这么啰唆,将来怎么得了?

方晟苦涩地说被人管也是幸福,只是你身在福中不知福罢了。

郑阳见他脸色不对,知道上午去百乐园没好结果,遂打开昨晚在车上拍的DV,转移话题道:"那个臭女人不愿接受帮助,也不想跟我们接触,怎么办?"

方晟略一思索："你亮明身份在先，她动手在后，说明格蕾丝对郭川警方深怀疑虑，担心那场麦田枪战故意演给她看的，当然也不排除她单独控制万琪是另有目的，但有一点很奇怪，你注意到没有，NF 和鳄鱼杀手团从未同时出现过，这是什么原因？"

"或许……有一个人在幕后遥控指挥？"

"一个或多个，而且信息相当灵通，"方晟道，"格蕾丝从东谷小区撤到湖畔花园，行踪极为隐秘，万琪也应该运用最秘密的资源，可还是被杀手团追踪过去，这些杀手大多是东南亚一带的人，到这边语言不通，凭什么做到这一点？"

郑阳点点头："这一点我也想了很久，格蕾丝的装束、武器是通过 EDG 外交邮件特运，应该没问题，那么破绽就在万琪身上了，一是在看守所，二是移交给 EDG 的中转期，都有可能在他本人不知情的状态下做手脚，相比较而言看守所时间充裕，应该……应该……"

说着说着将怀疑的目标指向市局，郑阳心情复杂地闭上嘴。

方晟道："好，先肯定万琪身上被做了手脚，接下来的问题是怎么做。最普通的办法是在衣服里装电子跟踪器，但无论是哪个环节，这种做法都有很大的难度。"

"难度？"郑阳困惑道。

"首先要拿到万琪的衣服，接着是安装，然后送回原处，既不能让万琪本人生疑，还要办理好几道手续……不管市局内部是谁包藏祸心，毕竟只是极个别人，很难避过各种检查监督机制办成这件事，而且格蕾丝何等精明，她会对万琪进行反窃听反跟踪检查，因此电子跟踪器的方式可以排除。"

"那……那么……"

方晟在屋里来回兜圈子，DV 里传来几声犬吠，然后是"哗哗哗"的声音，他一个箭步冲到郑阳旁边："再放一遍。"

连续听了三遍，方晟抬起头，两眼灼灼有神："很多案例表明，越传统的手法越有效，过分依赖于高科技反而容易迷失自我……郑阳，从叫声看不像农村的看家狗，而近于猎狗或狼狗，杀手们把这种狗带在身边干什么？"

郑阳猛一拍大腿："气味追踪！有人在万琪衣服上涂了特殊的气味！"

"上次你说过刑警队从德国进口了两只牧羊犬。"方晟悠悠地说。

郑阳愣愣看了他半晌，摸摸后脑勺道："找安图生肯定行不通，不过负责训练警犬的刑警跟我有点私交……这件事我来安排。"

第十章　吸毒男友

"格蕾丝小姐，我能出去吗？"

"不行，再泡半个小时！"

"我已泡了两个多小时，皮肤都泡出皱纹了。"

"不行！不把你身上的气味去掉杀手还会跟踪过来，你要为自己的安全着想。"

"……其实问题可能出在衣服上，你已经把衣服扔到河里……"

"经过这么长时间气味有可能渗到你皮肤表层，不管怎么说还要继续泡，不到时间不准出来！"

格蕾丝终于不耐烦了，万琪听出她话中的怒意，不敢再啰唆。

格蕾丝懒懒半躺在沙发里，双腿搁在茶几上，轻轻叹了口气。来中国之前，无论如何也没想到这是她加入FBI以来局面最恶劣透顶的一趟任务，上司海曼肯定也没预料到，他的本意是让格蕾丝出来散散心。

因为她刚刚与第三任男友分手，心情糟得一塌糊涂。

第一个男朋友是大学时期认识的，当时年轻单纯只图在一起好玩，攀岩、滑雪、飙车以及疯狂的周末Party，后来两人兴趣爱好越来越不一致，也可能是彼此都不太珍惜这段感情吧，自然而然就分了手。第二个男朋友叫古特瑞加——美籍玻利维亚人，这是他的昵称，本名是很拗口的一长串字母，同居了一年多她始终没记住。他有着棕褐色皮肤、健美而强壮的胸脯，最让她着迷的是那双深情的眼睛，每次凝视她时深邃悠长得好像要将整个天地都吸进去。

他喜欢唱歌，每当夕阳西下就抱着吉他坐在阳台上引吭高歌，然后两人共饮冰得透凉的葡萄酒，喝着喝着便一把将她抱起直奔卧室。拉美人天生浪漫多情，在床上同样不乏有精彩表演，每每弄得格蕾丝如痴如醉欲仙欲死。

可是古特瑞加太散漫了，因为迟到早退、不守纪律和与客户争吵而屡屡被解雇，最后干脆申请了失业金，成天和音乐发烧友四处赶场子做伴唱。起初格蕾丝并不在意，以为他玩一阵就会收心干正事，还兴致勃勃观看了他几次演出。几个月过去了，他非但没有转入正业的意思反而玩得更出格——自己组建乐队四处招揽生意想走专业演唱的道路。格蕾丝的父母都是相对保守的中产阶级，虽然不喜欢在女儿面前说"不"或"你应该怎么样"，但敬而远之的态度暗示他们并不乐意见到这种类型的男朋友。

格蕾丝试着劝说古特瑞加改变现在的生活方式，凭麻省理工学院的文凭和导师、著名法学教授依波斯坦博士的推荐信，找份稳定高薪的工作没有问题。

他总是说："噢，亲爱的甜心，不要干涉我的爱好，这是一个自由的国家。"

两人争执了多次不欢而散，直到她震惊地发现他偷偷躲在卫生间里吸毒。

上大学期间出于好奇和无知，格蕾丝在朋友们的怂恿下试过大麻之类的毒品，这在当时的校园中很普遍。还好那只是游戏，很少有人真正上瘾，绝大多数人都尽可能克制自己不再碰这些有害的东西。进入FBI后她经常参与缉查走私贩毒，深入了解到吸毒对家庭、亲友、社会带来的巨大危害，切身体会到毒品将一个人从肉体到精神乃至灵魂全部侵蚀腐烂的全过程。

酝酿了好长时间，有一天她正式与他谈话，将吸毒的问题放到桌面。古特瑞加开始拼命否认抵赖，直到她拿出他吸毒后扔在垃圾桶里的残余锡箔才勉强承认试过一两次。

"听着古特瑞加，你必须戒毒，明天我就打电话给戒毒机构请他们过来，等你接受治疗后还回这儿，我会耐心等你。"

他一言不发低着头，双手交叉在一起绞来绞去。

"忘了那些该死的朋友，忘了可恶的毒品，它能让你下地狱，多想些我们在一起的美好时光，你有一个月没有弹吉他了，希望你重新回来时还记得乐谱。"她试图用真情打动他。

古特瑞加猛地站起来，咆哮道："真是受够了，我不愿意再听到你令人生厌的说教，我要离开这儿，就是现在！"说着怒气冲冲地到房间收拾衣服。

格蕾丝坐在桌子面前呆呆地看着他，直到古特瑞加提着旅行包头也不回地摔门而去，她控制不住悲伤伏到桌子上啜泣。

后来她打过古特瑞加的手机，每次都打不通，她比以往更关心同事们的缉毒战果，矛盾的她不知道是愿意看到他猝死街头的消息还是希望他没事，至少她确定古特瑞加不可能也很难彻底戒毒。

"他选择了自己的生活，选择了人生的结局，就是这样，我改变不了他。"格蕾丝心中暗暗想。几个月后在一次聚会中认识了年轻有为的律师福特，他的父亲是州参议员，经过半年多交往双方甚至开始谈论婚礼，然而好事多磨，格蕾丝参与秘密调查一桩政府官员勾结承包商暗箱操作市政工程的案件时发现一个秘密。

当时有线人举报承包商向州政府官员行贿并提供色情服务，FBI便要求夜总会提供客人消费清单，就在这份清单中，格蕾丝看到福特的名字。

而这是一家专供男同性恋聚会娱乐的高级夜总会。

事后福特坦率承认自己的性取向，并说与她结婚是参议员父亲的要求——父亲的政治立场是反对制定保护同性恋者权益的法案，如果选民们知道这位态度强硬的参议员有个同性恋儿子，会认为他非常虚伪，从而直接影响连任。福特暗示说结婚后她可以有情人，而且会通过父亲的影响让她快速升迁。

"我不需要升职，因为这种交换让我羞耻，"她冷冷道，"你开心地玩吧，记得告诉你的议员父亲，选举时我会投他一票，因为我真的很讨厌同性恋。"

唉，格蕾丝又叹了口气，如此优秀、出色的小伙子，为什么偏偏是同性恋呢？

卫生间门打开，万琪裹着一团水汽从里面出来，怯怯道："时间到了……"

格蕾丝走过去替他锁上指铐，道："休息五分钟，然后离开这儿，再找个安全的地方。"

"什么？"万琪惊呼道，"我敢保证这儿绝对安全。"

"前两个地方你也说绝对安全，结果呢？尽管你把衣服全换掉而且洗了澡，杀手还是有可能沿着气味找过来，我认为应该换个地点休息。"

"我已经把储备的资源全部用上了，再换……恐怕……"

格蕾丝冷冷道："万先生，请注意一点，杀手要杀的是你而不是我，如果怕麻烦，只要把你交给郭川警方，生死与我毫无关系，想不想试试？"

"别，别，"万琪叫道，"警方内部有人想杀我灭口。"

"谁？"

"我……我也不知道，反正一定有人。"

"不敢说？"

万琪低下头："说了又有什么用？只希望FBI把我引渡到美国出庭作证录音带来源的真实性，然后给我自由，这个要求应该不高。"

"引渡需要履行大量的司法程序，你是青藤会涉毒的关键人物，中方是否许可你出境还是问题，因此请耐心一点。"

万琪急切地说："既然如此，为什么一直在郭川打转，我们应该直接到上海大使馆，那里绝对安全。"

格蕾丝笑了笑，没有说话。

他想得太简单了。第一在FBI看来万琪只是候补，如果警方抓到金小咪，她是美国国籍，与占姆士的关系又非同寻常，从陪审团角度讲更有说服力，何必费心费力引渡他？第二大使馆不是想去就去的，有人担心万琪进去后立即申请政治避难，那样反而令EDG和FBI处于尴尬的境地，严重的会引发外交纠纷，因此未得到授权之前格蕾丝不能擅自行动。第三从郭川到上海路途遥远，格蕾丝不想冒险成为被追杀的靶子。

"还有格蕾丝小姐，EDG在中国很有影响，为何不寻求他们保护？"万琪道，"格森先生非常和善，我被关押时他经常过去探望呢。"

"是吗？"格蕾丝淡淡说。

算起来格森是她的老搭档，两人曾一起在台湾工作过八个月，因此她才练得一口娴熟的中文，到郭川的当天晚上格森单独邀请她喝咖啡，她拒绝了。她猜到将会发生什么，以前在台湾也玩过这种暧昧的成人游戏，但现在情况不同，不能把事情搞得太复杂。

刚离开市区就被追杀，这让格蕾丝久久不能释怀。把一切责任都推给郭川警方是不对的，车子出发时只有四个人知道，她、万琪、格森和希蒙，三十分钟后杀手就拦截了她。

万琪见她似乎有点敷衍了事，索性坐到她对面道："我们必须获得更多的帮助，比如说你向FBI求助，要求派来更多人手？"

格蕾丝看看表，简洁地说："时间到，收拾包裹，下楼。"

万琪沮丧地站起来朝门口走，格蕾丝突然瞥见一个小红点在他后脑上一闪，大叫道："小心。"一把将他扑倒在地，紧接着"噗噗"两枪，子弹由后窗射入，从万琪胸前掠过。

M14DMR狙击步枪！

格蕾丝倒吸一口凉气，这是美国海军陆战队和舰队反恐怖安全部队使用的、主要用于远距离精确射击的步枪，其配备的7.62mm子弹有极佳的穿透力，爆炸品处理小队也经常采用它引爆地雷或炸药。

格蕾丝迅速向卧室方向翻滚，想取出靠在墙角的狙击步枪，"咣"，前阳台玻璃破裂，一颗子弹从她衣袖下穿过射入沙发，格蕾丝惊出一身冷汗。

显然杀手们吸取前几次的经验教训，不再急于冲进室内，而是采取远距离狙击，由于狙击步枪的有效射程通常在500米左右，杀手会隐蔽在手枪的有效射程之外，格蕾丝只能被动挨打而没有反击的机会，时间一长自然容易被拖垮。

"噗"，又一枪打在万琪蜷缩的鞋柜边角上，溅出许多木屑。

"快保护我！快保护我！"万琪趴在地上叫道。

"别出声！"格蕾丝低喝道，"窗外可能有高敏度窃听器，杀手会根据屋里的声音修正射击角度。"

话音刚落，"噗噗"两枪贴着万琪的胳膊打在柜门上，他一哆嗦不敢再说一个字。

格蕾丝将一只拖鞋往对角位置一扔，"噗"，鞋在半空被打了个洞——狙击手已将两人位置完全锁定，接下来就是选择时机强行突破。

不能再拖了，杀手很快就要撬门！

她一咬牙单脚将沙发挑起立在客厅当中，临时挡住后窗方向的射击，然后一把拖起万琪闪到卫生间，"噗噗噗噗"，一连串子弹打在卫生间门上。

"这里逃不出去的！"万琪哭丧着脸说。

格蕾丝从身上掏出一把弹簧刀，刀"噌"地弹出来，它比普通的刀厚一些，光泽呈银灰色，刃口反射出蓝光。只见她"刷刷"几下，窗户上坚硬结实的不锈钢钢条如朽木般应声而落，露出的窗口正好可容身体出入。

"什么刀，这么厉害？"万琪问。

"快，从窗户跳下去。"

"老天，这是二楼！"

格蕾丝怒道："哪来的废话？快跳！"

"砰，砰"，两人先后跳下去，万琪落地时脚后跟歪了一下，疼得龇牙咧嘴。格蕾丝拉着他跑了几步被狙击手发现,连续点射将两人逼到拐角处。她试图回击,但对方躲在后排一幢楼某个窗户后面,两楼相距五十多米,手枪射程达不到。

居民楼间人影幢幢,杀手们发现两人逃到楼下后重新组织阵形,格蕾丝打量四周,发现自己正处于凹字地形中心,无论往哪个方向冲都将遭到迎头痛击。

她暗暗咒骂了一句,卸掉消音器扔到地上,双手握枪朝两楼之间的空当瞄准。

万琪看出苗头,惊慌地问:"你要干什么?想惊动警察?"

"我已无能为力,"格蕾丝道,"这里地处郊区,不知警察能否及时赶到。"

"落到警察手上我会死的!"他大叫道。

"不然你现在就会死。"

"我宁可死在这里!"万琪跳了起来。

格蕾丝单手扼住他的咽喉:"但我不想,伏下!"

这时楼后面突然响起警笛声,一辆警车高速绕过来冲到格蕾丝面前。

"上车!"郑阳道,方晟在后面将门打开。

格蕾丝瞟瞟两人,立即拉着万琪钻进去。

"格蕾丝小姐,见到你非常荣幸,"方晟道,"我叫方晟,格森邀请我过来协助你办案的。"

格蕾丝微微颔首:"听过这个名字,一个优秀的特种兵教官。"

"承蒙夸奖。"

"前面这位应该是郭川公安局的警官?"

郑阳哼了一声:"昨晚我已自我介绍过,但是你似乎不太相信。"

格蕾丝看看他后脑勺的纱布,莞尔一笑:"对不起,我想我昨晚有点冲动,无论谁被追杀两个多小时都会变得神经质……"她看到万琪在一旁剧烈地颤抖,诧道,"咦,你怎么了?"

方晟与郑阳对视一眼,不约而同发出冷笑。

"好久不见,滕先生。"方晟道。

万琪——现在应该叫他滕自蛟,脸色青白,嘴唇因恐惧几近脱色,指着方晟词不达意:"他……他跟我有私怨,他不可……能保护我……我要求他回避!"

"私怨！"方晟道，"你承认有私怨，很好。"

格蕾丝听得一头雾水："等等，可否解释一下怎么回事？"

"说来话长……"

方晟才说了四个字，"砰"一声，后车窗被打了个洞，原来杀手们并不甘心，开了两辆吉普紧追不舍。

"妈的，这帮兔崽子竟敢袭警！"郑阳骂道。

话音刚落，"砰"，一发爆破弹在车前两米处炸开，郑阳急打方向盘，滕自蛟的头重重撞在车窗玻璃上。

"他们有滑膛枪！"格蕾丝叫道。

郑阳不停地变换方向，爆炸弹或左或右在车子两边炸响，滕自蛟被转得七荤八素瘫在座位下抱着头，连连呻吟。

"前面拐弯！"郑阳喝道，车子突然大角度向右侧小路上急拐，与此同时格蕾丝和方晟一左一右闪电般探出车窗，冷静地朝后面连开数枪。

"咚"，左边吉普车的左轮胎被击中，车身一歪，在路面上连翻两个筋斗，狠狠砸在路基上。另一辆车应变得快，划了个圈子躲过去，反而越到前面与警车形成直角，车子尚未停稳后座一人端起滑膛枪便射。

"啥，啥！"格蕾丝眼疾手快抬手两枪打在车窗上，那家伙赶紧缩回去。郑阳重新将车开回大街，这一来反处于吉普车正后方。格蕾丝和方晟连续开枪，无奈吉普车采用蛇行前进，总能在刻不容缓间躲过子弹。

追逐中吉普车突然急刹原地180度平转，旋转中车窗伸出枪管猛烈射击，方晟和格蕾丝不得不矮下身子躲避。

"咣啷"，车前窗玻璃被炸开一个大洞，车内到处都是玻璃碎片。

滕自蛟手臂上扎破了两处，惊慌地哇哇大叫。

方晟猛地站起身，稳稳一枪击中吉普车司机，车身立刻失去控制冲向路边小沟，"轰"的一声，火光四起。

第十一章　可乐暗器

一行人到郑阳家安顿下来后,没有寒暄,直截了当探讨下一步计划。

郑阳提出移交给刑警队,被率先否决;方晟建议找一处更安全的地点,联合EDG、警方,特种部队也可以加派人手,实施共同监护,格蕾丝表示拒绝,她甚至不同意急于与FBI联系,因为担心被监听,更担心FBI内部也有人与威尔逊暗通。她只想独自守着滕自蛟两个月——这是FBI与中方高层警方谈判的期限,到时便知能否引渡他。

"两个月?"郑阳瞪大眼睛道,"NF和杀手团还不把郭川搅乱成一锅粥?他们不达目的不会离开的,何况警方也在找你们,FBI特工失踪是有政治影响的大事!"

格蕾丝强硬地说:"我不管!威尔逊是人渣中的人渣,FBI与他斗了十四年始终无可奈何,现在好容易看到了胜利的曙光,我会放弃吗?我想任何一位FBI特工都会有这种责任感,尽自己最大努力把滕自蛟带回美国站到证人席上。"

"我们理解这种心情,"方晟耐心地说,"但你已见识过NF和杀手团的实力,坦率说单凭你,或者加上我都不足以与他们正面对抗,何况还要分心监护滕自蛟……"

"你也参与保护?NO!"格蕾丝语气不容商量,"你父亲因证人而死,你对证人怀有非常深的仇恨,这不符合保护证人的基本原则,你不能参与!"

方晟道:"这正是我要说的第二点,刚才我在车上已讲得很清楚,车祸、医疗事故都不是偶然,背后隐藏着一个阴谋,而滕自蛟就是整个事件的核心,他不能死,因为我需要进一步调查确认。"

"NO,NO,"她的头摇得像拨浪鼓,"请搞清楚一个问题,目前滕自蛟的身份是证人,未经我同意他不能接受任何审讯。"

方晟冷冷道:"我也请你明白一个问题,在中方正式承认之前,他暂时不是美方的证人,他的身份是青藤会涉毒案的重要嫌疑人,中国法律没有污点证人的概念,也不存在交换。"

"无论哪一国法律,像你这种与他有直接恩怨的人就应该回避。"格蕾丝依然坚持自己的看法。

郑阳冷不丁插了一句:"请问格蕾丝小姐,你的前男友是吸毒者,这是否会影响你办案的判断?"

格蕾丝一滞,恼怒道:"那是过去式!"

"滕自蛟撞伤我父亲是十多年前的事,他因此而坐过牢,从法律意义上讲那次事故已经结束了,不是吗?"方晟道。

格蕾丝只得作出让步:"好,你可以就以前的事进行询问,但必须有我在场,证人拒绝回答问题时你不得恐吓威胁。"

方晟摊开手:"如果你是证人,在这种情况下会回答吗?只有笨蛋才开口。"

"对不起,这是我的底线。"格蕾丝生硬地说。

郑阳冲方晟使使眼色,两人找了个借口先后来到卫生间。

"软的不行,看来只有硬来。"郑阳道。

"怎么个硬来?"

郑阳眨眨眼:"你出去溜达溜达,看我的,"他一晃手表,"十分钟后回来,包你安安稳稳找滕自蛟问话,随你干什么都可以。"

方晟一怔,失笑道:"好小子,还惦记着被她用枪柄敲头之仇,别忘了格蕾丝是优秀的FBI特工,她掌握的技能比你见过的还多!"

"你吓不住我!我从小就是被吓大的!"

"好,让你试试,吃了亏别怪我!"

"放心好了,说不定能将她彻底摆平,到时候……"郑阳做个鬼脸,"让你为所欲为,老实说她模样还不错,身材也正点。"

方晟哭笑不得:"老天,这是警察说的话吗?"

回到书房方晟表示刚才的争论暂时告一段落,不管双方有何分歧都不要影响今后合作,格蕾丝表示同意。闲扯几句后方晟说到楼下买点生活用品,她一听把自己需要的东西列了张清单,并说所有费用最后统一结算。

郑阳到厨房捣鼓了半天,笑容可掬地端着两杯可乐进书房,递了一杯给

第十一章 可乐暗器

格蕾丝，坐到她对面啜了一大口道："条件差了点，格蕾丝小姐别介意。"

格蕾丝笑道："没有什么比安全更重要，连续经历了几场生死搏杀之后，我希望能在这里停留尽量长的时间。"

"那是我的荣幸，"郑阳道，"生活方面若有需要尽管说，只要能做到的一定给予满足。"

"谢谢，"格蕾丝开心地笑道，"听说这儿即将是你的新房，我们会很注意的。"

郑阳看着她喝了一口可乐，说道："有件事……想跟你私下商量商量。"

"如果是关于方晟审讯滕自蛟的事，我建议先搁置一下。"

"其实解决这件事很容易，我与滕自蛟没有仇，也没有重大利益冲突，干脆由我单独问几句行不行？"

"我的理解是审讯。"

"无关法律，纯粹是个别调查。"

格蕾丝耸耸肩："这会对证人心理和情绪造成不可预知的影响，请原谅，我不能同意。"

"只要一个小时，不，哪怕半小时。"

"我必须全程监视证人的活动。"

郑阳似笑非笑道："我在危急关头提供保护，作为交换，半个小时空间都不行？"

格蕾丝强硬地说："这是两回事，事实上作为高级警员，你有义务协助EDG和FBI在中国的调查，对不对？"

郑阳噎了一下："我保证不伤害他。"

"你没有伤害的机会，我会一直和证人在一起。"

谈判破裂。

郑阳叹了口气，暗暗诧异致幻药为何还未发挥作用，刚才明明看到她喝下一口，以放入的剂量和时间计算，此时就是一头公牛都应该瘫软如泥，她怎么还如此精神？

"我不习惯和女孩子动武，但那件事对方晟真的很重要。"

格蕾丝慢悠悠环视书房道："我也不喜欢，这里装修得很漂亮，破坏了将很可惜。"

郑阳大步退出书房，喝道："那你在里面待着！"说着用力关上房门。格蕾丝抢先上前捏住他的手腕向外一格，郑阳感到透入骨髓的疼痛，低喝道"有两下子"，当下屈肘向内反攻，右拳化掌为刀切向她的颈脖——行家一出手便知有没有，刚才一捏之下他已识得她的厉害，因此毫无顾忌地以最强招数猛攻。

格蕾丝身体原地旋转240度使他的两招悉数落空，腰胯微微向右侧平移，以肩部撞向他心脏部位。郑阳暗自吃惊，这种招数是典型的男子打法，女孩子很少能在激烈的身体对抗中占上风。当下采取硬碰硬策略，用右肩与她对撞。孰料两肩相碰瞬间格蕾丝陡然改变方向，在刻不容缓间错到他前胸用右肘重重一击。郑阳顿时脸色煞白，差点缓不过气来，但他毕竟是警校散打队主力，顺势一拳打在她后腰间，虽说是逆向力有未逮，还是让格蕾丝闷哼一声，身体向前踉跄半步。

深吸一口气，郑阳右腿顶着她的臀部用力往书房里推，格蕾丝来了个摔跤手法中的技巧反将他挤到内侧，再次捏住他的手腕。有先前吃亏的经验，郑阳连忙缩手环身反击，两人在书房门口你来我往，都想把对方逼进去争取主动。战至酣处，两人四臂扭在一起，郑阳乱中以肘部猛击她前胸，却碰到一团软绵绵处，神情一呆，心中有些惶惑，格蕾丝乘机仰头撅起嘴唇，"噗"，一道水箭从口中射出，正正打在他的双眼上。

在房间当着郑阳喝下的一口可乐，她居然始终压在舌下等到现在！

剧痛之下郑阳"啊"一声，下意识收回左臂捂住眼睛，格蕾丝乘胜追击，双臂反转他的右臂，欲将他压到身下。

蓦地对面劲风扑面，一股大力将她掀开。格蕾丝不假思索地左腿横扫，双拳一快一慢分两路击过去。来人错开半步右膝挡住攻势，单掌直劈她太阳穴，掌风所及，速度、力道比郑阳明显高出一截。格蕾丝不敢冒险，矮身让过一招，双拳以火箭般线路直袭他下身。

来人做了个十字架形手势，绞住她的双腕，与此同时蹲在地上的郑阳猝然发力，横腰抱住她向前一扑，"扑通"，格蕾丝终于被压在地。

"这么快就回来了？"郑阳边揉眼睛边说。

方晟淡然一笑："就知道你不行，小时候打架哪次不是我帮你收拾残局？"

"她暗箭伤人！"郑阳不服气道。

这时门突然被打开，刘璐拎着一大包菜站在门口吃惊地看着不可思议的一幕：

郑阳将一个金发美女压在身下，方晟则在对面抱着她的双臂。

郑阳和方晟也僵住了，一时不知如何才好，只得呆呆保持原来的姿势。格蕾丝借机发力摆脱他们，冲刘璐嫣然一笑，道："你都看见了，我不再多说。"说完径直钻进房间，把烂摊子留给两人。

"请解释一下。"刘璐倚在门口说。

郑阳慢吞吞说："璐璐，事情的经过是这样的……"

"停！"刘璐突然打断他，冲方晟一指，"你进书房，把门锁好，两人一个一个说。"

方晟叹了口气："夫妻之间最重要的是信任。"

"我们还没有结婚，我有权随时一脚踹开他！"刘璐俏目圆瞪，"还有你，要是两人说的不一致，等着岑冰冰整死你！"

提到岑冰冰，方晟脸色一黯，一声不吭钻进书房并关上门。

"你不该提岑冰冰，"郑阳道，"这件事让他很烦恼。"接着他将刚才一幕的原委讲了一遍，刘璐笑得前俯后仰，轻声说上次栽跟斗是心软，这回又说人家暗算，你就承认技不如人得了。

郑阳狠狠瞪了他一眼，说待会儿向方晟道个歉，虽说是朋友，也不能这个态度。刘璐嘴硬道：我在岑冰冰的问题上是有功的，不是我发现她出没于百乐园，方晟怎会发现她的真面目？

两人边聊边进厨房整理她买回来的菜。

刘璐忙了会儿愤愤道："我早看出这个女孩有问题，可你总是拦着不让说，不然方晟早脱离苦海了。"

"人对事物的认识总有个过程。"

"少说官话，"刘璐扳起手指头说，"第一，形迹诡秘，晚上到饭店吃饭还戴个大墨镜，邀请她喝茶、唱歌、逛街一律拒绝，生怕人认出似的；第二，对方晟漠不关心，就说去年吃海鲜火锅，方晟好心搛菜给她，不小心被火锅烫了一下，她倒好，不管他有没有被烫伤，反而低头看衣服是否被菜碰脏了；第三……"

郑阳突然推推她，刘璐回头一看，方晟不知何时站在厨房门口。

"对不起，方晟，"刘璐不安地说，"我……"

方晟摆摆手，伤感地说："你说的没错，岑冰冰就是这种女孩，原来总认为天性使然，但百乐园小区的房子让我醒悟到背后还有隐情，联想平时相处的种种细节，她的身份不言而喻。"

郑阳道："明天我跟百乐园所属的汪海派出所打个招呼，让他们留意点，最好挖出谁在包养她。"

"算了，我的想法是中止联系，从此不再往来，老实说尽管她欺骗了我这么长时间，但从未向我索取过什么，也没有其他不当言行，何必闹得满城风雨？权当做了一场梦吧。"

"可你被白白耽误了好几年，如果一开始认识位好女孩，说不定早结婚生子，现在孩子都会叫爸爸了。"刘璐不服气道。

方晟打趣道："那总不能让她赔偿我的青春损失费吧？"

刘璐被逗笑了。

这时格蕾丝匆匆从房间出来，说滕自蛟可能病了，方晟和郑阳赶紧跑过去看。只见他神色委靡地倚在床边，两眼无神，脸色灰暗，手脚不住地微微颤抖。

"是饿了吧？"郑阳道。

格蕾丝道："我问过了，他说不饿，也没胃口吃东西。"

方晟按按他的脉搏，冷笑道："应该没病，即使有也是心病。"

滕自蛟猛地抬头，声音嘶哑道："放屁！我根本不是有意撞你老子，为这事我已坐了八年牢，还要怎么样？要我死在你老子坟前？"

"没有八年，你第六年就被放出来然后给蒲桑炯当看门狗。"郑阳道。

方晟道："就算八年也不冤，当年要是舞厅买卖毒品的罪名坐实，加上违法经营，十年也不止，而且还要串联更多的人……黄永泉算一个吧？"

"我不知道你在说什么，"滕自蛟镇定道，"我不认识这个人。"

"你不认识的人很多，医疗事故的三个人你都不认识，可为什么偷偷跟邰子俊见面？是不是十多年前的账还没算清楚？"

滕自蛟一呆，眼睛转了转道："邰子俊是谁？"

"我亲眼看到你们在一家茶座见面，两人谈了42分钟。"郑阳道。

"没有，你一定是看错了。"

"你……"郑阳气得要揍他。

方晟点点头："没关系，等抓到邰子俊再当面对质。我再问你，蒲桑炯过去与你有什么交情？他凭什么收留你做管家？"

"这有什么奇怪的？告诉你，道卜的朋友才是真朋友，人家看我姓滕的过去是显赫一时,现在落难了就出手扶一把,很正常。"

"再正常的事到了你们身上也不正常,依我看,蒲桑炯这么够义气的原因是当年白天鹅舞厅为青藤会提供贩毒方便吧。"

"胡说八道!"滕自蛟矢口否认。

格蕾丝在一旁道:"方教官,你不可以诱供。"

"好,最后一个问题,"方晟道,"你入狱那年,你的女儿滕晶突然失踪,现在有没有联系上?"

滕自蛟黯然道:"她……她不会出现了,我也没找过。我是个没出息的爸爸,不能给女儿带来幸福、欢笑,干脆让她在外面自由自在,何必到郭川丢人现眼?也拜托你们别打扰她,让她安安静静过自己的生活。"

方晟冷眼看了他半天,哼了一声和郑阳转身出去。

"你觉得他的话是真是假?"郑阳问。

方晟道:"有真有假,不过假话居多,这种人修炼成精了,甭想从外表甄别出是否撒谎,加上格蕾丝在中间作梗,唉,这场仗真是路漫漫其修远兮……"

第十二章　步步追杀

夜幕下的晋东城市中心灯火辉煌，宾馆、酒店、专卖店门前绚烂多彩的广告灯箱和招牌更为城市平添了几分亮色。大街两侧的路灯像一群出游的孩子，穿着五彩的霞衣，放射出淡淡的光芒，以整整齐齐的队伍延伸向远方。

蒲桑炯衔着烟伏在阳台上，晚风将他的头发吹得七零八落，凉丝丝的，从心底透着舒坦。防盗窗边装着一只小巧精致的高倍望远镜，角度正对楼下大门，所有人出入情况尽收眼底。

"嗒、嗒、嗒"，金小咪闲闲地穿着大拖鞋从卫生间出来，她刚冲了个热水澡，脸上红扑扑的，清爽、温馨的香气顿时充溢了整个阳台。

"乔呢？"蒲桑炯问。

"睡了。"

"他有点怪。"

"嗯？"

"我见过几个南美人，都很健谈，活力四射，他恰恰相反，不管到哪儿都无精打采，好像随时随地准备睡觉的样子……"

金小咪俏皮地笑道："而且你还怀疑我和他有一腿。"

"这个……"被一语说中心思，他有点尴尬，他不明白自己在她面前为何情感变得特别丰富，"你误会了，其实……"

"告诉你吧，乔是资深瘾君子，因为吸毒过多，就算有什么想法也不行了。"

蒲桑炯失声道："干这一行的行规是贩毒不吸毒，他怎么……"

"但他有一手绝活，只用指甲挑一点点就能精确地尝出海洛因纯度，只用鼻子闻一下就能鉴定出大麻叶的出产地，你说，这种人才到哪儿找？"

他哑然失笑："怪不得我到海天大酒店叫你们迅速撤离时不过从四楼跑到

车上他就累成死人样，原来身子早被淘空了。"

"他曾救过威尔逊一命，因此颇受重用，若不是这个要命的毛病早混到集团高层了，考虑到他的特殊情况，通常指派些轻松的活儿，比如这趟中国之行，他的任务是做助手顺便监视，毕竟我是新手嘛，那边对我不太放心。"

"谁知风云突变，座上宾险些成了阶下囚，你关照的那件私事也没办成，"蒲桑炯叹息道，"我觉得非常……非常抱歉。"

夜色中她的眼睛闪闪发亮："一点消息都没有？"

"时间太长，很多人已经差不多忘了这个人，"他说，"对了，为什么一定要找他？"

霓虹灯变幻的五颜六色映在脸上，这一瞬间金小咪眼中突然流露出一种痛苦、凄凉的神色，但只停留了半秒钟不到，她又恢复轻松活泼的模样。

"每个人都有属于自己的小秘密嘛，你就当是小女孩的隐私好啦。"

蒲桑炯哈哈大笑："我不信，小安跟在我后面做事的时候并不突出，除了胆大包天没其他长处，后来有桩任务没做好，大概怕被我惩罚吧，跑得没影儿了，真是……"

"他的家人呢？"

"不知道……看来你是铁了心要找到他，这样吧，等风头过去陪你悄悄回一趟郭川，青藤会还有很多弟兄没落到警方手上，让他们想办法寻找。"

"多谢，"她哂然一笑，"王小安，应该是我在中国的最后一个心愿了。"

蒲桑炯有些醋意："其他再也没有让你牵挂的人？"

金小咪嘴边含着笑意："再说啦。"

蒲桑炯看着眼前俏丽如花的女孩，恨不得将她一口吞下去，但他不会这样做，那样太煞风景，他必须慢慢地，一点点地靠近她，尽情享受美妙的过程。

"咦，这个人好奇怪！"金小咪看着望远镜轻呼一声。

蒲桑炯连忙凑过去看，只见一个穿灰色短袖的外国人下了出租车向大厅走来。乍看他与普通人一样并不出奇，但细看之下便会发现他的表情好像冰雕似的纹丝不动，不单是脸部，连眼睛都一动不动始终朝一个方向，至于五官，分开来看没什么特别，可搭配在一起却显得很生硬，像是强行堆砌起来的，越看越古怪。

他的步伐轻松随意，背后背了只大旅行包，像是找地方休闲娱乐的，然而蒲桑炯却从他的背影中感觉到一股透骨的寒意。

两人看着他一步步进入大厅，同时抬起头对视片刻。

"会不会冲我们来的？"蒲桑炯道。

金小咪反问："你认为呢？"

蒲桑炯脸上阴晴不定沉思了数秒钟，果断道："防患于未然，赶快叫醒乔，立即下楼！"

两分钟后两人扶着迷迷糊糊的乔站在34层楼的电梯前——金小咪心细，说防止被人发现35层有人下去。银月大厦共有6部电梯，由于楼内营业单位众多，尤其一至二十层电梯格外繁忙，这一方面延缓了怪人上楼的时间，但另一方面也令蒲桑炯和金小咪无比焦急。

"叮"，电梯好容易到了，运气不错，一路只停了三次就抵达一楼，蒲桑炯注意到怪人不在等待的人群中，而七部电梯都停留在20层至35层一带，便吩咐金小咪带乔先到对面大方宾馆，他则飞快地跑到大厅内侧拐角处的值班室，要求查看35楼安全通道与走廊的监控。

"按规定我们不能提供这种服务。"保安打着官腔道。

他甩手扔出一张百元钞票，道："如果你老婆偷人，想不想看看奸夫是谁？"

保安钞票在手，又听说有这等好戏可看，精神一振，做出虚伪的同情状，立刻将35层几个监控画面调到屏幕中央并放大。

一分多钟后那个怪人果然从35层电梯出来，四下看了一眼，径直向蒲桑炯住的3516走去。

"放大他的脸！"蒲桑炯急急道。

保安将镜头拉近，他的脸占据了大半个屏幕，是的，很古怪，而且有股令人发憷的杀气。

"原来是个老外，"保安偷偷瞟了蒲桑炯一眼，"就是有点怪怪的。"

说话间怪人已站在3516房间面前，低下头，双手拨弄了两三秒钟，房门悄然开启。

保安惊道："他有钥匙！"

蒲桑炯冷冷道："这是通奸，又不是入室强奸。"

大概只过了30秒，或是更短，怪人又从里面退出来，站在门口若有所思，俄顷间他突然抬头盯着监控镜头，目光冰冷而无情。

蒲桑炯和保安同时打了个寒噤，保安吃吃说："他，他好像发现了，这个人厉害，最好别惹他。"

蒲桑炯拍拍他的肩，又扔下一张百元钞票："别说我来过。"说着迅速离开。

银月大厦正对面是一排六层商业楼，楼的正面挂满了各式灯箱、标牌和竖幅，楼下十多个店面都响着高音喇叭，提醒过往行人今天有"优惠价"、"跳楼价"、"买一送二"。

三楼便是大方宾馆，蒲桑炯早早在这边预定了一间，就是做好被追踪后临时落脚的准备，柜子里放有换洗衣服、日用品和一些小食品。

房间光线并不好，朝街窗户被花花绿绿的广告遮挡住，蒲桑炯就站在窗前透过细小的缝隙看着银月大厦。

乔终于清醒过来，一言不发坐在床边猛喝咖啡。金小咪则换上一套紧身装，凹凸不平的起伏更显得错落有致。她倚到蒲桑炯身边，吐吐舌头，拍了拍胸口说：

"吓死人，幸亏提前一步溜出来，不然惨了。"

他却没这般兴致，眉毛紧锁道："杀手能找到这里只能说明一个问题，万琪和萧连，两个人中有一个松了口，这样的话我在其他几处地点都不可靠，下一步……下一步到哪儿去？"

"随便吧，只要安静，干净，最好……最好有条大河，让我痛痛快快游上几千米。"金小咪一副随遇而安的样子。

乔懒洋洋道："我只要一张床。"

那你睡猪圈好啦！蒲桑炯愤愤想，若非这个电灯泡在旁边碍手碍脚，他早就发动爱情攻势了。

金小咪看了会儿，诧道："杀手一直没出来？"

"杀了人当然得走后门，大厦门口有监控的，"他道，"他知道有人从监视器看自己，所以下楼后到值班室杀了保安，将有关他的图像全部删掉。"

"心狠手辣的家伙，有点像威尔逊，占姆士说他可以为了一点点私利牺牲身边所有人，包括每一个。"金小咪大大咧咧道，乔只是抬抬眼皮，没有任何表示。

"出来了！"蒲桑炯沉声道，果然杀手低着头从大厦旁边的巷子里闪出来，站在路边四处张望。这时两辆110警车和一辆救护车悄然而至，警察和医生同时进入大厅。

"他一点儿都不怕。"金小咪说。

"这不是普通的杀手，是杀手中的顶尖高手。"蒲桑炯道，那个怪人冷不防抬脸朝向对面，目光如电，鹰隼般扫视每一寸地方。

蒲桑炯仿佛被重重一击，跟跄退了两步，脸色惨白如纸。

"怎么了？"金小咪问。

"他……他发现我们了！"

"不会吧！"金小咪叫道，"我们向外看是广角，他看我们只有一道细细的缝隙，难道有心灵感应不成？"

蒲桑炯一把操起旅行包："还是那句老话，防患于未然，走！"

乔低低嘀咕了一句，不情不愿地站起来，金小咪转身前又向对面瞟了一眼，却见杀手已向这边走来，心怦怦跳了两下，急匆匆跟随他们出门。

走到楼梯口，蒲桑炯直奔安全通道，金小咪上前拉着他。

"从电梯下。"她说。

蒲桑炯瞪大眼："你疯了，说不定他就在下面守着，电梯门一开正好抓个正着。"

"我赌他不会从电梯上。"

"赌注是三条人命呐。"

"相信我，他一定从安全通道上来。"金小咪认真地说。

蒲桑炯一犹豫，转向乔道："你说呢？"

乔指指金小咪，再竖竖大拇指。

金小咪笑眯眯道："2比1，我赢了。"

没想到这个时候她还笑得出来，蒲桑炯真是彻底服了她，一跺脚道："行，听你的。"

电梯到了一楼，门悄然而开，外面一个人也没有。

蒲桑炯松了口气，路过服务台时问道："请问刚才有人从安全通道上楼吗？"

服务员笑容可掬道："是的，两分钟前有位外国朋友上去了，需要我联系吗？"

"随便问问，谢谢。"

金小咪冲他得意地皱皱眉，他忍不住伸手刮她一下，却被机敏地躲开了。

乔在旁边瓮声瓮气地说:"乘出租车吗?"

"不,钻巷子到后大街。"金小咪道。

"为什么?"蒲桑炯脱口问。

"杀手一定在楼上观察动静,打车的话,他只要记住车牌号就行了。"

"我们可以跑一段路再换。"

金小咪歪着头道:"你算一算,以他的速度我们来得及吗?"

蒲桑炯暗暗一合计,点点头道:"有道理,走,进左边巷子。"

三个人跑进二十多米外的巷子时,蒲桑炯偷眼看到杀手正站在宾馆门口,面朝大街若有所思。

"快跑,他会追过来的。"金小咪道。

"右边也有一条巷子,他追到这边的概率是百分之五十。"蒲桑炯道。

"从宾馆到右边巷子大约四十多米,他认定我们不可能舍近求远。"

他懊悔地拍拍头:"早知道应该右边走。"

"那样更糟,我们进巷子前就被他看见了。"金小咪笑道。

蒲桑炯闭上嘴。

他这才知道她的机巧和应变远在自己之上,只是大智若愚,平时没有显露而已,想想也是,以威尔逊的精明狡诈怎会派一个傻乎乎的女孩过来谈判?必然经过暗中考核权衡做出的决定。

"你真聪明。"蒲桑炯由衷赞叹道。

金小咪娇笑道:"聪明用在女孩子身上可是贬义词哟,我宁愿什么事都不想成天睡觉,因为思考是美容的天敌。"

蒲桑炯笑着转头回望,笑容顿时僵在脸上。

杀手已拐过巷口,快步追上来,他穿着软底运动鞋,因此落地一点儿声音都没有。

"不好,他来了。"

金小咪也回望了一眼,道:"很不幸,我又猜对了一次。"

"现在不是谈胜负的时候,尽全力跑,到对面大街设法引起行人的注意,人多他不敢乱来。"

"时间不够,他只要追到手枪射程之内就能开枪,我们一个都跑不掉,"金小咪用嘴努了努,"前面右拐,陪他玩巷战。"

三个人急速拐进黑洞洞的巷子,乔已跑得上气不接下气,手抚胸口好像撑不下去了。

金小咪拍拍他道："再坚持会儿，安顿下来让你吸两口。"

乔一听仿佛打了针兴奋剂，脚底下快了许多。

"这么黑的巷子更有利于他动手。"蒲桑炯沉声道。

金小咪道："没关系，我们有弯就转，哪儿黑就往哪儿钻，你不是说概率吗？无数个百分之五十相乘，玩死他。"

七拐八弯跑了十多分钟，金小咪也顶不住了，扶着墙连连喘息，乔干脆一屁股坐到石阶上，嘟囔说死就死吧，反正我要休息。

蒲桑炯虽稍好一点，也脚跟发软，身体直晃悠，趁他们歇息的时候往里面探了几步，突然轻轻"啊"的一声，声音都变了调。

"糟了，糟了！"

"嗯？"金小咪走过去。

"前面没路了，这是个死巷子！"

金小咪一呆："那……不能走回头路，没准儿撞上杀手。"

蒲桑炯表示反对："与其坐以待毙，不如出去碰碰运气。"

"坐以待毙？"金小咪眼珠一转，转向乔问道，"好多了吧？"

乔点点头。

金小咪拉起他径直走到最尽头一家敲门，蒲桑炯一惊，轻声道："你干什么？"

里面有个声音问："谁呀？"

金小咪软软地说："我姓金，从美国归来的房产商，准备开发这一带房产，想进你家看看行吗？"

门开了，一个中年男子狐疑地看着他们："真的假的？好像没听说这一带要拆迁嘛。"

"事实上政府一直有这方面的意向，"金小咪一指乔，"这是我的老板，房地产公司董事长乔。"

乔掏出护照晃了一下，嘴里说了一长串英文。

"老板说他非常热爱这个国家，也喜欢古建筑风格的房子，因此想拍几张照片，可以吗？"金小咪道。

中年男人一迟疑，将他们放了进去。

几分钟后一个黑影悄然掩至，在巷子附近转了转又飘然离去。

过了一个多小时，中年男子打着电筒陪同金小咪三人直送出巷子到了大街上，态度热情地与乔和蒲桑炯握手告别。

"旧城区居民最关心拆迁，你虽生活在美国，却牢牢把握了当下中国人的心理，"蒲桑炯感叹道，"佩服，实在佩服。"

金小咪淡然笑道："多亏乔是天才演员，董事长的角色扮得像模像样，换了你我两副东方面孔，吹得天花乱坠人家也不信。"

"是啊，外来的和尚好念经嘛。"蒲桑炯不知不觉被她转移了话题。

"接下来去哪儿？"她问。

他沉吟片刻，道："郭川。"

"你不怕？"

"我想过了，我在各地购置的房产都有被暴露的可能，又碰上这么厉害的杀手，唯一选择是回去，利用人脉和熟悉地形跟他们周旋，毕竟……除了青藤会，我还在商界隐藏了一批信得过的弟兄，相信他们危急时候不会弃我而去，"蒲桑炯恶声恶气道，"与其东躲西藏，不如破釜沉舟！"

金小咪招手叫了辆出租车，三个人鱼贯而入。

司机例行公事问："请问上哪儿？"

"郭川。"

蒲桑炯响亮地说。

巷子里，中年男人走了一半，迎面遇到位老外。

"嗨，你好，打听一件事行吗？"老外主动打招呼道。

中年男子暗自好笑，今天莫非中彩了，尽遇老外，笑道："没事儿，您说。"

"刚才是否看到三个人，一个老外，一个女人？"

"当然，我刚把他们送出去，大概就在街边。"中年男子信手一指。

"谢谢。"老外微笑道，左右看了看，慢慢靠近中年男子……

第十三章　覆手为雨

城西派出所所长办公室里烟雾弥漫，黄永泉一根接一根地抽着烟，全然不顾对面郑阳不停地咳嗽。

郑阳有些恼怒地挪挪身体，再次抬起手腕看表，提醒对方已到下班时间了，不能老这么干耗下去。虽说基层派出所有协助刑警队办案的职责，但从行政隶属上讲不存在上下级关系，理应保持相互尊重。

黄永泉是上午10点多钟到派出所的，当时郑阳正在附近商场处理一桩盗窃案，以为刑警队有急事，匆匆赶回来接待。谁知黄永泉绝口不提工作，天南海北七扯八拉直到现在。

因为年龄大、资格老，黄在郑阳等新提拔上来的年轻警官面前有些摆架子，动辄"我们那时候怎么怎么样"，郑阳对他一直敬而远之，平时遇到也就简单地打个招呼，相处并不热络。今天这样面对面单独聊天尚属首次，郑阳怀疑他不仅仅为了聊天。

手机响了，黄永泉拿起电话听了几句，顿时喜形于色。

"小郑，等着急了吧？"黄永泉说。

郑阳笑笑："家里来了朋友，想回去招待一下。"

"朋友？其中有没有一位美国朋友，叫格蕾丝？"黄永泉还带着笑，但目光变得无比锐利。

郑阳暗吃一惊，沉下脸道："黄队长，这个玩笑可不好笑。"

"我没有开玩笑，据我所知你和方晟已经找到了格蕾丝，为安全起见躲到你家也是正常的，"黄永泉慢悠悠道，"格蕾丝一开始就不信任我们，方晟是因为他父亲的事一直与市局心存芥蒂，你呢，你为什么不向局里通报？"

郑阳腾地站起身："黄队长，如果这番话代表刑警队的意见，希望履行必要的手续，否则我没工夫陪你瞎扯！"

黄永泉稳如泰山："我是以刑警大队副大队长的身份提醒你，不能为了所谓哥儿们义气伙同方晟擅自扣留警方要犯，这同样是违法犯罪行为，要受到法律制裁！"

"那我告诉你，我没有扣留万琪！"

"很好！"黄永泉冷笑道，随即大喊一声，"小陈，进来！"

小陈拿着几张纸进门，避开郑阳的目光将东西交给黄永泉。

"湖畔花园发生枪战后，护城大桥北面九号桩附近又有枪战痕迹，现场还找到三具不明国籍的死者，根据调查当时你的警车在附近出现过；第二天郊区龙汇小区有枪战痕迹，你的警车上凑巧出现明显弹痕，而且，你还私下借用刑警队的警犬，小郑，请解释一下这些事。"

郑阳从基层警员做起一步步升到所长，有丰富的审讯和应变经验，自然不会轻易中套，反问道："黄队长想怎么解释？"

黄永泉岂会留下口实，冷笑道："我从不做无谓的推理，只用事实说话，小陈，移动公司刘璐小姐怎么对你说的？"

郑阳怒道："黄队长，你太过分了！"

"快说！"黄永泉大喝一声。

小陈的脑袋几乎要低到胸口，低声道："刘……刘小姐说是有几个朋友被安置在景范小区郑所长的房子里……"

郑阳透体冰凉，心道完了，完了，刘璐虽冰雪聪明，还是经不住这些老刑警一哄一诈，把实情都说出来了，这回要栽！

黄永泉斜眼看着郑阳，拉长声调道："一小时前我派了四辆警车、十名最精干的兄弟赶赴景范小区，请方教官到刑警大队叙旧，对了，还有蒙在鼓里的FBI特工，哈哈哈哈……"

他笑得很开心。

只要把万琪抓到手，既在领导面前露了脸，又将郑阳打得永无翻身之日，大概能赶在提拔年龄线之前混个正队长干干，运气好的话党组成员也有得做……

"报告！"两名刑警笔直地站在门外，他们都是黄永泉一手培养的心腹。

黄永泉急急问："人呢？"

"报告大队长，景范小区那边……那边没人……"

"什么？"黄永泉懵了，劈头盖脸骂道，"一群废物！怎么可能没人？刘璐亲口承认三个人，两男一女住在那里！"

"报告大队长，我们确实……我们把屋里翻了个遍，整个单元所有住户也搜查了，确实没，没有。"

"笨蛋！混蛋！没用的东西！"黄永泉脸色铁青地骂道，目光却恶毒地盯在郑阳脸上，实在想不通这小子耍的什么花招，竟然在自己眼皮底下通风报信。

此时郑阳也如坠雾中，不清楚方晟他们为何凭空消失，他当然不会错过难得的反击机会，大摇大摆走到两名刑警面前，道："屋里真的一个人都没有？"

两人连连擦汗，面色尴尬。

郑阳手一伸："现场搜查记录呢？"

"没……没记。"

"哦，"郑阳点点头，突然说，"对了，作为那套房子的户主，事后补看一下搜查令，不算过分吧？"

两人同时将目光投向黄永泉。

黄永泉恨得直咬牙，心里早已将郑阳诅咒了几百遍，脸上却迅速挤出笑容，装出大大咧咧的样子："哎呀，郑所长，刚才不是说过了嘛，以为方晟住在那边，专门派兄弟们过去请的，哪知他们不会办事，敲敲门家里没人就算了嘛，非要进去看个究竟，他妈的，还站着干什么？快向郑所长赔礼道歉！"

两名刑警支支吾吾含糊其辞说了几句。

"算了！"郑阳一挥手，"既然黄队长说情，家丑不外扬，待会儿我回去清点一下东西，如果金银首饰之类的少了一两样，那可对不起，还得请二位说话！"

两人一愣，同时辩解道："郑所长，大家都是同事，你还信不过？再怎么着也不敢太岁头上动土……"

郑阳软中有硬道："同事？有随随便便撬门进同事家的吗？没有搜查令破门而入，事后又不留书面搜查记录，谁知道会发生什么事？"

黄永泉听出厉害，赶紧过来骂道："他妈的做了坏事还敢顶嘴？听着，郑所长要是真丢了东西你们二一添作五认赔，少一分钱都不行，听到没有？"

"是。"两名刑警垂头丧气道。

郑阳笑眯眯欣赏着三个人的窘态，心里却在琢磨：方晟这小子真有两下子，不知用什么招数躲过刑警队搜查的，不过这一来三个人还能到哪儿落脚呢？

让方晟转危为安的是刘璐。

刑警小陈等人离开后，刘璐越琢磨越不是味儿，来不及向郑阳核实情况便匆匆打电话给方晟，她的话还未说完，方晟已透过前阳台玻璃看到警车开进景范小区大门。

三个人以最快速度撤出去从小区侧门来到大街，叫了辆出租钻进去。

"去哪儿？"司机问。

格蕾丝和滕自蛟一齐看着方晟。

方晟毫不犹豫道："兴化小区。"

滕自蛟"嗯"了一声，方晟转头道："怎么了，那边有朋友？"

"我这种落魄的人怎会有朋友？"滕自蛟道。

方晟看看司机没有再问下去。

格蕾丝道："是你的房子？"言下之意如果是的话最好不要去。

"不，朋友买的。"

"女朋友？"

"……曾经是。"

格蕾丝诧异地瞟了他一眼："想不到你也很幽默。"

方晟苦笑一声："你根本想象不到这种幽默的代价。"

到景范小区小屋后先除尘、拖地，把室内清理干净，格蕾丝进入房间看到香水瓶时轻呼一声，夸张地拍拍胸口。

"很香吗？"方晟问。

"不，很贵，"格蕾丝道，"优雅的老欧洲风格，茉莉与玫瑰香味为主，混合森林基调，每盎司200美元。"

"你也喜欢？"

"但舍不得买，"她耸耸肩，"你的女朋友，不，前女友真有钱。"

有百乐园小区作铺垫，再发生什么事也不会引起方晟惊讶，相反他还有心情开玩笑："建议你别用它，以免我的嗅觉产生误会。"

格蕾丝妩媚地瞟了他一眼："你听说过女特工用香水吗？"

特工守则中规定：为避免留下线索或行动中露出踪迹，严禁使用香水、香粉和带有明显香味的洗发水。

"那倒是。"

两人整理完房间,将滕自蛟带进来半躺在床上,右手与床脚铐在一起,顺手打开电视。

"我想喝水。"滕自蛟道。

方晟硬邦邦道:"暂时没有,要不倒杯自来水给你。"

格蕾丝道:"厨房里有电水壶。"

客厅墙上的钟停了,格蕾丝习惯性地问:"现在几点?"

"我把手机扔了。"

"嗯?"

方晟解释道:"警方到郑阳家搜查,说明他已深受怀疑,必然要追查一切通讯工具,手机放在身边很危险。"

格蕾丝倚在墙上,双手背在背后,眼睛一眨不眨地看着他:"我猜,你在提防你的好朋友。"

"郑阳是我的好朋友,但他首先是一名警察。"

"他会出卖你?"

"那倒不至于,但他不能拒绝调查。"

她沉默片刻,将房间关上,认真地说:"听着,方,昨晚刘小姐和我谈了很多,包括你家庭的不幸遭遇,凭直觉我个人认为你的思路是对的,世上没有如此巧合的事,因此,我想如果可能的话,我的意思是说……呃……我可以在某个时间段选择回避……"

"谢谢,很高兴我们之间已经建立起高度信任的关系,"方晟说,"其实期望滕自蛟解决所有问题是不现实的,他不会轻易招供,因为他背后有一股强有力的势力……那个晚上有很多谜,谜与谜之间环环相扣,我想通过不断提问打开一个缺口,然后沿着线索突破下去。"

"明白你的意思,但我还必须说明一点,那就是不可以对证人恐吓或用刑,这会影响我们与他今后的合作。"

方晟笑笑,道:"如果警方抓住金小咪或乔,滕自蛟对FBI还有用吗?"

"这仅仅是一种假设,中国太大了,我怀疑NF或警方都没办法找到他们。"

"你误解我的意思了,我想说的是,滕自蛟是否意识到这一点?"

格蕾丝细细咀嚼他的话,慢慢道:"当然,他不会甘心任人摆布,一旦有机会肯定要设法逃跑，所以我们要做到寸步不离……"

方晟正待说话，房间里传来呻吟声，两人同时一愣，急忙打开门。

滕自蛟脸色苍白，腰弯得像虾米，双手捂着肚子龇牙咧嘴，显得非常痛苦。

"怎么了？"格蕾丝问。

"……疼，疼得厉害……"

方晟摸摸他的额头，再按按脉搏，问道："具体哪儿疼？"

"肚子。"

"可能是肠胃痉挛，也不排除更严重的情况，"格蕾丝果断地说，"必须把他送到医院就诊！"

"什么？"方晟怀疑自己听错了，"医院？你知道外面有多少人在找我们？"

"相比之下证人的身体健康更重要！"

"这是因受凉引起的腹痛，通常只要喝点姜汤就行了，"方晟道，"再不放心我可以到药店买些常用药。"

"哒……"滕自蛟嘴里吸着凉气，痛苦不堪地在地上翻滚。

格蕾丝指着他责问道："方，这种状况靠喝汤就能治好？我们都不是医生，不能草率地下结论，唯一选择是去医院！"

方晟非常怀疑滕自蛟在装样，想到医院这种公众场所再寻找机会逃跑——因为经常打打杀杀，很多黑道中人是医院的常客，运气好兴许能碰到一两个老朋友。但细看滕自蛟的脸色、神态、呼吸频率，又不像在做戏，加上格蕾丝不容分说的态度，使他左右为难一时难以决断。

"实在不肯就……就，就算了……"滕自蛟哀叹一声，"算了……算……"

格蕾丝脸色很难看："我一个人陪他去。"

"OK，我下楼叫出租，"方晟转身走出房间，想想又加了一句，"由我指定医院。"

格蕾丝取了副新手铐将两人铐在一起，道："准备出发……别耍花招，否则我有权击毙你！"

滕自蛟低下头做出畏缩的样子，脸上却露出一丝难以察觉的谲笑。

"去哪儿？"三个人上车后出租司机问。

方晟道："医院。"

"哦，挂急诊，"司机看到滕自蛟捂着肚子，"前面一条街就是第四医院，条件、水平都还可以。"

方晟摇摇头:"到远一点的,找家社区门诊。"

司机吃惊地"啊"了一声,再看看车上三人均面沉似水,不像在开玩笑,到嘴边的话又咽回去:看急诊哪有舍近求远,而且放过大医院不去,专挑小门诊的?要说为了节约,这几个人穿着都不错,其中还有个老外美女,应该不是缺钱花的主……得了,别多管闲事,开好自己的车吧。

车子开过第四医院拐了两条街,最后在一个四层小楼面前停下来。

"健民社区门诊,麻雀虽小五脏俱全,看病的人还挺多。"司机把车停到急诊室面前。

方晟毫无表情道了声谢,径直过去挂号,格蕾丝在下车瞬间为滕自蛟解开手铐,同时在他耳边悄声道:"我和方都能在一点五秒内出枪射击,不要给我特别是方这个机会。"

"是,是,不会的。"滕自蛟谦卑地说。

社区门诊规模很小,急诊室只坐了一名中年女医生,面前围着五六个焦急的患者。眼见滕自蛟疼痛难忍的模样,方晟上前请女医生先替他看一下。女医生倒很和气,走到滕自蛟面前盯着他看了会儿,简单询问后让他躺到旁边床上按了几下,扶扶眼镜道:"先做两个检查。"

"估计什么问题?"方晟问。

"情况严重吗?"格蕾丝问。

女医生问:"你们是他什么人?"

格蕾丝张口就来:"朋友。"

女医生点点头:"扶他到后面一间。"

方晟将滕自蛟搀进急诊室里间检查室,里面光线很暗,一溜边摆放着各式各样的仪器,有的嗡嗡直响,有的闪烁着红灯绿灯,还有的在不停地跳动许多数字。

"你先出去。"女医生见方晟站在一边有些奇怪,用命令的口吻说。

"我……我在这儿看着,可以吗?"

"不行,医院有规定,检查室不准有闲杂人员,"女医生断然拒绝,"快点,别影响我检查,外面患者很多。"

"我就坐这儿,不说话,也不动,行不行?"

女医生沉下脸:"在我们门诊检查的已有几万人了,没哪个像你这样难缠，到底出不出去？"她三步并作两步走到门口，一副不依不饶的样子。

方晟无奈，一边不情不愿地走出去一边问："五分钟能结束？"

"检查时间不是由你决定！"女医生冷冷关上门，"咔嚓"反锁上。

方晟冲格蕾丝双手一摊。

"我们必须遵守医院的规定，"格蕾丝安慰道，"在美国也是，天底下医生都是这样，你无法激起他们的同情心。"

门关上后一片漆黑。

女医生正准备转身，只觉得腰间一紧，被人从身后紧紧抱住，紧接着呼着热气的嘴唇凑近她耳际。

"文暄……"

第十四章　十年噩梦

"你又犯了什么事？还是以前的事没了结？"女医生声音又轻又软，"那两个人一看就知道是警察。"

"重回牢狱是早晚的事，但我希望越晚越好，比如这一次，不是又躲过去吗？"滕自蛟笑嘻嘻道。

"怎么知道装病后警察一定带你来这儿？"

"他们把我带到兴化小区，这附近只有第四医院和你这一家，我就赌他们不会去第四医院，再赌今天正好你值班，结果都押对了！"

"自蛟，听我说一句，别再玩了，找个机会远走高飞过几年清静日子吧。"

滕自蛟吻了她一口："走？到哪儿去？那帮人放心让我离开吗？不如在郭川混混，至少还有你陪伴在我身边。"

文暄脸上露出少女般的羞涩，依偎在他怀里道："快逃，时间长了他们会怀疑。"

滕自蛟点点头，贪婪地在她脸上、颈上狂吻几下："好，就是要委屈你一下。"

她被他吻得全身酥软，面色潮红，呻吟道："冤家，我为你委屈了十多年，再多一次又有何妨？"

感觉到她情动的气息，滕自蛟从内心深处升起一股汹涌的欲望，恨不得当下就扑上去幸福一回，然而外面守着的两个冤家却提醒他，来日方长，不可逞一时之快误了大事。

文暄跟了他14年，是他时间最长、关系最牢固的情妇，从青涩害羞的小姑娘到风姿绰约的中午女人，她始终忠贞如一，浓浓爱意未曾有半分改变。为了他，她先后堕过四次胎，因为不想让领导同事知道专门跑到外地做流产手术，回来后只休息一天便坚持上班；为了他，她随便嫁给一个并不喜欢的中学老师，过着不咸不淡的婚姻生活。这几年滕自蛟在蒲家做事，行动颇受限制，但只要他一个电话，无论她身处何地，都会在第一时间赶到他身边。

有时滕自蛟也想不通，这样一位端庄秀丽、毕业于名牌医科大学的女孩为何死心塌地爱上自己？然而爱情就是如此，无章可循，无理可讲，只有结果，没有原因。

两人第一次见面是滕自蛟最狼狈、最倒霉的时候，那一回他不小心得罪了一名黑道上的大哥，结果七八十个打手杀到白天鹅舞厅，把里面的人揍得落花流水满地找牙。滕自蛟胸部肋骨断了两根，大腿被扎了两刀血流如涌，幸亏手下人讲义气，带着伤一瘸一拐地把他送到医院急诊室。当晚是文暄值夜班，刚刚走上工作岗位的她见到十多个人浑身血污，吓得手足无措，这时滕自蛟从昏迷中醒来后说了句令她震撼的话：

"别管我，先救其他兄弟！"

就这一句话，文暄便不可救药地爱上了他。

对滕自蛟而言，当时思想境界到底是否达到让文暄产生崇拜之情的高度呢？答案是否定的，因为他刚醒来时并不知道自己的伤势，说这句话只是看到手下们个个神情沮丧，做老板的少不得说些话给他们鼓劲，当知道大腿伤势有截肢之忧时立即昏迷过去。

他被吓昏了。

当然真实情况永远不可能告诉文暄，把她从美好的英雄情境中撕裂回现实，岂非世上最残酷的事？何况男人的内心深处都希望有少女英雄般的崇拜，各取所愿，皆大欢喜。

因此落难之际他毫不怀疑文暄会帮自己，不惜一切代价地帮。

滕自蛟在屋里找了根绳子，将文暄绑在椅子上。

"绑紧点。"文暄说。

他差点掉下泪来，强忍心中巨大的波涛吻吻她，用一大团纱布塞住她的嘴，然后掀开南侧厚重的黑布帘。

"以后再联系，"他说，"手机别关。"

文暄含泪点点头。

滕自蛟打开窗户轻盈地跳出去。

"好像有点不对劲，"方晟看着墙上的挂钟说，"这种简单的检查需要六分钟？"

"去年我脸上长了个又大又红的疙瘩，医生检查了两个半小时，结论是青春痘，方，你听说过二十四岁的女人长青春痘？"格蕾丝说。

方晟道："二十四岁？我以为你只有二十二。"

格蕾丝忍不住笑起来，洁白的牙齿让她的笑容更加灿烂："放心，我的年龄不是秘密，至少对你而言。"

方晟笑了笑，大步过去敲门，里面毫无反应。

"医生！医生！检查结束了吗？"方晟大声道，同时将耳朵贴在门上听。

没有应答。

方晟皱皱眉头，眼睛一瞥看到墙上张贴的医生信息，心中一震！

万文暄?！

父亲医疗事故的三名责任人之一的万文暄！

他脸色一变，高速冲过去一脚踹开房门，双手持枪对准房间里面。

等两人适应里面暗淡的光线，看清万文暄被绑在椅子上，顿时知道事态何其严重，格蕾丝过去为她解绳子，方晟则拉开房间里所有的窗帘打开窗户。

"他从哪儿逃走的？带了什么凶器？有没有对你说什么？"方晟连问三个问题。

文暄满脸惊慌只是摇头，一个字也说不出来。

"医院后面是什么地方？"格蕾丝问。

"居民区。"文暄好不容易挣扎出三个字。

两人同时从窗户跳出去。

"我向东。"格蕾丝道。

方晟道："我向西，还到这里会合。"

两人分头急急奔跑，边四下搜索边打量周围环境，文暄隐在窗后看着他们身影消失，轻轻吁了口气。

半个多小时后，两人回到急诊室后窗，相顾摇头。

"这家伙在黑道混迹多年，有很强的反侦查能力，逃遁功夫更是一流……"

格蕾丝沮丧地垂下头："我想说对不起。"

"不能怪你，他早有预谋……"方晟喃喃道，"可他怎么知道我选择这家社区医院，医生又要求单独做检查？"

"他就是碰碰运气，没机会也无所谓，就算我们知道他装病也不能拿他怎样。"

方晟深吸一口气，凝望天空陷入沉思，半晌才道："不会这么简单……记得我决定到兴化小区时他轻轻嗯了一声，为什么呢？他感觉到机会来了……"

格蕾丝突地眼睛一亮，返身看看急诊室窗户，紧紧靠着方晟悄声道："女医生有问题！"

方晟被突如其来的柔软的身体和淡淡的发香弄得一阵慌乱，呆呆反问道："什么？"

"刚才替她松绑时，她的头发、衣服一点儿都不乱，完全没有挣扎搏斗的痕迹，还有，她的双脚并没有被固定住，就是说滕自蛟逃走后她应该有能力移到门口报警，可她没有这样做。"

方晟轻轻吐了一口气："开始做检查时她的态度也不需要那么强硬，家属陪同患者做检查也是有的，作为社区医院本该更人性化一点……"

"所以女医生与滕自蛟之间应该存在某种默契。"

"滕自蛟对郭川的情况了如指掌，知道兴化小区附近只有第四医院和这家，他算准我不愿意到人流量大、容易产生混乱的第四医院，所以这里才是唯一的选择……"

"假设他们俩有特殊关系……"

方晟若有所思道："如果假设成立，我想我找到十多年前的线索了，因为这位女医生为我父亲看过病，她没有让他做皮试！"

"啊！"格蕾丝瞪目结舌，"竟……竟会有这么巧的事？"

"不是凑巧，我说过事情是环环相扣的，总有露出破绽的时候。"

格蕾丝盯着他，眼睛碧澄："再假设他们还会联系……"

方晟笑了："是啊，救命之恩总要报答的，说不定是用他的身体……"

两人绕过社区门诊到路边时，一辆110警车急驰而过，开车的依稀是郑阳，方晟叫了一声，但距离太远，车速又太快，警车一闪而过已开出好远。

"郑好像有急事。"格蕾丝道。

方晟道："干警察这一行每天都忙，因为坏人总是不断出现。"

"而且好人也可以变成坏人，就像万医生。"

方晟冷哼一声："我正要追查她从什么时候起变坏的，现在，还是十多年前我父亲看病的一瞬间。"

第十四章 十年噩梦

警车经过十字路口急拐向东,穿过新华大街进入老城区,沿着狭小破旧的街道直奔20年前郭川的商业中心——珍珠坊路。

格蕾丝猜得不错,郑阳是有急事,而且是万分火急。

10分钟前他在办公室一遍遍打方晟的手机,"对不起,您拨打的电话已关机……",正惆怅之际突然接到线报,消失两个多月的邰子俊又出现了!

邰子俊是方仁冲医疗事故的三个责任人之一,出事当夜他作为实习医生,协助万文暄诊断病症,人多时也看些简单的症状,周护士则负责替患者配药、输液。

医疗鉴定委员会档案中这样记叙那天夜里的经过:万医生开出药方后让邰子俊去划价、取药,然后一起来到输液室。接下来一件事便出现争议,由于夜里看急诊的患者很多,周护士忙得团团转,手里压了好多张输液单无暇处理,根据邰子俊的说法是看到方仁冲躺在那儿干等有些过意不去,就自告奋勇动手操作,周护士也知道他在配药,还说了声"谢谢"。配完药周护士正好腾出空,拿了药瓶替方仁冲挂上,几分钟后便出了事。

作为医生特别是实习医生,可不可以擅自操作替患者输液?原则上是不允许,专业不同,各司其职嘛。然而实际工作中为方便患者或是应急,这种情况时有发生,有些医院的态度是既不支持也不反对,前提是安全第一。现在出了事故,就要用规章制度层层追究责任。

因为实习考评不及格,毕业证自然没能拿到,邰子俊回校找人疏通关系未果,之后就失去踪迹,连与他恋爱两年的女朋友都不知其下落,工作后还傻傻地等了四年才彻底死心另嫁他人。

邰子俊父母都是老实的退休工人,一直住在老城区,不过对独子的失踪并没有表现出应有的悲伤与不安,相反一副胸有成竹的样子,似乎心中有数。

邰子俊为何销声匿迹?

恐怕不能解释为害怕或是担心被报复,若论责任万文暄首当其冲,周护士也有失职之过,可这些年来方晟从未找过她们,又怎么可能迁怒于还没走出校门的大学生?这一跑却有些做贼心虚的意思了。

刚开始受种种因素制约,无法实施监视计划,直到当上所长手里有了实权,便利用关系在他家附近安排了几个线人,随时盯着家里的动静。两个月前邰子俊偷偷回了趟家,然后与滕自蛟在茶座见面,之后由于郑阳舍他而跟踪滕,再度下落不明,直到今天才被发现在珍珠坊一带卖凉皮。

昔日繁华光鲜的楼房如今油漆剥落、破损暗淡，到处布满蜘蛛网般的线路，墙上模糊难辨的广告大都是十多年前的产品，现在早已不见踪迹。不少墙壁上用红漆画着圈，当中写着"拆"字，墙根下三三两两坐着纳凉的老人，用悠闲的语气聊着这块地方拆迁的事。

停好车子，郑阳步行走过一条长长的巷子，转过去便看到两幢灰白色的小楼，高四层，标准火柴盒结构，应该是二三十年前的建筑。

"二号楼三单元……"他默念道，快步踏上一段红砖铺成的小路，路两侧长满了茂盛的野草，里面不时传出久违的蟋蟀声。绕过一号楼，远远看到二号楼三单元里走出一个男人，小平头，三十多岁，推着自行车准备上路。

"邰子俊！"郑阳断然喝道。

那人先是一愣，下意识朝郑阳看了一眼，好像想起什么似的，立即甩掉自行车向前狂奔，郑阳大步追上去。两人一前一后跑出居民区来到一个废弃的厂区，地上的野草有一人多高，到处是锈得发黄的机器、配件和半成品。邰子俊对地形似极为熟悉，七拐八弯像钻胡同似的，不时逸出郑阳的视线，但他明显缺乏逃跑经验，总不敢静下心隐匿身形，每当郑阳快要靠近时就像被惊起的兔子跳出来飞奔，一来二去两人的距离越缩越短。眼看就要被追上，邰子俊情急之中冒险攀上倚在墙边的铁手架，腾腾腾连爬四五米越上一米高的围墙，在墙头歪歪扭扭走了一段，然后俯身跳到墙那边草垛里。

未等他从草堆里起身，郑阳如一只凌空下击的老鹰飞扑下来，直接压在他身上，双手紧紧锁住咽喉，憋得他喘不过气来，面色黑紫，青筋毕现，痛苦不堪。

"饶……饶命……"挣扎中邰子俊吃力地说。

郑阳冷然一笑，将他狠狠甩到旁边碎砖堆上，砖头棱角硌得邰子俊全身生疼，可不敢吱声，双手捂住脑袋胆怯地看着郑阳。

"知道我是谁？"

邰子俊摇摇头，一副可怜巴巴的样子。

"为什么见了我就逃？"

"我……我害怕，只要有陌生人找我就怕……"

"你在怕什么？"

"没……没什么，我天生胆小……"邰子俊畏畏缩缩道。

"这十多年来，你除了像鬼一样躲在暗处不见天日，还会做什么？说！"

邰子俊伏在地上默默流泪，眼泪鼻涕一齐流下来。

郑阳忍不住轻蔑地说："瞧你这副窝囊样，哪像当年风华正茂的医学院高才生？对得起辛辛苦苦供养你上学的父母，还有等了你四年的女朋友吗？"

提到这些，邰子俊更是悲从心生，索性仰在地上放声大哭。

"你以为事情过去这么多年，不会再有人追查那件事，是吧？"郑阳冷哼道，"错，坏事就是坏事，永远躲不过法律的制裁，还是老实交代，早日摆脱噩梦！"

邰子俊耷拉着脑袋一声不吭。

"不肯说是吧？那就跟我回去，到看守所慢慢想。"郑阳威胁道。

邰子俊蔫蔫道："我没犯法，你不能随便抓人。"

郑阳火冒三丈，冷笑道："既然找上你自然有原因，当年警方调查医疗事故时你们三个都说不认识滕自蛟，这句话是记录在案的，有你们的亲笔签名，可两个月前你为什么跟他在茶座见面，一谈就是40分钟？"

邰子俊全身一震，惊慌道："不关我的事，是他硬叫我去的。"

"说明你们之间一直有联系！"郑阳步步紧逼，"你们谈了什么？"

"没……没什么……"

"邰子俊！"郑阳暴喝一声，"你到底说不说?!"

说着他一手掏出手铐，一手抓住邰子俊的手腕就要套。

"真不关我的事，"邰子俊几经哀求道，"他向我打听一个人，我说不知道，他偏不信，啰啰唆唆扯了半天。"

"就这么简单？"

"不骗你，真的。"

"他要找的人叫什么？"

"……王小安。"

第十五章　危机诡局

"王小安？"郑阳努力回忆了一遍，脑海中没有这个人的资料，"他是干什么的？"

"以前在蒲桑炯手下做过事，具体情况我也不清楚。"

"滕自蛟为何认定你知道？"

"我和王小安是邻居，小时候经常在一起玩，后来考上大学就没联系了。"郑阳困惑地皱起眉头。

滕自蛟找郜子俊了解蒲桑炯手下的下落，本身就透出几分不寻常，这其中似乎有根无形的线，曲曲折折将所有人联系在一起，然而无论沿着哪一条思路走下去，总觉得缺少一个重要的环节。

谁是承前启后将整件事串联起来的关键人物？

郑阳的思绪有点乱，他一抖手铐将郜子俊双手铐住，命令道："跟我走！"

"你说过不抓我的！"郜子俊绝望地大喊道。

"我说了吗？好像没有吧，"郑阳道，"你身上的疑点太多，必须老老实实交代，否则我跟你没完！"

郜子俊全身向后缩，声嘶力竭道："我不去！我不去！公安局里有人想杀我！"

"谁？"

"……总之是有人，滕自蛟说过他的名字！"

"你说出来，我看像不像，如果像，我立马放你走人。"

"真的？"

"不准乱编。"

郜子俊犹如溺水中的人抓到救命稻草，眼睛里跳跃着火花："我记得，他的名字叫……"

"砰",一声枪响,邰子俊右侧太阳穴多出个血洞,霎时他的眼睛瞪得老大,像是燃尽生命中最后一点精力,继而颓然倒下。

郑阳飞扑在地连滚两下,起身时已持枪在手,紧张地四下查看。一阵微风吹来,草丛簌簌作响,厂区里死一般寂静。

他将四周每个有可能藏人的角落都搜了一遍,没有一丝痕迹。

从弹孔口径和深度看,暗杀者使用的应该是郑阳最熟悉不过的警枪——64式手枪。

就是说一直有人在跟踪自己,最终在邰子俊吐露实情之前予以灭口。

他是不是邰子俊准备说的那个人?

郑阳看着弹孔,沉思了好一会儿,直到远处街上的嘈杂声将他从冥想中拉回来,掏出手机准备打给刑警大队和110中心,履行必要的手续。这时东南角突发出声响,他立即回头,"砰",一颗子弹几乎擦身而过,紧接着有个人影一晃,消失在厂房深处。

"站住!不许动!"郑阳喝道,持枪追了上去。

此人比邰子俊高明多了,利用复杂的地形高低腾挪,没多久便失去踪影。郑阳在旧厂区绕了一大圈,居然转到邰子俊住的景范小区。

干脆到邰子俊租的屋子看看,或许能发现些什么。郑阳想着,边打电话通知相关单位到凶杀现场,边走进二号楼三单元。

这是一室一厅的套间,餐桌、沙发、房间,收拾得朴素而简洁,电视机旁的花瓶里插了两束花,原以为是绢花,手摸了摸方知是鲜花,阳台躺椅上有本被翻了一半的书,《中医针灸常用技巧手册》,十多年了,他还没舍得放弃自己的专业。

书桌上的电脑可以上网,右侧两垛书全是医学方面的专业书籍,郑阳一本一本地翻看过,没有那次医疗事故的线索。他不死心,又将席梦思下、床底侧面、衣柜、所有抽屉、壁橱等进行地毯式搜查,还是一无所获,看起来邰子俊像个遵守教规的清教徒,每天过着上网、看书的单调生活。

床头柜上锁的抽屉里有一叠汇款单存根和信件留底,大概是邰子俊聊以自慰的与父母亲心灵交流的寄托方式,也许只有看到这些才使他意识到世上还有值得牵挂的情感吧。皮夹里依次排列着各家银行的信用卡,每张卡上用别针别着申请卡的假身份证复印件和卡余额,郑阳粗略看了一遍,加起来约有四十多万,加上这些年来的房租、汇款和生活开支,邰子俊能隐姓埋名十多年是有经济实力做保障的。

谁给了他这笔巨款？

他在那起医疗事故中到底扮演了什么角色？

滕自蛟为何与他保持某种联系？

也许，这些疑问将随着邰子俊之死成为永远的谜。

想到这里郑阳不由暗暗叹了口气。

"咔"，外面门锁响了一下，郑阳一惊，迅速钻到隐蔽处。

钥匙扭动两下将门打开，有人走进来。

"子俊，子俊……咦，出去了？"来人自言自语。

郑阳悄然出现在他身后："你是谁？"

来人大吃一惊，连退两步惊恐地看着郑阳。

他头发微卷，皮肤黝黑，右额头有道刀疤，衣着很是随便，在郑阳的逼视下显得极为不安。

"我……我是子俊的朋友，你是谁？"

郑阳掏出警官证晃了晃："邰子俊一直在外面东躲西藏，哪有时间交朋友？你叫什么名字，干什么的？说实话，不然带回局挖清你的老底！"

后半句话起到极大的威吓作用，来人一抖，眼睛四下乱转，似是想夺路而逃。郑阳将门反锁上，封死他的退路。

"我，我，我真是子俊的朋友，我叫陈二。"来人道。

"身份证。"郑阳伸出手。

"没……没带。"

"那得跟我回去一趟。"郑阳说着逼上前。

"我，我，我……我说实话，"来人苦着脸拿出身份证，"我叫王小安。"

王小安！

滕自蛟要找的人就是他！

滕自蛟猜得没错，邰子俊与王小安确有来往，而且关系相当好。

郑阳装着漫不经心的样子说："噢，你原来在蒲桑炯手下做事，是吧？"

王小安明显吓了一跳，结结巴巴道："那……那是很久以前的事，后来，后来洗手不干，在城西这一带做些零打碎敲的小买卖，小买卖。"

"什么原因？"

"没什么，没什么，为一点小事得罪了蒲哥，在青藤会里混不下去了。"

"小事？"郑阳眯着眼道，"跟蒲桑炯混能有小事吗？八成干了杀人放火的勾当替他顶罪吧。"

王小安双手乱摇，道："警官，冤枉啊……其实我是齐哥身边的人，后来他洗手不干了才转到蒲哥手下……"

"齐哥是谁？"

"齐伟，和蒲哥一起打江山时的铁哥儿们，早就退出江湖，现在是有名的企业家。"

郑阳点点头，冷不防问："滕自蛟找你干吗？"

王小安又吓了一跳，想不通这位警察为何对自己了解这么多，愣愣道："我也不知道，滕自蛟向邰子俊打听，子俊知道这个人很阴险，没告诉他。"

"你跟邰子俊是什么关系？为何帮他？"

"我们是一起玩大的朋友，后来他出了点事，成天提心吊胆的，住哪儿都感觉不安全，过几个月就闹腾着换地方，幸亏手头上还有几个钱，成天猫在家啥事不干就是上网，我问他将来有什么打算，他说我这种人还有什么将来？反正，反正感觉他活得挺没劲的……"

"他怕什么？"

王小安期期艾艾道："子俊……子俊没事吧？"

"他死了，"郑阳简洁地说，"十分钟前被人在附近枪杀。"

王小安一颤，悲伤地仰天长叹："到底没有躲过去，到底没有躲过去……"

"谁想杀他？"

"滕自蛟！"王小安肯定地说，"这些年子俊就是在躲他，没想到这家伙神通广大，还是被他发现了，子俊说过如果他遭遇不测，一定是滕自蛟干的。"

"滕自蛟已被抓起来了。"

"也有可能是蒲哥。"

"蒲桑炯正被警方通缉，自身难保。"

王小安喃喃低语几句，面露恐惧之色，失声道："那……那就是警察干的，子俊出的事与警察有关。"

"具体说说。"

"子俊从来不肯提过去的事，他总是强调那是一时鬼迷心窍，当真正面对后果时，后悔已经来不及了。"

郑阳长长地"哦"了一声，暗想这家伙毕竟在社会上闯荡过，比邰子俊有江湖经验，说七分留三分，是个有故事的人，假以时日将他与滕自蛟面对面，想必是件有意思的事。

"现在滕自蛟的问题很大，主要围绕十多年前的车祸案，"郑阳半真半假道，"他既然找上你，说明你也与那件事也有关！"

"我没有，我没有……"王小安脸色陡变，惊慌失措地说。

"那天晚上蒲桑炯吩咐你干什么？"

"没，没什么事……"

"滕自蛟开车撞伤方局后自己也昏迷不醒，不可能与医院方面通风报信，因此是你指使邰子俊在药物中做手脚害死方局，是不是？"郑阳陡然提高声音。

"我没有，我真的没有，"王小安绝望道，"那天晚上跟子俊联系的不是我，这一点我敢对天发誓！"

"不是你？那是谁？"

"我……我也不知道……"

"那你的任务是什么？"

"我的任务……我，我没有任务。"

"你没有如期完成任务，害怕被蒲桑炯惩罚，所以跟邰子俊一样隐姓埋名，对不对？"

"不是这样的……"王小安苍白无力地辩解。

"笃，笃，笃"，有人敲门，两人都一愣。

"他还有其他朋友？"郑阳问。

王小安迷惑不解道："应该没有。"

郑阳走过去开门，王小安如兔子般向后一跳，闪入房间内。

"别跑……"

郑阳边警告他边打开门，刚开了一条缝，门被一股大力推开，郑阳措手不及被撞个满怀，紧接着几条人影迅猛地扑进来将他按在身下并上了手铐，有人从他腰间拔出手枪装入化验袋。

郑阳从震惊、困惑中抬起头，看到一张张熟悉的脸，然后目光定格在最中间那人的脸上：黄永泉。

黄永泉严峻地说："根据报警记录，我们在珍珠坊路振华陶瓷厂旧厂区找到一具尸体，经查此人叫邰子俊，是十多年前方局医疗事故的直接责任人之一，死者身上及现场全是你的指纹、脚印，身上弹孔也与你使用的警枪型号相同，考虑你近来行踪诡秘，言行反常，与方晟多次秘密接触，又暗中寻找死者下落，有重大杀人嫌疑，经请示局领导同意对你实施拘捕！"

"难得黄队长调查得如此细致，可死者身上弹痕分明是手枪从十米外射击造成的，"郑阳反唇相讥道，"这一点火眼金睛的黄队长怎么没看出来？还有，报案人就是我，郑阳，试问哪有杀人者主动报案的？"

"人是不是你所杀，或者伙同作案，一切要等侦查结果，你是行家，不需要我多说，"黄永泉做出抱歉的样子，"对不起郑所长，我们也是公事公办，得罪了，带走！"

他手一挥，三名臂壮腰圆的刑警将郑阳从地上扭起来押出去，黄永泉则戴上手套吩咐其他刑警开始搜查。

从六楼拐弯下去时，郑阳瞥见楼下警车上的警灯忽红忽蓝闪个不停，多么熟悉，又多么陌生。此时他的双臂被反扭在后面上了手铐，肩头和手腕两个容易发力的地方都被铁钳般的大手紧紧勒住，无法动弹半分。

专业，刑警队的弟兄们实在太专业了。郑阳暗叹道。

五楼拐弯下四楼时，由于转角处堆着高高的煤球，三名刑警无法同时下去，步伐上出现小小的混乱，就在这时郑阳只觉得手心一凉！

钥匙！

有人塞给他一把钥匙！

不用看，多年的警察经验使他在瞬间凭手感就作出判断：手铐钥匙！

他必须逃！

给钥匙的刑警和郑阳都明白一个道理，要找到真凶刷洗罪名，现在只有逃出去。

无论于公于私，黄永泉都不可能让他有翻身的机会。

四楼拐弯下三楼，郑阳双腿一软栽倒在地，楼梯间空间狭小，两名刑警只好错开身体一前一后扶起他，起身时变成一名刑警在前面，两名在后面。二楼转角处又有一堆垛得老高的煤球，他们不满地咕哝一声，索性排成一列下去。

一行人走到拐弯处煤球堆面前，郑阳身体向内侧一歪，重重撞在煤球堆中部，上面几十只煤球雨点般砸下来，前后两名刑警连忙举手挡在头上，就在这兔起鹘落之际，郑阳双手骤然发力挣脱挟持，右脚将前面刑警踹倒在地，左脚顺势踏上去借力一蹬，身体跃上一米多高的气窗，凌空跳到二楼与一楼之间凸出的四五十厘米见方的平台上，然后顺着下水管滑到地面。

一名刑警嘴里嚷着"不许动，我开枪了"，沿着郑阳的路线往下跳，另外两人迅速从楼梯下去包抄。

郑阳刚跑出两步，与警车上下来的一名刑警和司机撞了个正，双方僵在原处两秒钟，然后两人让开一条道，郑阳毫不犹豫地从中间跑过去，几个起落从院墙豁口处消失。

"人在哪儿？"司机大声问。

"没看到。"刑警回答道。

从二楼跳下来的刑警赶到两人中间，三人相互望望，等到另两名刑警从楼梯出来，商量一番，分不同方向进行搜捕。

"发生什么事了？"黄永泉在楼上听到动静，趴在窗户上问。

司机叫道："郑所长逃掉了！"

"什么？"黄永泉惊得差点从窗户上掉下来，"三个看不住一个，刑警队是吃干饭的？快他妈的给我找！"

"是！"

黄永泉重重叹了口气，瞟瞟正在搜查的刑警，走到阳台掏出手机拨了个号码，恭恭敬敬道："喂，我是永泉，那个人……跑了……"

电话里立即传来一阵怒斥："叫你小心，小心，总是听不进去！方晟不好对付，郑阳难道是好捏的柿子？别看他们表面上对你客客气气，内心深处根本没忘记那件事！这些年叫你夹着尾巴做人，就是防止被抓住把柄翻出陈年烂芝麻。眼下方晟可能已经找到格蕾丝，接下来他要干什么你应该清楚！本来郑阳是最好的诱饵，偏偏这张王牌被你……唉，你叫我说什么才好？你想拨正，想进领导班子，我一直在替你争取，可这种表现怎能让人放心？你给我头脑清醒一点，态度端正一点，尽快组织人手缉拿郑阳，绝对不能让他捣乱！"

黄永泉头快要垂直于胸口，一叠声说"是，是"，脸色难看到极点。

回到客厅，刑警们报告说搜查完毕，没有可疑物品。黄永泉一肚子怨气全倾泻到他们身上，破口大骂道："一群笨蛋，眼睛全长在屁股上不成？再给我细细搜一遍，找不出东西不准收队！"

接着又打电话问楼下刑警追踪结果,得到否定答复后又骂骂咧咧将他们训斥一顿,威胁说回去写事情经过,不过关别想回家。

　　发泄一通总算消了点火气,又走到阳台,四下张望一番,取出化验袋里郑阳的手枪,装上消音器朝空中连开两枪,然后拆下消音器把枪放回去,脸上露出得意的笑容:

　　郑阳啊郑阳,即使抓不住你,就凭这两颗子弹也足以让你身败名裂!

第十六章　幽会陷阱

"怎么还不出来？她真把医院当做自己的家？"

格蕾丝跪在社区小学教学楼二楼教室窗台边拿着望远镜嘀咕道，对面是文暄工作的社区门诊，时值假期，学校空荡荡的，正好任由他们选择最佳监视位置。

方晟解释道："社区门诊人手紧张，患者又多，连轴转是家常便饭。"

格蕾丝耸耸肩，转移话题道："你确信滕自蛟会找她？也许他早在十个小时前就出了郭川。"

"这是我们唯一的机会，现在除了她，滕自蛟不信任何人，他们的关系非同寻常……十多年前万文暄就在我父亲的医疗事故中扮演过重要角色，如今又出手救他，哼，真是'敢作敢当'。"

格蕾丝听出他的弦外之音："你认为他们之间存在性关系？"

"这是唯一能让女人不计后果的原因。"

"你很懂女人吗？"

简单几个字深深触及方晟的心病，他长长叹了口气："不懂，非但不懂，简直很糊涂。"

"你联想到前女友了，她让你心痛？"

"……以后不会再痛了，我已决定与她分手。"

"你想过没有，你一年回家十天，或者二十天，而她要独自度过三百多天，这对她是否公平？"

"这是职业特殊性所决定，我无法改变，我所能做到的就是回家后尽可能陪她……"

"你认为饱餐一两顿就能一年不吃饭？"

方晟听出她话中的隐喻，脸微微有些红，他不太习惯与年轻漂亮的女孩谈论性："不，与那个无关。"

看着他的窘态，格蕾丝忍不住笑起来："别避讳这个话题，它是所有特种职业的敌人，我的很多同事同样面临类似问题，因为他们的爱人总是想不通为何早上还信誓旦旦答应周末一起去教堂，下午已坐上去哥斯达黎加的飞机……"

"我想……也不全是这个原因，其实一开始就有很多谜团，可我太粗心，错过进一步探索的机会……"

"什么时候知道她另有情人？"

"不，目前为止只是猜测。"

格蕾丝哈哈大笑："套用你们中国人的成语，这叫杞人忧天。"

方晟也咧开嘴笑了笑，强打精神道："说完我的隐私，该谈谈你自己了，婚姻状况或是男朋友。"

格蕾丝巧妙避开去："此刻我最想做的事是洗澡，天呐，这个词令我全身发痒。"

方晟看看天色道："这会儿商店应该开门了，要不我帮你买一身衣服换换？"

"谢谢，我把尺寸给你，"格蕾丝掏出笔写了几个数字又停住，"哦，其实你应该知道。"

"什么？"

格蕾丝莞尔一笑："我趴在窗台上时你一直在后面看我的臀部，以你的专业眼光，评估出我的三围应该不成问题吧？"

方晟闹了个大红脸，面红耳赤道："你真会开玩笑……"

"与你前女友相比，我的身材如何？"

"这……西方女孩与东方女孩有本质性的区别。"

"哦……"

格蕾丝正待说什么，突然轻呼一声："她出来了！"

方晟连忙趴到窗台，果然，文暄拎着包从急诊室出来，忙了一天一夜，又受到惊吓，她的面色非常憔悴，步履也有些飘浮，走到楼边巷了里推出白行车向东面骑去。

"她要回家休息，可能一天都不会上班。"方晟推测道。

格蕾丝道："这可不是好事，滕自蛟敢白天去她家幽会吗？"

方晟沉吟道:"总之得盯紧她,也许这会儿滕自蛟也躲在某个角落观察我们有没有跟踪。"

"那就行动吧,对了,我想先跟FBI总部联系一下,通报目前的状况。"

"至少等到抓回滕自蛟,否则没人相信你,明白我的意思?"

格蕾丝紧紧咬着嘴唇,不得不承认他的话有道理。

从撤离郭川至今,FBI官员们肯定已获得大量错误的信息,包括方晟与滕自蛟的私仇,包括自己中止与EDG联系,如果这时报告滕自蛟跑了,可想而知总部会怎么判断,而且他们不能提供一丝一毫的帮助。

"OK,同意你的观点。"她爽快地说。

文暄拖着疲惫的身体回到宿舍楼,爬到五楼时几乎没有一丝力气,仅凭顽强的意志双手拉着扶栏硬是一步步挪到六楼的家。

房子并不大,只有七十多平方,一家三口住在里面虽不算挤,但也不宽裕,唯一的书桌给儿子做功课,丈夫批改作业只能倚在床头柜上。滕自蛟到这儿来过一次,当即表示要为她买套大房子,文暄委婉但坚定地拒绝了。

与滕自蛟交往十多年,她没有用过他一分钱,也没有接受过一件价值超千元的礼物。这是她的原则,也是她引以为豪的地方。

她知道滕自蛟很有钱,经营白天鹅舞厅时另外还包养了几个情人,他在她们身上挥霍的钱相当于自己几十年的工资收入。

她不妒忌,也不羡慕,相反这正是她默默追求的境界:简单地爱他,不掺杂一丝杂质。

丈夫仍在酣睡,儿子正坐在电脑面前上网,她从冰箱里取出牛奶热了热,就着饼干胡乱吃了几口便躺到儿子床上睡觉,累至极点的她合眼前没忘了把手机铃声音量调到最大。

她有种预感,滕自蛟一定会找自己。

因为那个热烈的拥抱,因为那股急促的气息,因为那种直白的眼神,无不显示这个男人的欲望已升腾至极点,一旦释放,将迸发出惊人的能量。

想到他的勇猛,他的爱抚,他的……一股热流贯穿全身,她情不自禁伸直四肢,喉咙深处发出一声低吟,伴随着幸福的期待沉沉入梦。

期间丈夫似乎进来问她中午吃什么,还顺便抚摸了几下,她"唔唔"几声含糊过去,儿子也叫了她两次,好像想买什么东西,她更是懒得搭讪,翻过去继续睡觉。

第十六章 幽会陷阱

一直睡到中午，起床后发现饭菜都已弄好，旁边还有张纸条，原来丈夫带儿子游泳去了。这一刻她有点内疚，儿子已经九岁了，由于工作繁忙，又分心于滕自蛟，平时很少照顾到他，反而是丈夫承担起妈妈的角色，耐心地陪着学小提琴、写毛笔字；有时父子俩到书店看书，一坐就是一个下午；有阵子儿子晚上不敢独自睡觉，丈夫便陪在儿子身边讲故事，直到他睡着……

自己在追求所谓完美爱情的同时是否忽略了身边亲人的感受？

想到这里她的面颊有些发烧，正待坐下来吃饭，手机响了，是个陌生号码。

"喂……"

"文暄，是我，听好了，立即到四方宾馆433，我在房间等你！"说完"啪"放下电话。

霎时她全身上下像是充了电一般，什么贤妻良母，什么家庭和睦，通通抛到脑后，头脑里只有四个字：我要见他！

用最快速度梳洗、穿衣，化了点淡淡的妆，箭一般冲出家门。四方宾馆位于城东近郊，骑车过去需要40分钟，太慢，文暄决定打车。

出租车行至市中心附近的金融一条街，突然接到电话，滕自蛟说地点改在迎宾酒店532房间，文暄赶紧让司机拐弯向南，才开了三四分钟电话又来了，这回变成吴江宾馆622房间。

司机不乐意了，边打方向盘边酸溜溜说是不是地下党接头啊，一会儿换一个地方。文暄涨红脸赔笑说人家是外地人，不认识这边的路。司机撇撇嘴暗道蒙谁呢，分明是一对狗男女偷情嘛，不然何必搞得如此复杂？

文暄明白这样做是防止有人盯梢，这使她对滕自蛟的危险处境有了进一步体会。十多年前他遇到过很多困难，曾多次在深更半夜带着血淋淋的人冲进急诊室，扫黄反黑风紧时也东躲西藏过，但从未像这次，谨慎得有点过分。不过回想白天陪同他的一男一女，身手的确利落，那么高的窗台轻轻一跃就上去了，眼神中也有种与常人迥异的犀利与冷厉，仿佛一眼能看到你心里去，又觉得小心一点并不多余。

很想打电话给他，说如果感觉不好就算了，以后见面的机会多得很，可内心深处确实舍不得，很长时间没在一起，她蠢蠢欲动的身体急切渴望再度体验那种野性与疯狂……

"到了。"司机说。

从冥想回过神,她急急打开车门往宾馆里跑。

"喂,还没给钱呢!"

她羞得恨不得钻到地底下去,掏了张一百元的扔给司机:"不要找了。"说完转身就走。

622,622,622。

踏着松软的地毯,文暄紧张之余有几分激动,以前与滕自蛟幽会都在他秘密购置的房子里,特有安全感,而今天却是前所未有的新体验,使她觉得既新奇又刺激。

622到了。

她忐忑不安地敲了几下,无人应答,再敲,还是没人。

怎么回事?她有些惶惑,四下张望无所适从。

"文暄。"身后突然传来一声轻呼,原来滕自蛟在622对面的623,她舒了口气,走出一步便瘫软在他怀里。

"吓死我了……"才说了四个字就被一张火热滚烫的嘴唇堵住,接着一双大手在她身上肆无忌惮地摸索,四只脚直向几米之外的床边移动。

"饿多久了?"趁他脱衣服的工夫她喘息着问。

滕自蛟只用行动来回答,舌尖从额头一路向下亲吻,鼻子、嘴、下巴、咽喉、胸脯、……文暄大声呻吟着,一个字也说不出来,躺在床上任他轻狂。

"格!"房门轻轻响了一下。

欲火焚身的滕自蛟居然能听到这细微的动静,一耸身翻到床的另一侧,以与年龄不相称的灵活跨到沙发椅柄,借力腾身跃上开启一半的窗台。

几乎是同时,方晟与格蕾丝破门而入。

第十七章　捉奸拿单

"噗！"格蕾丝抬手就是一枪，子弹打在离滕自蛟右手不到两公分处，滕自蛟双手攀住事前准备好的绳索，"哧溜"滑了下去。

方晟飞身直往窗台方向冲，谁知出人意料的一幕发生了！

躺在床上身无寸缕的文暄像疯了一般，跳起来在空中截住方晟。

"扑通"，方晟措手不及，竟被她抱了个正着，两人齐齐落地，又恰恰挡住格蕾丝追击的线路。

"放手！"方晟怒吼道，她却手脚并用如长蛇般死死缠着他，触手处全是滑腻的肌肤，软绵绵像一团棉花，情急之下他顾不上男女之嫌，三下五除二将她甩到旁边。格蕾丝则从床上跳过去趴到窗台向下看，却见滕自蛟已降到三楼平台，整理好衣服，冷冷朝上面看了一眼，不慌不忙进入对面的安全门。

"快追！"格蕾丝返身往外面跑。

方晟一把拉住她，冲街对面努努嘴，路边正停着两辆110巡逻车。

"大张旗鼓地追下去，肯定会引起警察注意，"他说，"如果EDG知道滕自蛟脱离我们的控制，格森会怎么说？怎么做？FBI又有什么反应？"

格蕾丝重重顿足，愤怒地盯着文暄。文暄已从刚才的疯狂中安静下来，拖了件衣服遮在身上，面无惧色地与他们对峙。

方晟随手从桌上拿了张报纸，道："我去卫生间。"

对付女人的最佳武器是另一个女人，他有意放手让格蕾丝独自解决。

格蕾丝面无表情："你知道我想要什么。"

"我什么都不知道！"

"但你两次协助他逃跑，还陪他上床。"

"我是自愿的。"

"很好，"格蕾丝从地上一堆衣服中找到文暄的手机，"我打给你丈夫，让他跟你通话，希望你坚持这么说。"

"别！"文暄尖叫道，"别……"她声音顿时虚弱下来，大滴大滴的眼泪直往下掉，"别让他知道，求求你了……"

当女人向另一个女人求饶时表明她已被击中命门，心理防线全部崩溃，因为女人对同性向来缺乏同情心，这样做半点用处都没有。

"给我一个理由。"格蕾丝说。

"他是好人，一个合格的丈夫，优秀的父亲，不要，不要让他伤心。"

格蕾丝摇摇头："好人更有理由知道真相，对不起，你没有说服我。"说着在手机里查找号码。

"我说，我告诉你所有的一切，只要替我保密，不要让我的丈夫知道这一切。"

搞定！坐在马桶盖上的方晟兴奋地搓搓手。

"开始。"

文暄彻底蔫出去了，表情木然道："我做滕自蛟的情人已有14年，我们经常在一起，感情很深，昨天他被带到兴化小区后，算准装病后你们必定送他到我所在的门诊看病，所以……"

"他可能藏到哪儿？"

"不知道，郭川很大，到处都可以藏身。"

"把你知道的秘密地点都写出来。"

文暄毫无反抗地默默在纸上书写。

"不要耍花招，"格蕾丝警告道，"刚才的谈话我已录了音，一旦发现你所说不实，后果非常严重。"

文暄也不辩驳，写完后将纸交给她。

上面列着滕自蛟在郭川市区的四处房产，一处别墅，都是以假名字注册登记。

格蕾丝扫了一眼："他在郭川还有其他女人？"

"有，但我从不打听。"

"你不会全不知情吧，至少应该说出一两个名字。"

"不，我确实不知道，也不想知道。"

痴情但愚蠢的女人，从她身上不可能获取更多的信息。

格蕾丝耸耸肩打算结束审讯："穿上衣服，记住，我们还会找你。"

"不管什么事请到医院。"

"等等！"

方晟从卫生间出来，先扔了件衣服罩在她身上，问道："到门诊之前你在第一医院急诊室上班？"

一个很简单的问题，文暄却显得很犹豫，盯着他看了半天迟迟疑疑道："你问这干什么？"

"回答我的问题！"方晟厉声道。

"是，那又怎样？"

方晟眼睛一动不动地瞪着她，瞳孔中似乎跳跃着火苗，一字一顿地问："十多年前，你是方仁冲医疗事故的三个责任人之一？"

这个问题若是中午之前问，文暄可以毫无顾忌地承认，虽说是责任人之一，事发后她被贬到级别、规模、待遇均明显低于总部的社区门诊，政治上无法进步，经济上蒙受损失，遭到的惩罚足以抹平内心对方仁冲的愧疚。

可这会儿被捉奸在床，又亲口承认与滕自蛟的情人关系保持了十多年，"是"这个字在舌头上打转就是说不出口。

郭川人谁不知道滕自蛟是方仁冲之死的最大嫌疑人，而他的情人偏偏是医疗事故的直接责任人，怎么会不引起别人猜疑？

方晟嘲讽地笑道："怎么？刚才还理直气壮的，转眼间就不肯说话了？十多年的秘密情人关系，就是说医疗事故发生时你已经是滕自蛟的情人，我没说错吧？"

"不，不，不是这样……"文暄惊慌失措道。

"所谓医疗事故完全是你和滕自蛟一手炮制，因为你知道方仁冲在追查白天鹅涉黑涉毒情况，一旦定案滕自蛟将面临灭顶之灾，所以安排了一出自以为天衣无缝的谋杀，而且事后还得到了足够的补偿……"

"我没有拿他一分钱！"文暄脸涨得通红，她不能容忍别人这样指责自己。

"但你无法推脱共同作案的事实！"

文暄毕竟受过高等教育，对法律条文、司法界定等方面有所了解，很快意识到不能跟在方晟后面兜圈子，立即严防死守道："我不明白你在说什么，医疗事故我是责任人，这一点我从不否认，但滕自蛟跟这件事半点关系都没有，你不可以诱供！"

"是否有关系，等我调查之后再作结论，最后还要问你一个问题，"方晟道，"滕自蛟为何投靠蒲桑炯？又为何在青藤会得到重用？"

"他说过因为一个人，但我对这些事不感兴趣，没有追问。"

方晟毫无表情地点点头，然后头也不回地走出去。

"接下来怎么办？"格蕾丝从后面追上他。

方晟边走边说："注意到没有，滕自蛟与她联系用的是手机而非公用电话，这就是机会。"

"你想通过手机查找他的下落？别忘了我们目前的处境，不可能接触到监控设备。"

"刘璐有办法。"

"刘璐？"

"她在移动公司工作。"

"她为什么帮我们？"

方晟停下脚步："她非帮不可，郑阳跟我一样痛恨滕自蛟！"

"未经权力部门允许私自调用监控设备是违法行为，"格蕾丝道，"这一点全世界的法律都一样。"

"我们别无选择，只有冒险试一试。等到水落石出的那一天，我想相关部门会理解的。"

"或许滕自蛟会藏到纸条上写的其中一处。"

"恰恰相反，这五个地方他绝对不可能去，因为万医生会设法警告他。"

"你认为他们俩还会通电话？"格蕾丝诧异道。

方晟道："如果我光着身体被活捉，你即使逃掉了，想不想知道后面发生了什么？"

"最关键的是滕自蛟担心她说出医疗事故的真相，万一那件事抖搂出来，FBI拿自由女神像换也无法引渡他，滕自蛟怎能不打电话问清楚？"

两人下楼穿过大厅，准备从旋转门出去，突然同时向两个方向分开，一个站在旅游图面前专心研究，一个翻阅起当天的报纸。

五六米之外，格森在安图生、黄永泉等人的陪同下边走边谈，从宾馆旋转门前面通过。

"我们已把三个人的照片散发到车站、码头、各交通卡口，一有情况立即通知,格森先生,只要他们还在郭川,绝对逃不了警方的天罗地网!"黄永泉说。

格森看看他们,揶揄道:"有前面的教训,我不敢用'绝对'这个词。"

安图生脸有些发烧,半解释半分析道:"郭川市三面临湖,与外界只有一条国道相通,便于封锁围堵,所以别的不敢说,至少能保证他们逃不出郭川,抓捕方面我们也在有条不紊地进行之中,目前最担心的是郑阳与他们会合,因为他掌握警方内部工作程序,又熟悉地形,弄不好会制造出更多的障碍。"

黄永泉恨恨道:"身为警务人员假公济私、徇情枉法,应该受到最严厉的惩罚,老实说我倒宁愿他们会合,正好一网打尽。"

"郑阳是谁?"格森问。

黄永泉正欲开口,安图生抢先回答道:"方晟的朋友,派出所长,一起凶杀案的嫌疑人,关于他的问题警方将另案查处,"他拍拍黄永泉,"老黄啊,刚才我看过现场,地面痕迹表明郑阳一直在追邰子俊,然后近身扭打,而弹孔显然是远距离射击造成的,因此不能断言是郑阳所为。"

"凶杀现场找到两个弹壳,他枪里正好少两颗子弹,枪管弹道测试也反应刚刚射击过,这怎么解释?"黄永泉反问道。

"依我看更说明现场还有第三个人,"安图生道,"如果郑阳开枪打死邰子俊,有必要对一具尸体拳打脚踢吗?反之既然追上他,何必退到十米之外开枪?邰子俊又甘心当枪靶子吗?"

"可他为什么逃跑?他完全可以把事情解释清楚嘛。"

安图生意味深长地说:"关键就在这里,他究竟担心什么?为何放弃辩解的机会……"

格森瞟瞟两人,多年官场经验使他感觉到两人貌似平静的对话里暗藏玄机,遂打岔道:"关于方晟和格蕾丝主动失踪中断一切联系的行为,上午我已分别向特种部队和FBI做了通报,明确提出这种行为严重违反国际合作行为准则,他们支持EDG因此而采取的一切措施。"

"那又怎么样?"黄永泉哼哼道,"如果格蕾丝拒绝合作,即使找到她还得挥手放行……"

格森森然道:"你错了,黄,现在形势已发生变化,我代表EDG正式授权郭川警方找到他们后全部扣押,听候EDG会同相关机构协商后处置。"

黄永泉忙不迭点点头:"那就好,那就好。"
安图生道:"如果方便的话,请格森先生以书面方式通知我们。"
"OK。"格森毫不犹豫道。

第十八章　完美逻辑

　　方晟与格蕾丝手挽手从公共汽车下来，外表看两人与周围成双成对的夫妻并无不同：方晟戴着方框黑边眼镜，身穿茶褐色夹克，拎着公文包，正是标准的老师形象。格蕾丝则是一身传统职业套装，马尾辫——在方晟的建议下她忍痛将满头金发染成黑色，戴着墨镜，看上去活脱脱一位风姿绰约的中国少妇。

　　移动公司就在左侧四十多米处，一如所有城市的移动公司大厦，巍峨、气派。混在人群中走了两步，方晟突然一揽格蕾丝纤细的腰际，转身朝右边走。

　　"有情况？"她低声问。

　　方晟若无其事看着前面："至少发现两处暗哨。"

　　"警方猜到我们要走这一步，提前布下陷阱？"

　　"常规监视不可能有这种密度，可能为别的事……"

　　格蕾丝点点头："最好是这样，不然太可怕了。"

　　"过会儿绕到背后看看……"他无意中看到她脸上有古怪的笑容，怔了怔，才想到手还放在她腰间，连忙撒手道，"对不起。"

　　她笑了笑："如何与女人配合行动没有列入特种部队培训教程，是吗？"

　　"我犯了错误？"

　　"首先是位置不对，应该用掌心覆住我的腰骨，五指稍稍分开斜向下，随着步伐的移动微微向内侧用力，而不是五指叉开放在我腰间不动，好像打排球似的。"

　　方晟尴尬地甩甩手："还有呢？"

　　"步伐也不自然，情侣相互搂着逛街是很悠闲的，你这种大踏步前进是急行军的速度，哪个女孩子受得了？"说着她抿嘴一笑。

方晟不好意思摇摇头:"我们接受的任务基本上是野外行动或突袭攻击,很少……很少逛街……"

两人边说边拐入一条小巷子,穿插到移动公司后面的大街,又向右走了两三千米,经过一家小吃店时方晟拿起公用电话打给郑阳,手机关机!再打给刘璐,她接通说了声"喂",里面同时传出一阵轻微的电流声。

有人监听!

方晟迅速挂断电话。

郑阳关机,刘璐被监听,加上移动公司门口的暗哨,证明他出了事,而且是大事!

方晟赶紧带着格蕾丝从另一条巷子到侧面大街,叫了辆出租离开这块危险区域。

"郑阳会发生什么事?"下车后格蕾丝问。

方晟微一沉吟:"可能性很多,但主要是有人一直在暗中盯着他……从目前情况看他应该脱离了警方控制,而刘璐与郑阳没有法律上的关系,警方不好动她,不得不全方位监视……"

"刘璐或许知道他的下落,"格蕾丝的眼睛熠熠发亮,"刘璐还能调查跟踪滕自蛟,老天,她简直成了一个核心人物。"

"因此她才受到严密监视,不过没关系,等下班后监视人员把主战场转移到她家,我们就可以从容潜入大楼等明天上班。"

"办公区应该装了监控。"格蕾丝提醒道。

方晟笑道:"每个人都要去洗手间,而洗手间绝对不可能装摄像头。"

咖啡厅内浓香四溢,空气中荡漾着若有若无的钢琴曲,偶尔有一两声轻笑和情侣间的戏谑。

刘璐愁眉不展地坐下来,实在想不通爸爸为何晚饭后硬拉她出来散步,然后突然拐进咖啡厅。曾经在美国留学数载的刘教授口味非常挑剔,说国内咖啡厅很少能煮出正宗的咖啡,宁可托朋友从国外买咖啡豆自己动手。

刘教授环顾四周,微笑道:"都说女孩子恋爱后就不愿意与父母谈心,悄悄话只说给男朋友听,是这样吗?"

刘璐嘟着嘴道:"别这样说爸爸,这几天我太难过了,没有心思开玩笑。"

"喔?"刘教授轻轻呷了口咖啡。

第十八章 完美逻辑

"我……我……我想告诉你一件事，"刘璐犹豫了好久，鼓足勇气道，"最近郑阳出了点小问题……"

刘教授道："挟私杀人，拒捕潜逃，这是小问题吗？"

刘璐大惊失色："爸，你……你怎么知道的？"

"你以为老爸是成天钻在象牙塔里做学问而不通世事的书呆子？"刘教授道，"别忘了我桃李满天下，方方面面的信息都了解一些，郑阳的事外面早传得沸沸扬扬，哪个不知？"

刘璐流下泪来："爸，郑阳……他是无辜的！"

刘教授拍拍女儿的肩，慈爱地说："这是我特意把你叫到这儿的原因，家里可能不安全……郑阳对你说过方仁冲医疗事故吗？"

"略微提到过，没说太多，方晟始终认为那是一场阴谋。"

"那天晚上郑娆娆也离奇失踪。"

"他们怀疑两件事是有关联的，可这么多年始终找不到线索，"刘璐黯然道，"爸，我了解郑阳，事情没有水落石出前他不可能那么鲁莽。"

刘教授沉思片刻道："那桩医疗事故关系到两个家庭的声誉，郑阳一直努力发掘真相，有一天偶然碰到当年事故责任人邰子俊，回忆、争吵、辩解、指责、冲动之下郑阳随时可能掏出怀里的枪，从逻辑学角度分析，这是一个完美的、非常合乎逻辑的犯罪过程……"

"可是郑阳……"刘璐急急地打岔。

"可是逻辑学理论又告诉我们，完美逻辑只适用于理论架构，现实生活中不存在单一逻辑，所以我们必须逆向思维，考虑郑阳没有杀人的逻辑。"刘教授又呷了口咖啡，"作为警察，又是派出所所长，遇到邰子俊后最正常的反应是什么？查明真相，问清对方杀人的动机等等，应该是职业本能。至于会不会愤怒、冲动，十多年的时间足以消除这种戾气，只要把人带回警局，以他的身份自然可以名正言顺地立案处理，杀人干什么？这么一想完美逻辑又不太符合逻辑了。"

刘璐破涕为笑："还是老爸有学问，不管多复杂的问题一点就透，我就说郑阳没事。"

"别高兴得太早，再看警方对郑阳这件事的解释，因为他与死者接触过，因为死者与方仁冲的死有关，所以人是郑阳杀的，你想想符不符合逻辑？何况他还算自家人，至少应该坐下来心平气和地谈一谈，哪有说抓就抓的？这一点也不符合逻辑。"

"老爸，你的意思是说公安局内部有人想整他？"

刘教授谨慎地说："我可没有下结论，只是罗列出整件事中不合逻辑的疑点，真相到底如何还得拭目以待。"

刘璐擦掉眼泪，不好意思道："谢谢老爸，帮我理清了思路，不然总觉得堵在心里，难受极了。"

"不过我郑重声明，以上纯属学术分析，不代表我对你和郑阳恋爱关系的立场有任何改变。"

刘璐苦涩道："老爸！"

父女俩起身准备离开，侍者迎过来引导刘教授过去结账，刘璐阻止住他，指着门口两名追踪而至的便衣大声道："由那边刑警同志埋单！"

说完拉着刘教授扬长而去，留下两个目瞪口呆的便衣刑警。

第二天早上刘璐骑自行车上班，遇到红灯时停下来，等绿灯亮起来后她仍然不动，站在原地回头看，几米开外负责跟踪的刑警尴尬异常，硬着头皮往前走。

"你们打算盯梢到什么时候？"刘璐毫不客气地问。

刑警有些发窘："对不起刘小姐，我个人对郑所长很尊重，可是公务在身，请原谅。"

"你们还没找到郑阳，对吗？"

"对不起，我不能回答你的问题，对不起。"刑警连连抱歉，但始终不离她左右。

"哼。"刘璐气愤地加速向前，一路狂奔，原本二十五分钟的路程十六分钟就到了，骑到公司门口上气不接下气，汗流浃背，再回头看那位刑警，比她稍好一点，但也累得直喘气。

"刘小姐，悠……悠着点儿，哪……哪有你这么玩命上班的？"刑警喘息道。

刘璐成功摆了他一道，心理上得到极大的满足，昂首挺胸进了公司，到12层培训部办公室打开电脑，将一天要做的工作列成条目通过邮件发给主管，然后跑到洗手间重新梳理头发——刚才那场精彩的追逐赛把发型全搞乱了。

"刘——璐！"

"刘——璐！"

"刘——璐！"

起先没在意，叫到第二声时她疑惑地从洗脸盆上直起身，追踪声音来源，好像在女厕所，咦，大清早的，哪个同事没事跟自己开玩笑？

蹑手蹑脚走到门口，轻轻把门拉开一条缝，把头伸进去查看，谁知刚伸了两三公分，蓦地一只手扼住她的咽喉，用力将她拉进去。

刘璐被卡得又疼又出不了声，正待大发脾气，可看清面前站着的居然是格蕾丝，不由一呆，刹那间有很多的疑问想问，又不知从何说起。

"嘘——"格蕾丝做个噤声手势，"只听我说，有问题等我说完了再问，好不好？"

刘璐点点头。

洗手间外面，方晟穿着一身清洁工服装，把写有"小心地滑"的地牌放在门口，又分别在男女厕所门上挂上"暂停使用"，手执拖把卖力地拖来拖去。想用洗手间的员工见此只好嘀咕几句，到其他楼层解决问题。

"郑阳是不是出了事？"格蕾丝问。

刘璐顿时泪汪汪道："有人诬陷他挟私杀了郜子俊，其实……"

"警方没抓到他？"

"因为找不到他的下落，就成天监视着我……"

"他跟你联系过？"

"没有，我很担心……"

"他会没事的，"格蕾丝简洁地说，"我们需要你帮助，滕自蛟跑了，这里有他和情人的手机号码，希望你查出他的具体位置。"

刘璐微一思索："这种设备市公安局购置了两套，一套在他们手上，另一套放在我们公司备用，系统完全相同，平时锁在中心机房机要室，谁也进不去。"

"就是说正常情况下机要室里没有人？"

"机房有监控，可以监视到机要室的每个角落。"

"这不是问题，"格蕾丝道，"你熟悉那套系统？"

"功能使用并不复杂，当初我们都参加过测试，关键是超级用户口令，口令分别由公司副总和中心机房主任掌握，只有两人同时输入口令才能进入系统。"

格蕾丝皱起眉头："很完善的安全措施，谁也不可能同时说服两位高管……能破译吗？"

"很难，两个十二位，运算量太大，"刘璐道，"不过营业厅收费系统数据库超级用户口令也由这两人掌握，如果他们嫌麻烦设相同的口令，事情就有转机。"

格蕾丝在硅谷接受过计算机网络应用与黑客技术培训，那里是全世界最高水平计算机精英聚集之地，这些介于天才与疯子之间的家伙每时每刻都跳跃着令人瞠目结舌的创意与构思，遥遥领先于其他国家或地区的同行。

她立刻明白刘璐的想法："你准备在收费系统上做一个双重虚拟界面，把他们输的密码映射到机要室服务器上？"

"原理差不多，但有两个困难，"刘璐道，"第一，移动收费系统24小时不间断工作，两台服务器一主一备双系统运行，外加30kV稳压电源作为后备，只要不出现硬件故障或系统因压力过大而死机，数据库不会轻易重新启动……"

"这个由我和方解决。"格蕾丝说。

"第二，即使凭超级用户口令登录机要室服务器，为防止黑客侵入和内部员工非法操作，系统在数据库外围设置了网控智能报警系统，进入操作界面时必须用签到卡刷卡登录，否则系统自动报警……"说到这里刘璐一犹豫，不知如何把其中复杂艰深的道理讲清楚。网控报警只有在一种情况下无法发挥作用，那就是主机突然死机或出现故障，所有用户进程都滞留在系统内，机器重新启动后为保证正常运行，报警系统将所有滞留用户都默认为合法用户，等用户重新刷卡登记后进行二次识别。

机器重启后网控报警系统扫描整个硬盘需要十五秒，只要在这段时间内以超级用户进入系统打开应用数据库数据文件，就能骗过网控智能系统的甄别成为合法用户。

十五秒，首先要找到存放用户名和密码文件的数据文件夹，然后在几百个文件中搜索到相关文件再迅速打开，当中只要出现一丝停滞形成超时，机要室便会警铃大作，中心机房立即关闭通向外面的三道防盗门，市公安局也能在一分钟内收到警报，以最快的速度包围移动公司大厦。

这不是玩游戏，GAMEOVER之后可以重玩，而是拿自己的工作与前途在赌博，成功与失败各有50%的可能，就像俄罗斯转轮手枪，下一次扣动扳机也许是空枪，也许是子弹。

年初公司想在年轻人中挑选一批尖子做后备干部，培训部主任私下告诉刘璐她也有幸被列入其中，可能在年底，最迟明年上半年就提培训部副主任，因此在这期间她不能出现明显的差错，以免被竞争对手抓住把柄。

真要是被逮个正着，后果不仅仅是到手的乌纱帽飞了，严重点儿便会丢掉工作，甚至受到法律制裁。

她与郑阳只是情侣关系，还没得到父母承认；她与方晟的关系更远，只是朋友的朋友，她可以选择不冒险！

第十九章　窃听风波

格蕾丝何等机敏,立即看到问题的症结,眼睛一眨不眨看着刘璐,平静地说:"一切困难都可以努力解决,关键是人……回去多想想,不要急于决定,我和方晟在大厦里等你的消息,反正每一层都有洗手间,方晟有足够的时间打扫它们。"

是的,方晟已把地面来回拖了三十遍,里面的谈话还未结束——可以理解,这不是一个轻松的承诺,涉及切身利害、安全措施、网络监控等诸多方面,如果坐下来写一份书面评估报告起码要一天时间。

但他相信刘璐,她身上有一种普通女孩所不具备的"侠气",这种气质使她常常在理性的缝隙中燃烧着激情。

"十五秒……"刘璐喃喃自语,坦率地迎着格蕾丝的目光说,"我没有把握。"

"当然,我们就是在做别人看起来很疯狂的事。"

"机要室这一关怎么过?"

"夜里进去,把监控画面固定在某一时点,机要室属于禁区,平时不会有人进去查看。"

"怎么让收费系统数据库重启?"

"我和方晟都是经验丰富的电力专家,可以在机要室操纵营业厅电路和UPS瞬间停止工作。"

刘璐低头默默考虑每一个步骤与细节,颈脖、身上、手心全是汗。

"还需要三只手机改装成对讲机,"格蕾丝想了起来,"你在办公室远程操作完毕后要及时通告,因为机要室密不通风,我们对外面一无所知。"

刘璐点点头,笑了笑说:"你们来找我,是认定我一定会帮忙,是吗?"

格蕾丝不知她话中的意思,谨慎地说:"方晟这样认为。"

"不必再考虑了，"刘璐咬咬嘴唇："我很想尝尝冒险的滋味，从现在起大家都开始准备，明天上午9点15分准时行动。"

格蕾丝喜出望外："谢谢，我们继续逗留在里面，新手机请放在洗手盆下面，等我改装好就能直接通话。"

刘璐随即走出去，经过方晟身边时说："哎，师傅，麻烦你打扫一下十五楼洗手间。"

方晟一愣，正好有人从前面经过，闷声道："好的。"

繁忙的一天很快过去，夜幕降临的时候移动大厦恢复了宁静，只有极少数几间办公室还亮着灯。

格蕾丝嘴里衔着微型手电筒，从管道慢慢向下摸索，大约二十多分钟后来到中心机房。她仔细聆听下面的动静，然后小心翼翼抬起一块铝塑板，用折光镜伸下去查看。

机房很大，足有八十多平米，东西两边各有一名值班人员，一个在"噼噼啪啪"网上聊天，一个戴着耳机摇头晃脑地听音乐。机要室处于机房南侧角落，厚重的防盗门写着六个字：机要，闲人莫入。

用手电筒照了一圈，辨清方向后继续爬行，但很快被一堵墙挡住去路。

"喂，喂，格蕾丝……"耳机里传来方晟的呼叫。

她对着垂在嘴边的话筒轻声道："是，你在哪儿？"

"我已到达一楼大厅配电间，正在检查线路，你进去了吗？"

"没有，机要室上方被阻断，重复，我的前方有一堵墙。"

方晟想了会儿："按中国的装修习惯，隔断不可能用水泥封死，估计材料是夹板之类的材料。"

"我过去看看。"

格蕾丝手脚并用爬过去，手指轻轻叩了叩，果然是双层夹板。她从怀里取出军用小刀，耐心地轻轻在上面划刻。

"怎么样？"方晟问。

"正在进行中，对了，刘小姐为什么让你到十五层打扫？"

"那一层洗手间全是女厕所。"

格蕾丝不禁笑道："刘小姐很有意思。"

"用中国人的说法是够哥儿们。"

"你的前女友呢，什么性格？"

方晟"嘿"了一声，立即没了声音。

"你对她一无所知?"

"正像对你一样。"

"但你们上过床。"

"她的心不在床上。"

格蕾丝笑道："这是我听到的最有趣的说法。"说话间她把刀尖刺入木板后用力一推，一个圆形的、正好可以容一个人钻进去的洞露出来。

"OK!"她说，慢慢爬了过去。

"小心，先截断机要室摄像头信号线。"

她不满地说："这是基本常识。"

她趴在隔板上面，将手电筒灯光调至最强，身体移到集线盒上方，先把折光镜穿过小孔伸到下面打量一番设备配置，然后就着灯光按线路来源一根根梳理。

"你喜欢执行任务时聊天?"她说。

方晟道："聊天可以舒缓紧张情绪，更利于技术发挥。"

"以前跟女搭档这样聊过？我的意思是说我是否太饶舌?"

他笑道："我曾经和一位罗马尼亚女特工在密林里潜伏过两天两夜，我敢说那是生命中最可怕的时光，她一刻不停地讲她的交友经历，天晓得，她前后有十九个男朋友。"

格蕾丝无声地笑了，"咔"剪断摄像头信号线，将一端接在一只小方盒的红色旋钮上，另一端接在绿色旋钮，这样摄像头获取的图像全部被截断，源源不断发回给监视器的只是之前的静态画面。

"我下去了。"她掀开两块盖板，双手抓着钢索缓缓降到机要室，找到墙角上的总电源开关，打开面板后两人不停地做电路测试以确定要找的目标，几分钟后方晟那边传来"OK"，格蕾丝轻轻舒了口气。

半小时后方晟也进入机要室，两人坐在地板上背倚着电脑桌，仔细推敲行动的每个环节和细节。

"核心是十五秒钟，"格蕾丝说，"一旦刘小姐失败，所有行动全部完蛋。"

方晟道："刘璐是很优秀的女孩，只要下决心做某件事，会想尽一切办法成功。几年前她刚认识郑阳的时候不会打毛线，有一次郑阳开玩笑说要戴她亲手做的手套，她研究了三天，硬是自己织成一双手套。"

格蕾丝皱皱眉:"这是中国男人最奇特的想法,其实手套与爱情半点关系都没有,类似说法我在台湾也听说过,丈夫一定要吃妻子亲手煮的汤,我总是不明白。"

"我想应该类似于西方圣诞节赠送礼物吧,同样是巧克力,自己到商店买与朋友送,感觉不一样。"

"混淆概念,你明知我说的不是一回事……我的第二任男朋友喜欢吃比萨,看到它就高兴得不得了,可他从没要求我做过。"

"第二任?"方晟很高兴终于能接触她的私生活,与西方女孩交往要做到这一步相当困难,"我的理解至少还有第三任、第四任……"

"每一任都以失败告终。"

"比如说第三任,为什么分手?"

"他是个骗子,"格蕾丝悻悻道,"不过从个人命运上分析,第二任也许更糟,你也知道的,他吸毒成瘾。"

"我希望对前女友一无所知,那样能在心目中维持美好的形象。"

"感觉她很有钱,即使在美国 TIFFANY 香水也属于奢侈消费品,出现在一个来历不明的女孩房间,给人充分的想象空间。"

方晟沉默片刻,道:"一个冷漠高傲的女孩,如果遇到挚爱的男人,会在一定程度上改变自己,变得体贴温和吗?"

"当然,"她不假思索道,"爱情能击碎最坚硬的外壳,而冷漠只是自我防御的一种方式,并不是真实自我的体现。"

这么说岑冰冰并没有真心爱过自己了。

方晟内心一阵刺痛,再无聊天的雅兴,闭上眼睛回忆起两人在一起的一点一滴……

"你睡觉打呼噜吗?"她出其不意地问。

"应该不,怎么了?"

"几十年前有位特务窜进我们东海岸核潜艇基地,他隐匿得很巧妙,监控、暗哨、巡逻都没发现,可夜里突然从储藏室旧冰柜里传出鼾声,由于是深夜,巨大的鼾声惊动了整个实验楼,所有警卫一齐出动把他抓个正着。"

方晟失笑道:"待会儿你要监督我,否则惊动外面机房值班人员就惨了。"

"我会的。"

机要室里一片宁静,只有空调运行的"嗡嗡"声和服务器硬盘自检时的

"咯咯"声，两人各自选择最舒适的姿势睡着了。

早上刘璐比往常提前15分钟到单位，虽然已反复预演过整个步骤，真正临阵操作还是紧张，频频到洗手间用冷水洗脸使自己保持镇定。

"璐璐！"主任突然出现在门口。

刘璐吓了一跳，慌忙起身："尤主任……"

尤主任诧异地冲她打量一番："咦，你脸色不对啊，是不是身体不舒服？"

"可能……有点发烧……"

"昨晚有段代码老是过不去，想打电话问问你，打了半个多小时都不通。"

这才想起手机被格蕾丝改装成对讲机了，连忙解释道："昨天摔坏了，送到楼下维修，大概，大概要到下午。"

"没什么，就是提醒一下，防止有重要通知时找不到你。"尤主任边说边离开办公室。

刘璐回到座位上长长深呼吸几下，双手捂住发烫的脸颊，取出手机按下呼叫键。

"喂，喂，我是刘璐。"

里面传来沉稳的声音："我是方晟，可以开始吗？"

刘璐一阵心慌，抑住剧烈的心跳道："可以。"

"OK，你做好准备，三分钟内行动！"

屏幕上远程登录画面一直开着，她始终用PING命令（一种可执行命令，可检查网络故障）测试营业厅网络是否畅通。

九点十二分、九点十三分……

测试网络上的命令突然停止闪动，片刻后显示一行提示：网络不通！

方晟果然让营业厅市电和UPS同时停止供电，这样等电工恢复供电后收费系统服务器必须重新启动，公司副总和机房主任要同时输入口令。

接下来是漫长的等待……

营业厅要逐级上报；电工要恢复供电；副总和机房主任要赶到楼下输入超级用户口令……

刘璐的心仿佛要蹦到嗓子眼，全身禁不住一阵阵颤抖，连连吸气勉强压住不安情绪，连续打开十几个窗口输入登录命令，以保证服务器重启后瞬间抢先进入系统运行密码映射程序。

1、2、3、4……

网络通了！

屏幕上现出登录初始界面，刘璐十指上下乱飞，娴熟地进入系统，快捷无比地输入六七行特殊指令，然后"啪"，用力敲在回车键上。

运行成功。

"第一步OK，现在进行第二步。"刘璐对着对讲机道。

话音刚落，屏幕上立即显示机要室服务器网络不通，方晟在重启机要室服务器。

这期间两个12位口令已通过映射程序以邮包的方式返回，刘璐将它们设定为定向向机要室服务器发送，随即快速进入重启后的系统，将用户名和密码传上去；

登录成功！

这意味着十五秒的冲刺计时开始！

此时刘璐反而冷静下来，心中无一丝杂念，运指如飞，每个命令、每个语句如同流水般自然而然从指尖下流淌而出。

先打开运行日志查看强行关机前程序里面的滞留用户，无；再看目前登录用户，只有自己——盗版超级用户。

已用去三秒钟！

时间充裕，一定要小心操作，不能出错，她不停地自我提醒。

用户和密码文件夹在第四级路径下，进入该目录花去两秒！

输入查询命令，三秒！

系统查询，一秒！

剩下六秒！

她稳住心神，娴熟地输入一串命令，打开核心数据文件。

文件打开中：一秒、两秒、三秒……刘璐急得用手指狠狠掐大腿，脑门上沁出了汗。

打开成功！

正好十五秒！

刘璐身体几乎瘫软下来，忍着狂喜飞快地找出程序运行命令，一个，两个，三个，OK！来不及细看，连续用组合键进入系统，输入万文暄和滕自蛟的手机号，想了会儿，把岑冰冰的号码也加了上去。

"喂，我是刘璐，系统正自动搜索，估计要七八分钟，"刘璐道，"数据生成后显示在屏幕上，一看就知道。"

方晟松了口气，显然他也捏着一把汗："如果历史数据中查不到，它会根据他的号码自动跟踪吗？"

"当然，但需要时间，也许他坚持三四天不与外界联系。"

"只有等，这是唯一能快速找到他下落的方式，"方晟坚定地说，"这是赌博，去医院的问题上他赌赢了，如今我也要赌一把，一个人的运气不可能总那么好，对不对？"

"但愿你成功，"刘璐想到杳无音信的郑阳，差点落下泪来，"你们这对哥儿们真奇怪，要出事都出事，是不是有意商量好的？"

"这是矛盾发展的普遍规律，量变到质变，然后在某个点上集中爆发，"方晟道，"不打扰你了，中午前把手机放到洗手间替你复原。"

"食物和水够不够？"

"……再买点饼干，谢谢。"

放下电话刘璐远程登录到营业部收费系统上查看，一切正常，员工评论区有一两个员工抱怨 UPS 没有起到持续供电的功能，其他并无异常。再登到中心机房监控主机——培训部出于培训和应用需要，掌握除超级用户外各个应用系统应用环境口令，查看机要室服务器重启前后机房状况，还好，机房一如往昔忙忙碌碌，大家盯着屏幕聚精会神做自己的工作，无人关心南侧墙壁上一动不动的机要室监控画面。

由于很长时间没人进去，机要室已成为被遗忘的角落吧？刘璐想道，刚想退出系统，突然瞳孔骤然收缩，全身仿佛坠入冰窖！

在中心主任的陪同下，黄永泉和三个刑警步入中心机房。

他们朝着机要室方向走去！

第二十章　金蝉脱壳

从机房到机要室不过十五米，走过这段距离并打开双层防盗门最多只要三分钟！

刘璐迅速拿起手机："方晟，我是刘璐！有人要进去，快撤！快撤！"

"明白。"

方晟简洁地说，旋即退出系统，关掉显示器，三下五除二地清除地上的痕迹；格蕾丝心有灵犀地借助事先垂放的钢索爬上去。

这时外面的人拿钥匙开门。

方晟收拾完毕双手攀住钢索，格蕾丝在上面硬生生将他吊上去，两人一人一个将铝塑板复位，当合上最后一条缝隙时防盗门刚好打开，黄永泉一行进入机要室。

格蕾丝嘴里咬着信号线，双手从方盒子抽出信号线，将机要室视频线按原状绞合，方晟把铝塑板的卡口对接缝边，防止有人从下面推铝塑板查看。

培训部办公室里，刘璐额头上满是汗珠，手指在键盘上飞快地按个不停，关闭文件、退出超级用户，杀进程、清除系统使用痕迹。

中心主任打开显示器的瞬间，刘璐完成所有操作退出系统。

"黄队，机要室安全保卫是第一流的，"中心主任说，"双人双锁，双人保管密码，待会儿吴副总过来就能进入系统查询了。"

黄永泉心不在焉地"唔"了一声，在机要室里到处转悠，不时用力嗅嗅，好像在分辨什么。

到移动公司机要室纯属心血来潮，主要是听手下汇报今早刘璐提前十五分钟上班，感觉有点不对劲，又说不出具体原因，想了想索性带人过来转转。

"怎么了，黄队？"中心主任诧异地问。

"最近有没有清洁工进来打扫过？"

"没有，除了我亲自陪同，机要室不允许任何人进入。"

"也没有女职员进来操作？"

中心主任断然说："不可能。"

黄永泉沉着脸说："这就有问题了，空气里分明有女人的体香！"

此言一出满屋人俱惊，包括顶上的方晟和格蕾丝。

"你说过从来不用香水。"方晟轻声道。

格蕾丝耸耸肩："见鬼，我也不知道，"她贴近他，"你闻得出来吗？"

方晟有点不好意思："好像……有洗发水的味道。"

黄永泉掏出手枪，在狭小的屋子里搜了一遍，突然蹲下来，从地上捡起一根细长的头发。

"果然有女人来过，"他喃喃道，将头发放到灯光下细细观察，脸色大变："发根是金黄色……格蕾丝！格蕾丝和方晟来过这儿！快！"他回头吩咐手下，"过去控制刘璐，请安队迅速支援包围移动公司大厦，还有，"他看着瞠目结舌的中心主任，"中心机房所有人员一律不准出去，包括你！"

"是！"几名手下分头出去执行他的指令，中心主任一头雾水跟在黄永泉身后。黄永泉走了几步，冷不防拿拖把往天花板一顶，正好顶在被方晟扣死的那块板上，铝塑板没有被掀起，而是向里凹了个洞。

"这……这上面会……藏人？"中心主任结结巴巴道，"不可能的，要不我去调监控。"

黄永泉又顶了一块还是没动静，冷冷道："监控？哼，我只相信自己的眼睛！"

刘璐在电脑上将机要室里的一举一动看得分明，心一沉，当即有条不紊地把电脑中远程登录、远程访问和当日操作日志删得干干净净，刚刚将电脑重启，办公室门就被打开，两名刑警板着脸进来出示警员证，要求检查电脑……

黄永泉拖张凳端坐在机要室中央，手底下不时有最新报告送过来：

营业厅突然停电，UPS也同时失去功效；

营业厅收费系统重新启动；

刘璐电脑中未发现可疑信息，但怀疑有删除行为；

保洁工反映昨天12楼出现一名来历不明的保洁工，不知何故只清洗这一层洗手间，足足用掉一瓶清洁剂……

又过了会儿中心主任满头大汗进来，语无伦次地承认监控被人动过手脚，十多个小时内全部是静态画面。

"什么时候恢复正常的？"黄永泉问。

"就……就在十分钟前。"

黄永泉刷地站起来，大喝一声："掀开天花上所有铝塑板，就是现在！"

话音刚落，机要室天花板"哗"一声，十多张铝塑板一齐落下来，中间夹杂着施工时留在上面的泡沫、备用管道和夹板。

黄永泉躲避中朝上面连开数枪，就听见天花板上"咚咚咚"，声音越行越远，他挥枪喊道："快，快追下去！"

中心主任吓得不知如何是好，惶急间叫道："全部卧倒！"

中心机房所有员工同时趴到操作台下。

黄永泉边跑边瞪眼喝道："放屁！谁叫卧倒的？快点协助警方抓捕逃犯！"

奔到走廊，几名保安迎了上来。

"楼道夹层的总出口在哪边？"黄永泉问。

保安向东面尽头一指。

几个人立即朝那边跑过去，来到一处活动盖板下，两名刑警搭成人梯准备上去，这一瞬间黄永泉改变主意。

"慢！我们的人不要上去，"他咬紧牙关道，"上面管道密布，情况复杂，投再多人也无济于事，相反削弱我们在外面的力量……催催增援人员，关照他们一定要把大猛、二猛带过来。"

大猛、二猛是省局为各市加强缉毒反私统一配发的两条德国纯种牧羊犬，一年多来立下功勋无数，原来叫大黄、二黄，后来黄永泉越听越不舒服，因为他在家里排行老三，亲戚们都叫他黄三，这一来倒变成狗弟弟了，遂勒令改名。

培训部主任室里正剑拔弩张气氛火爆，刘璐态度强硬地拒绝配合一切调查，并强调没有义务答应警方的要求。

"方晟是郑阳的好朋友，他跑到移动大厦不找你找谁？"刑警道。

刘璐反唇相讥道："郑阳是派出所所长，照你的逻辑他若是杀人嫌疑，你们这些人都是同伙！"

"刘小姐，请严肃一点，我们是在办案！"

"请你小声一点，这里是移动公司培训部，不是刑警大队！"

"你电脑里日志一片空白，有删除记录的嫌疑！"

"那是我工作用的电脑，我有权在上面进行任何操作，你有什么证据证明我删的是与案件有关的东西？"

刑警最怕碰到这种既懂法律又擅长辩论的人，僵持片刻转向尤主任道："请问这两天刘小姐有无异常情况？"

"没有。"

"有无中途擅自离岗、躲在一边接电话或其他异常通讯行为？"

刘璐心一跳，糟了，手机是个大大的破绽！

若落到刑警手中，发现被改为对讲机，即使抓不住方晟，协同犯罪这一条也肯定坐实。

尤主任平静而肯定地说："没有。"

"咚"，一块石头重重落地。

两条人高马大的警犬被带到楼上，黄永泉先领它们到机要室和天花板上方转了一圈，然后拍拍手，示意它们沿着气味在夹层中追踪。

黄永泉握着液晶定位仪，上面两个移动红点即是两条警犬在活动，他提醒手下："紧紧跟着它们，一旦发现情况立即包围相关地点。"

此时方晟和格蕾丝已从14楼夹层下来，挑了处电源开关使整座大厦短路，这样短时间内设在各处的摄像头无法发挥作用，然后晃倒两名保安，换上他们的制服，从安全通道匆匆下去。

但方晟很快发现情况非常严重。

大门口已站着清一色的刑警，荷枪实弹把守要道，严格盘查进出车辆，每辆车的后排、车后厢都要打开检查，移动大厦后面的大街上停着两辆警灯闪烁的110巡逻车，十多名警察警惕地盯着大厦内每个窗户。远处不断有警车呼啸而至，将移动公司的停车场和院子挤得水泄不通。

刑警大队应该是倾巢出动，志在必得。

格蕾丝眼尖，认出院子里的一辆蓝鸟是格森的座车，他得到消息后也在第一时间赶到。

"看来无法硬闯。"她说。

"我们是在执行秘密任务，不与警方正面冲突、不伤及无辜是行动底线，"方晟说，"再说两柄手枪远远不能与外边强大的火力对抗。"

"也许黄队长下的命令是格杀勿论，这也是格森的心愿。"

"害怕吗?"

格蕾丝咯咯地笑起来:"恰恰相反,我觉得很刺激,因为我喜欢挑战。"

14层走廊传来警犬的狂吠声,它们发现被击昏的保安与扔在一旁的衣服,黄永泉迅速带人赶过去封锁14层以上通路。

"大厦一共22层,现在目标缩小到八层楼,很好,很好,"黄永泉冷冷道,"传我的命令,抽调10名特警队员乘电梯到顶层,封住通向大厦顶层平台的出口,上下夹击,看他们逃到哪儿去!"

"噔噔噔",方晟和格蕾丝轻巧而迅疾地沿着安全通道向上跑。

"有办法了?"格蕾丝问。

方晟道:"20层有设施完备的健身房,我和郑阳来锻炼过。"

"最喜欢哪个项目?"

"拳击,对着橡皮人狠狠揍个痛快。"

她眼睛一亮:"你因此获得灵感?"

"差不多……"

刚说了一半,突听她在后面"啊"一声,悚然回头看去,一团黑影急如闪电扑过来。

警犬!

静如处子,动如脱兔的牧羊犬!

多年严格的训练使它们懂得出手之前保持沉默,猝然攻其不备!

机敏如格蕾丝也未想到身后跟着危险的敌人,瞬间被二猛扑倒在地。

方晟身形一矮躲过大猛势在必得的一扑,右腿弹击猛烈扫在二猛最柔软的腹部,二猛"呜"一声,痛苦地翻倒在一边。大猛再度从身后扑上来,格蕾丝双腿腾空架着它两条前腿,方晟头也不回,右掌带着风声向后劈过去。

"轻一点!"格蕾丝急急叫道。

右掌在空中微一停滞,还是重重劈在大猛头部,它身体一软,在地上打了两个滚,连滚带爬一溜烟跑了。

格蕾丝面带戚色抚摸一下二猛。

"它没死,快走!"方晟拉起她的手就跑,格蕾丝将他的手甩开,面色不善。

"它是我们的敌人!"他意识到她的想法。

"但你可以控制力道轻重。"

"我不希望它们歇息后重新跟在后面,它们能把警察全部吸引过来。"

"你挑最致命的部位打,不仅仅想让它们失去战斗力!"

"我们正在逃命,谁阻止都得付出代价,无论人,或狗。"

格蕾丝正欲反驳,楼下安全通道传来杂乱的脚步声,方晟冷然看看她,言下之意"看看,我没说错吧",两人无暇争论,迅速穿过19层走廊,从北侧楼梯继续上行。

方晟明白愈往上走两人的处境愈危险,因为17层以上是休闲娱乐区,平时基本没人,警方可放开手脚展开枪战,不必担心误伤。但另一方面10层以下是办公区,人群密集,又有警方重兵把守,不利于周旋隐匿,权衡利弊只好选择更能发挥特长的空旷区域。

来到20层健身房,方晟掏出工具准备开锁,格蕾丝上去一脚把门踹开。他不满地看她一眼,她炫耀性地晃晃腿,自言自语道:"节约五秒钟。"

方晟急步跑到拳击区,用力将橡皮人从底座上硬生生拔出来,格蕾丝也依样放倒一个,看着地上的橡皮人,两人突然做出相同的动作:脱衣服。

遭受前所未有的打击后,大猛二猛全然没了往日的威风,不管如何呵斥,畏畏缩缩趴在地上就是不挪窝,黄永泉气得在两条狗的屁股上各踢一脚,恨恨道:"一帮没用的东西!"

干警们彼此看看,不知他在骂狗还是骂人。

搜索范围进一步缩小,刑警队员们耐心细致地检查完17层每个角落,包括天花板、洗手间、储藏室,然后封死各个通道,电梯停止运行,20多人包抄到18层继续进行地毯式搜查。

培训部的刑警汇报说刘璐态度强硬,黄永泉哼了哼:"暂且盯住,别跟她啰唆,等活捉到方晟看她还嘴硬!"

这时有人惊呼道:"外面有人!"

"咚咚咚",许多人都跑到南侧窗户边往下看,大厦底下也站了不少围观群众,朝上面指指点点。

"怎么回事?工作当儿戏了?"黄永泉恼怒道。

"方晟和格蕾丝攀着绳子下去了!"刑警们纷纷说。

"啊!"黄永泉脑袋"轰"一声,连忙分开众人趴在窗户上看,果然,一根钢索从21层窗户垂下来,两个身穿制服的人影附在上面,已经降到11层与12层交界处,由于21层窗户的位置比较独特,与下面各层窗户不在一条垂直线上，错开大约四五米，因此无法在其他楼层将钢索拖过来。

这会儿楼际间风很大，两人在绳索上晃来晃去，下行的速度很慢。

"黄队，怎么办？"

"通知楼下的兄弟赶到9层、10层，开枪击毙！"

"这么多人盯着他们跑不了，不如严密监视静观其变。"

刑警们七嘴八舌出主意。

黄永泉脸上阴晴不定，大脑急速思考，良久一咬牙作出决定："你们四个立即赶到21层找到钢索源头，想办法向上拉，这是上策；其他人分头通知下面所有兄弟，分布到12层至8层严密布防，防止他们中途改向逃到其中某一层。"

"是。"刑警们齐刷刷道。

"还有，"他冷峻地说，"如果他们拒捕，为避免更大伤亡，你们有权开枪！"

上楼的四名刑警很快遇到障碍，通往20层的两边的安全门都被锁上，出于安全考虑电梯又停开，无奈之下只得砸门，偏偏这道门是双层硬木板，不锈钢三叠卡口，煞是难开，四个人轮流上前大力踹，好半天才摆平。到了21层又是如此，双脚踢得将近麻木，一名刑警开玩笑道要是这种状态下碰上方晟，不要他动手，我们主动认输好了。

21层最南侧是储藏室，四个人一拥而入，看着眼前的场面齐齐呆住。

健身用的电动拉力器竟被搬到这里，钢索一圈圈系在轮轴上，每隔十多秒轮轴转动一次，钢索也向下推进约三四公分。

也就是说之前看到绳索上的人朝下滑行只是一种错觉，实际上人没有动，而是被电动拉力器控制的钢索在动。

这是否意味着……

四名刑警面面相觑，谁也不敢先说出那个可怕的、令人沮丧的结论！

第二十一章 失控欲念

就在一分钟前，匆匆下楼的黄永泉已经知道了答案。

最先发现不对劲的 11 层的刑警，通过近距离观察，感觉钢索上的两个人很不对劲，在钢索上一动不动，无论围观人群和刑警们怎么喊话都无动于衷，只管慢腾腾一点一点地向下挪。

又一阵风吹来，将上面的人吹转了个方向，这才看到一张没有五官的脸。

"橡皮人！"参加过拳击训练的刑警们都熟悉，不约而同地惊呼道，"上当了！"

这一刻黄永泉头脑中闪出一个念头：这回丢人丢到家了！

为捉住两个可笑的橡皮人，刑警们一窝蜂跑到南侧各层窗户防止两人冲进去，原来精心部署的卡位、岗哨、人员配置全被打乱，此时根本摸不准方晟混到哪儿了。

然而多年的官场经验告诉他，这会儿慌不得，非但不能慌，还要保持超然的冷静和威严，否则无法收场。

他定定神，咳嗽一声，将所有注意力都集中到自己身上，然后说："弟兄们，外围封锁线都坚守在岗位上，大门那边也严密盘查，方晟再耍花招也飞不出这块地盘，大伙儿凝点神，还按原来的布置各就各位，不信逮不住他！"

刑警们轰然应了一声，各自散开，大家均心知肚明，所谓一鼓作气，再而衰，三而竭，经过这一搅锐气尽失，又没有相对准确的定位，剩下不过是走走过场打道回府罢了。

此时方晟和格蕾丝正在大厦附属楼的茶水房里，他边走边不时蹲下来敲敲地面，好像在寻找什么。

"刚才的行动用成语怎么形容？"格蕾丝歪着头问。

"嗯，声东击西，或者叫金蝉脱壳。"

"金蝉脱壳……"她反复念了几遍,"很有意思,中国语言。"

之所以把橡皮人从南侧楼面上挂下去,因为南侧正对着大街,前面全无遮挡一览无余,很容易被人发现。当所有注意力都集中过去时,两人从北侧援索而下——大厦北侧相对僻静,20多米外矗立着一幢30层高的商务大厦,有效遮掩了街上行人的视野,一直到达三楼维护层,穿越管道井进入一楼茶水房。他们没有采用钢索,用的是扎在腰间、特种队员必备的攀登索,柔韧而结实,不惧水火。

"就在这儿!"方晟指着最东端角落一块青色石板,面有喜色。两人一起动手先撬开一条缝,再挪开沉重的石板,露出一个黑黝黝的地洞。

"这里通向地下的管道井?"格蕾丝有点怀疑。

方晟点点头:"郭川市所有高层建筑都是这个模式,郑阳专门写报告反映过问题,担心被犯罪分子利用,想不到……犯罪分子没来得及下手,倒被我们抢了头筹。"

两人束好衣衫,用布包住头发,一前一后钻进去,然后四手合力再把石板移回原处。

由于空间狭小,两人紧紧贴在一起才能碰到石板,挤压着格蕾丝丰满柔软的身体,明显感到胸部富有弹性的球状结构,她细微的呼吸声清晰可闻,发端细碎绒毛在他脸颊上来回摩擦,加上手臂骤然发力,几乎不受控制地,他的身体蓦地产生一股强烈的冲动。

这股冲动爆发之突然,连他也吓了一跳。

多年苦行僧式的生活使他学会了压抑自己,以意志控制欲望,实在撑不住便以大运动量、用单调刻苦的训练来释放。所以在方晟的记忆里岑冰冰更多的形象是在床上,因为她是他尽情宣泄的闸口,每次回家他都把积蓄大半年甚至一年的能量悉数挥洒在她纤细的胴体上。是的,相对来说语言交流是匮乏了些,他本以为两人既已发展到性关系,那些形而上学的东西已不再重要。

格蕾丝立即以女性特有的敏感感觉到他身体的变化——两人贴得实在是太紧了,眼睛向下瞟了瞟,这一霎时他困窘得恨不得地上有个洞钻进去,可该死的欲望并未因为这种羞愧而收敛,相反更加嚣张。

"对……对,对,对不起。"他涨红着脸拼命往内侧移动。

她突然露出甜美的笑容,在他脸上轻吻一下,身体向后一缩,使他顺利摆脱困境。

方晟脑中乱糟糟，不知怎么表述才好，默默走了会儿，闷声闷气道："格蕾丝，我……我感到很抱歉，可我……"

她善解人意地拍拍他，半开玩笑道："没关系，我不会告你性骚扰。"

"我不知道怎么回事，但以前……从来没有发生过。"

"你是说罗马尼亚女特工？"

"与年龄和相貌无关……噢，我不是那个意思……尽管你很漂亮……"方晟觉得自己越描越黑。

格蕾丝饶有兴趣地看着他，嘴角绽出笑意："你太紧张了，其实并没有什么，我们的职业很特殊，但同样有普通人的需求，谁也不能回避这一点。"

危险的话题。

方晟警告自己不能再谈下去，否则……否则……他也不知道会发生什么。

走了大约六七十米，前面出现三条岔道，方晟停下来，轻轻叩击管道上壁。

"上面是什么地方？"格蕾丝问。

"应该是大厦后街某处拐角窨井，"他说，"为安全起见，我们必须再等六个小时以上。"

"老天，"黑暗中她的眼睛明亮透彻，"不过想到能脱离危险，再多等待也值得。"

两人坐在污泥里相对无言，上面窨井盖被车辆碾压不时发出刺耳难听的闷震声。

格蕾丝主动打破沉默："方，刘小姐会不会出问题？"

"她是个聪明的女孩，知道怎么应付，只要抓不住我们，所有指控都不成立。"

"听起来你很欣赏她？"

"郑阳很幸运，碰到一位好女孩。"

"你还没确定前女友到底做了什么，怎能判断她不是好女孩？"

"感觉，"方晟长长吐了口气，黑暗似乎容易让人说出内心最深处的话，"她和我十天还不及我们一天说的话多，交流，缺乏交流是致命伤，我不认识她的父母、朋友……一切与她有关系的人，这种不正常的关系……居然保持了四年……"

"如果有一天你突然碰到她，会有什么反应？"

"不知道，也许她还像以前那样轻描淡写地说一句'回来了'，然后一切恢复正常，吃饭、上床、看电视、睡觉，这就是我们之间的交流障碍。"

"有意思，神秘的东方女孩，"格蕾丝微笑着说，陡然转换话题，"你吃狗肉吗？"

"没吃过，狗肉内火旺，南方人很少吃。"

"这是我最不能理解的行为，在西方，吃狗肉会遭到公众呵斥，因为狗是人类最忠实的朋友。"

方晟知道她仍对之前痛击警犬的事耿耿于怀，遂打趣道："中国人普遍认为牛才是最好的朋友，可并没有阻止你们西方人吃牛肉。"

"这是两回事，"她认真地说，"在西方，狗是家庭中的一员，而牛在中国并没有享受那种待遇。"

"据我所知……"

方晟正要批驳，突然对讲机响了，里面传来清晰的声音：

"方晟，我是刘璐，你听见吗？"

两人对视一眼，吃不准刘璐为何在如此紧张的时候冒险通话，甚至怀疑她是否在被挟制的情况下主动呼叫，因为方晟只要一接听，警方便可侦知他的位置。

思想斗争了三秒钟，方晟决定再信任刘璐一次。

"我是方晟，什么事？"

刘璐舒了口气："上帝保佑，我以为你们逃得远远的联系不上了，现在的情况是这样，刑警们还没有撤，但声势明显弱下来……喂，你听到吗？"

方晟等头顶上连续四五辆摩托车驶过去应道："听到，继续讲。"

"虽然全部退出机要室服务器系统，但上午我们输入的指令还有效，还在自动运行，刚才系统发了条信息到我电脑上，显示二十分钟前滕自蛟与万医生通过电话……"

"在什么地方？"方晟激动得全身肌肉绷得紧紧的。

"大致位置在水景花园小区一带，时间太短，没法再具体定位。"

"知道通话内容吗？"

"很少的几句话，就是问她有没有受伤，被问了些什么，然后说以后再联系，总共不到两分钟。"

"万医生情绪正常吗?"

"很平静,两人就像普通朋友之间聊天一样。"

"锁住手机讯号后,一旦他转移出这个区域,系统应该发出预警。"方晟学过类似监视系统。

"是,还有件事……"刘璐好像遇到难题似的,吞吞吐吐起来。

"你说。"

"嗯……系统调到岑冰冰两年前的一次通话记录……"

方晟呼吸几乎停滞:"谁?"

"滕自蛟。"

方晟心中一震,过了会儿道:"我知道了,谢谢你。"

方晟颓然吐了口气,无力地倚在洞壁上。

格蕾丝看出他的失落,打岔道:"水景花园远不远?"

"城南近郊,离国道只有两公里,我们必须提前出去,"方晟勉强振作起精神,"他很可能天黑以后从公路出逃。"

格蕾丝一跃而起:"OK,现在出发。"

两人找到窨井盖,先贴在上壁聆听附近有无车辆过来,确定没人后一齐用力,将盖子掀开一半移到旁边,几乎是同时,一个乌黑的枪口顶在方晟额头上,窨井上方传来一声威严的低喝:

"不许动!"

方晟没有动,他根本不需要动。

格蕾丝在一侧快如闪电地出手,一把捏住那人手腕,一扭一拉,将他整个身体拖入窨井,方晟迅速把铁盖恢复原位,井下一片漆黑。

"啪",格蕾丝缴走手枪,打开手电照在那人脸上,漆黑中受此强光刺激,他不由闭上眼睛。

"安队长,"格蕾丝到郭川第一天见过他,"怎么知道我们从这里上去的?其他人知不知道?"

安图生神色自若,毫无败军之态,微微将手腕转了几圈,坦然道:"我是单独行动,身边没有其他刑警。至于我为什么在这儿死守,原因很简单,这幢大厦竣工安检时我是检查组成员,知道这口窨井是唯一逃生路线。"

"我可以理解为善意?"格蕾丝说。

安图生没有直接回答,转向方晟道:"你想从滕自蛟嘴里知道什么?"

"这与我在郭川的执行任务无关。"

"怎么没关系？你挟持滕自蛟失踪，郑阳杀死邰子俊后潜逃，两个人都在纠缠十多年前的旧账。"

"不可能！郑阳绝不可能杀他，"方晟断然道，"几天前我们还谈论过，即使是邰子俊下的毒手，也是受人蛊惑，幕后另有高人。"

"郑阳究竟是不是真凶，发言权在警方，现在争论为时过早，我只想确切知道滕自蛟的情况，他是否安全？"

格蕾丝模棱两可地说："在FBI与中方协议结果出来之前，谁也别想见到他。"

"恐怕你们都不知道一件事，"安图生道，"从案情发展看，FBI已对滕自蛟失去兴趣，转而要寻找蒲桑炯和金小咪，所以……我不知道该怎么说，站在FBI和EDG立场看，滕自蛟的生死已无关大局。"

"啊！"方晟和格蕾丝都愣住了。

过了会儿格蕾丝道："就是说滕自蛟无须接受保护，我和方的任务自然结束？"

安图生深沉地一笑："不能这么说，尽管FBI改变主意，但我个人认为滕自蛟才是所有事情的焦点人物，他掌握的秘密远比大家想象的还要多，尤其是蒲桑炯等人的下落，录音带后面的谈话内容等等，都是至关重要的。"

格蕾丝低头想了想："我会找机会跟我的上司联系。"

"你需要把事情的经过尽可能讲得详细一点，"安图生提醒道，"对你有好处。"

这是暗示有人在FBI方面说了很多不利于她的话，格蕾丝感激地点点头。

"为什么告诉我们这么多？"方晟突然问。

安图生意味深长道："郭川的水有多深我岂会不知道？我跟蒲桑炯斗了这么多年，多少知道些内幕，哪些事该做，哪些事不该做，我拎得出轻重。"

方晟与格蕾丝对视一眼，道："既然如此，安队长，麻烦你陪我们出去，等到了安全区域自会放了你。"

安图生笑道："当然，我是俘虏嘛。"

格蕾丝见他如此爽气，心里不由犯了嘀咕：刚才到底是我出手快还是他有意落到我们手上？

"对了，有个人建议你有空去探望一下，"安图生对方晟说，"他叫纪大嘴，今年一月刚刑满释放，目前住在城东老砖瓦厂宿舍平房区402室。"

"纪大嘴是谁？他与滕自蛟有何关系？"方晟一头雾水问。

安图生含蓄地笑笑："老实说我也不十分清楚，只是凭感觉认为此人身上一定有名堂，不过为了不打草惊蛇一直没动他，还是交给你比较妥当……有空去看看，城东老砖瓦厂宿舍平房区402室。"

他又把地址念了一遍，好像防止方晟忘掉似的。

第二十二章　生死奇兵

水景花园黑影幢幢，只有两三个窗户仍亮着灯，小区里鸦雀无声，凌晨两点，应该是绝大多数人睡眠最深最香甜的时候。

"安队长有意帮我们。"格蕾丝说，在草丛里微微舒展身体，头上、衣服上已有一层淡淡的夜露。

他捶捶腰椎，舒展身体做了几个类似瑜伽的动作——刚才休息时姿势调整得不好，腰部有酸疼。

"说明安队长了解内幕。"

"他怀疑黄队长？"

"青藤会是郭川黑道上的一面旗帜，屹立十多年而不倒，最近几年又从事贩毒活动，身为公安局、刑警大队的领导核心，若是对蒲桑炯的犯罪行为一无所知反倒让人奇怪了。"

"但他为何听任这种情况一再发生？"

方晟长长出了口气："可能……我想我父亲的死是一个警告，在蒲桑炯、滕自蛟背后有一股隐蔽而强大的势力，黄永泉只是其中的一粒棋子。"

"我执行过很多任务，从未像这次这样糟，到处是陷阱和猜不透的谜团，"格蕾丝轻蹙眉头，"从这些天获得的信息看，滕自蛟有犯罪前科，与青藤会存在共同利益，而且偷录他们的谈话的动机不明确，不能单纯归纳为污点证人。"

"仅凭表面证据，你的FBI同事不会接受这个结论，必须亲身经历一些事才能体验出其中微妙的关系，"方晟道，"简单地说，蒲桑炯和滕自蛟是相互利用、相互依赖的共同体，彼此都有把柄捏在对方手中，一荣俱荣，一损俱损，因此滕自蛟无需通过录音掌握更多蒲的秘密……"

"你是说偷录谈话的另有他人？"

"其他别无解释，滕自蛟只是蒲的管家，不知道青藤会活动安排，蒲桑炯也没有理由主动告诉说今晚我要跟金小咪密谈等等，更不会吃完饭打电话说'自蛟，我在海天大酒店有事，要晚一点回去……'"

格蕾丝会意地笑了："懂你的意思，除了滕嫌疑最大的是谁？"

"我没想通这个问题，"方晟坦率地说，"因为包厢是临时指定，谁也无法预先安排，所以包括萧连在内的青藤会成员都可以排除在外，唯一的可能是参与会谈的三个人里有人做了手脚。"

"这个推断太……太令人吃惊了，我办过很多案子，从来没有罪犯愿意自己留下涉案记录，那简直太愚蠢太荒唐。"

方晟暗暗叹了口气：这位女搭档什么都好，就是有点驴脾气，固执、刻板，只相信亲眼看到的事，听不进别人的意见。

"是的，听起来是匪夷所思，可滕自蛟会主动向警方告发蒲桑炯吗？以他的老奸巨猾早就逃之夭夭了，还坐在家里等警察抓？我想，一定有人把谈话偷录下来后通过某种渠道给了滕自蛟，另一份则寄给安图生，刻意推动警方给青藤会毁灭性打击。"

"谁对青藤会有如此深的仇恨？"

方晟耸耸肩："十多年来郭川市吃过它苦头的人不计其数，但能接近蒲桑炯的屈指可数……症结还在滕自蛟身上，这回抓住他以后最好交给我单独审讯……"

"不，是单独谈话。"格蕾丝纠正道。

方晟笑了起来。

时间一分一秒地过去，时针已指向三点，小区里还没有动静。

刘璐的信息会不会不准确？滕自蛟有无可能不外逃？即使他露面，抓不到怎么办？

对方晟与格蕾丝来讲，这些无聊的问题根本不必说出口。埋伏、等待、追踪，是他们的必修课程，而足够的恒心与耐力更是执行特殊任务的基本素质，如果凡事都斤斤计较于付出与得到，本身就不配干这个职业。

眼下两人正陷入相当尴尬的局面。滕自蛟跑了，当然是他们的失职，必须不惜代价将他抓回来；可即使控制住他，何去何从又是难题，这个烫手山芋交给谁？格森，不可信任；郭川警方，似乎也有问题；跑到郭川以外的安全地带，又恐怕逃不过 NF 和鳄鱼杀手团的追杀。

安图生值得信赖吗？窨井里那一幕说明他保持着清醒的头脑，可十多年前对父亲的死冷漠如陌生人的那群人中也有他，又使方晟不能完全信任。

纪大嘴，安图生在这节骨眼上推出这个人是什么意思？从他身上是否能挖掘出秘密？或者仅仅是一个陷阱？

隐隐约约间，小区里有极其轻微的马达声，随后两道雪亮的车灯划破漆黑，从小区右后方转出一辆小汽车，清脆地响了声喇叭，以150码以上的速度向外面飞驰。

滕自蛟！

两人精神一振，齐齐亮出武器。

他们埋伏的地点正是小区到公路的必经之地。

车子很快驶到离他们不到两百米处。

该出手了！

格蕾丝举起狙击步枪，红外瞄准器中的十字星对准了汽车右后侧轮胎，而方晟的任务则是车右前侧轮胎，只要双枪一齐击中目标，汽车必定会向右侧翻倒。

40米，30米，20米……

格蕾丝果断扣下扳机，就在同时方晟突然伸手按下枪管，"噗"的一声子弹擦过轮胎射入草丛中，幸好枪上装了消音器，否则这一枪就得暴露目标。

"你疯了！"格蕾丝瞪大眼睛道。

方晟食指竖在嘴唇上："嘘，我敢打赌滕自蛟不在这辆车上。"

"为什么？"

"车灯、喇叭，好像在吸引人注意，以他现在的心态可能吗？"

格蕾丝不服气道："万一——"

话未说完，一辆黑色普桑悄无声息驶出小区大门，速度同样很快，但与前面一辆车相比似乎多了点犹豫和不安。

"就是他！"方晟果断地说。

"你确定？"

"我用性命担保！"

说话间两人一齐开火，"噗、噗"两枪，行驶中的汽车猛地向右一倾，饶是车上的人及时减速、平衡，车子还是翻倒在地并打了个滚。

方晟与格蕾丝一左一右上去，滕自蛟刚好满脸血污地从车窗里探出头，拼命往外爬。两人将他拖出来，架着他的双臂脚不沾地直往黑暗深处跑。滕自蛟象征性挣扎几下便放弃了抵抗。

因为他知道，他们不会再给他第二次机会。

第一辆作掩护的小汽车远远看到这边动静，急忙掉头过来，然而只在路边看见一辆摔得不成样子的车子和几道血迹。

"刷刷刷"，方晟和格蕾丝继续飞快地直向前跑，一口气三里多路下来脸不红气不喘，直接进入一片未完工住宅小区，从后面钻入一幢六层小楼。格蕾丝打开微型电筒找到一间相对平坦干净的房间，把滕自蛟扔到地上，放平身体，掏出急救药品先给他做简单救护处理。

方晟站在窗台前打量着四周环境，观察小区里面的动静。

"杀了我吧，与其跟在你们后面担惊受怕，不如早点死了好。"滕自蛟有气无力道。

方晟嘲讽道："不像真心话，你在这个世上还有很多牵挂嘛，比如说万医生。"

"别伤害她，她是无辜的。"

"真的无辜？"方晟冷然道，"万文暄是方仁冲医疗事故责任人之一，就凭这一点，她就难逃嫌疑！"

滕自蛟一颤，强辩道："那件事有正式文件，白纸黑字把责任界定得很清楚，她的生活也因此受到很大影响，现在再翻出来有什么意思？"

"当然有意思，意义重大，"方晟蹲到他面前，眼睛直逼着他，"这事将是你一辈子的梦魇，你等着，等着我搜集到足够的证据，然后让你为过去犯下的罪孽付出代价！"

"随便你怎么调查，反正跟我没关系。"滕自蛟故作镇静地闭上眼睛。

方晟与格蕾丝对视一眼。

"是否要换个地方？"格蕾丝问。

"通向外边的各交通要道肯定已被严密布防，干脆，还回兴化小区。"

滕自蛟轻咳一声。

方晟瞥了他一眼："姓滕的，先警告你一句，不要再玩这儿疼那儿疼的花招，从现在起你只有一个机会去医院，"他顿了顿，"接受尸体解剖。"

格蕾丝将秀发向后掠起，道："最好附近有车，不然凌晨四点钟在街上太引人注目……"

方晟突然看到有个红点在她额头上晃了一下,当即喝道"小心",拦腰将她扑倒在地。

随即一串子弹打在水泥地上,溅起一阵轻烟。

紧接着屋内墙壁上出现七八个红点,都是从前面楼上发出的。

"快走!"格蕾丝滚到滕自蛟身边一把拖起他闪电般冲出屋子,子弹追着他们的行踪在墙上打出一排弹孔,方晟与他们对射了两三分钟终究抵挡不住,也纵身撤出去。

三个人在楼宇间跑了几十米,愣是没发现可供逃跑的汽车、工程车或摩托车,反而被两边包抄而至的杀手逼入堆放工程材料的库房边,只得踞守在砖垛堆上倚仗居高临下的有利地形巧妙还击。

朦胧的月光下八九个黑衣人不时交叉换位,改变队形,相互掩护着一步步向前移动,格蕾丝则采取露头就打的原则,将双方距离牢牢控制在四十米左右。

"看看吧,这些人都是来杀你的!"方晟道。

滕自蛟悻悻道:"这几天你们不在旁边我逍遥得比神仙还快活,你们一来杀手也就跟着来了,不知道谁是丧门星!"

说到这里他不禁有些后悔,还是应该听朋友的话,再猫在家里躲几天等风头过去再说。当时主要考虑一是这个朋友尽管够义气,老婆却是大嘴巴,成天跟左邻右舍东家长李家短聊个没完,没准会把自己的事泄露出去,二是郭川的形势一阵紧过一阵,先是郑阳失踪,据说是追查方仁冲医疗事故时出的事,这让他很是心惊肉跳了一阵,既为郑阳的锲而不舍,也为自己的尾大不掉,郑阳转入暗处比在明处还可怕,反而能摆脱任何顾忌施展所有手段跟自己算账。再就是听说方晟在移动大厦出现,引得警方大动干戈,当朋友下班回来说起这事,他立刻为下午打电话给文暄而懊恼,因为第一感觉就是方晟有可能借助某种设备追查自己的行踪,这些办法电影里都有,并不稀奇。

综合诸多因素,他作出连夜离开郭川的决定,为安全起见,出发时搞了一出真真假假的疑兵阵,不料还是没逃出方晟的掌心。

听了滕自蛟的话,方晟也是一愣,随即便想到黄永泉。

当年黄永泉是白天鹅舞厅的保护伞,以他对滕自蛟的了解,应该知道万文暄是滕的情人,因此全程监听她的通讯并由此挖出滕自蛟也在情理之中。

为何赶来的是杀手而非警察?可能黄永泉出于某种原因不想滕自蛟活下

去，这样看来，滕自蛟说自己被关押在看守所时有人要杀人灭口并非凭空捏造，企图动手的就是黄永泉。

方晟正想得出神，杀手们突然开始加紧行动，月光下在砖垛间跳跃腾挪，高走低伏，由于他们行动快捷，反应机敏，动作更是虚虚实实，格蕾丝连开八枪竟未击中一个目标。

"不好，"方晟反应过来，"杀手想消耗我们的子弹。"

格蕾丝也意识到这个严峻问题，低头数数身上的子弹，耸耸肩道："我忘了我们没有后续供应的。"

"什么？"滕自蛟差点气炸了肺，"我被拖到这里就是陪你们一起死？"

方晟道："是我们陪你一起死，杀手的目标本来是你，我们是意外杀出来的黑马。"

滕自蛟叫道："如果开车上了公路，他们人再多我也不怕。"

"警方在各个路口设下关卡，谅你冲不出郭川。"

滕自蛟哼了一声："未必。"

两名杀手在强大火力织成的保护网下占据制高点，连续射击将三人压在砖垛角落里不得动弹，紧接着"咚咚咚"，后面几名杀手也向前逼进。

"咔嚓"，方晟给手枪换上弹匣，沉声道："我数一二三后跳出去，我向东你向西同时射击四枪，然后沿着沙砾堆向南跑，边打边退，冲到150米之外泗水撤退。"

"OK。"格蕾丝道。

"我跑不了那么远，再说我又没武器。"滕自蛟赶紧道。

格蕾丝盯着他，蔚蓝色的眼睛深而可畏："对不起滕先生，这次不包括你。"

"啊！"滕自蛟如五雷轰顶，结结巴巴道，"不，不，你们不能丢下我，我掌握很多东西，我还有录音带……"

"让录音带见鬼去吧，"方晟道，"FBI只对金小咪感兴趣，一、二……"

"录音带就出自金小咪之手！"滕自蛟大吼道。

方晟和格蕾丝同时看着他，表情惊愕。

这句话虽然印证了方晟的猜测，但金小咪为何偷录自己的谈话？滕自蛟又是如何发现并拿到手的？这里面还有怎样的玄机？

远处传来警笛声，声音由远而近很快来到建筑工地，接着口令声、跑步声、枪支声……

"快跑……快跑……"

杀手们慌慌张张撤出各自阵地沿着沙砾堆向南跑——英雄所见略同,路线与方晟想的一样,借水遁逃跑。

警察们好像忘了砖垛堆上有人,盯在杀手后面紧追不舍,一直跑到河边,毫不迟疑脱下衣服"嘭嘭嘭"接二连三跳下去,继续在河里展开追逐战。

方晟与格蕾丝面面相觑,为突如其来的变化吃惊不已,想不通警方为何故意疏忽自己的存在,莫非,莫非是安图生在里面暗中相助?

带着疑惑,两人押着满肚子秘密的滕自蛟悄悄撤离工地。

第二十三章　黑道原罪

夜色下美丽的溱港河畔凉风习习，河堤两侧的彩灯闪烁出各种绚丽的图案，靠近大桥有两段三里多长的木板人行道，外出散步的人们走在上面既锻炼身体，又能欣赏到沿河风景，可谓明月清风尽在眼中。

大桥北边向东是一道斜坡，下去两百多米便是在郭川颇有名气的夜市排档——阿根廷烤肉馆，每当夏季的晚上，主战场一直延伸到河堤，长凳、啤酒、烤肉，几个朋友就热闹起来了。若逢世界杯或其他重要足球比赛，这里更是顾客盈门，不时传出叫好或叹息声。

烤肉馆再向东大多数门面是不做夜市的，光线就有些黯淡，河堤边垂柳下、苗圃旁边伫立着窃窃私语的情侣，与不远处喧闹的场面一动一静，构成都市夜生活的独特风景。

离烤肉馆20多米处木栏杆上坐了个年轻人，戴着耳机，手里紧紧握着一根鱼竿，眼睛聚精会神盯着平静的河面，泥塑般屹立不动，仿佛与河堤、与周围景物融为一体。周围漫步的情侣们熟视无睹经过他身后，甜甜蜜蜜说着悄悄话，哧哧地笑着。

"齐哥，再来一杯，哎，就剩小半杯还不喝下去……"烤肉馆对面河堤平台上一伙人怂恿中间那人仰头干了杯，哄然叫好，又替他满上。

中间那人腰粗臂壮，紧紧抿着的嘴唇边透出强悍和倨傲，金丝眼镜后面是掩饰不住的草莽气，一看就是道上混过的人物。

"齐哥，这几天好像有心事，说来听听，或许小弟们能敲敲边鼓，打打下手？"有人试探道。

"是啊，打牌、喝酒、泡澡、玩女人，平时都是您齐哥的强项，现在一样都不沾，就是这顿烤肉还是硬拖着过来的，到底怎么回事？"

齐哥眉头锁成"川"字，眯着脸深深吸了口烟，把烟蒂狠狠按在龙虾壳上，沉声道："最近风声紧，条子发疯似的到处跑，弟兄们都醒点神，别没事找事。"

对面有人撇撇嘴道："那是条子内耗，听说黄队找郑阳的麻烦，栽赃他杀人灭口，郑阳也不含糊，居然跑了，今天不知干吗在移动大厦闹腾了一天啥也没捞到，垂头丧气收队回去。"

"不是一回事，"齐哥道，环视众人一眼，声音低了大半，"有人想从滕自蛟身上挖出旧账。"

此言一出整桌人齐齐一惊，相互看看，一时间竟没人说话，只有肉在木炭炉上烤得"滋滋"的声音。

桌上这些人有的是茶座老板，有的是酒店股东，还有的是浴城经理，名片一掏均有头有脸，算是普通老百姓眼里的成功人士。然而提到创业的第一桶金，来历大抵有些不明不白，无不与"青藤会"三个字沾点边。

如果把黑道分个三六九等，蒲桑炯应该算有方略、有远见的头等大哥，早在十多年前就在幕后军师的筹划配合下推行"黑道白走"，将帮派经营企业化，以投资、参股、合作等方式把骨干分子逐渐融合到社会中去。作为他的得力助手，一起出道闯荡拼杀的元老级人物，齐哥是这一计划的最早受惠者，由青藤会出资强行入股某面粉厂，担任分管生产经营的副厂长，实际掌控企业主要经营活动。后来趁企业转轨的契机，齐哥索性将工厂买下来当上大老板。

看到齐哥的成功经历，青藤会元老们都动了心，正好他们年龄都大了，不再热衷于打打杀杀、斗气逞强，蒲桑炯也想换些新鲜血液，于是陆陆续续将他们空投到商界，摇身成为一个个老板、企业家。

不过江湖上还有句话：只要你在黑道混过一天，一辈子都洗不白。

虽说不直接插手黑道上的事，但只要蒲桑炯有什么吩咐，一如既往地不敢怠慢，同样这些人遇到困难后，第一个念头就是利用青藤会的力量去摆平。

不单是齐哥，桌上这些人心知肚明，要是真有人挖出青藤会的旧账，那本簿子上谁没有两三笔血债？

"什么来头？"黑暗中有人幽幽地问。

"情况很复杂，听说美国那边派了特工过来，还有个什么国际反贩毒组织，总之来头不小……"

正说着手机响了，齐哥拿了电话才听了一句脸色便凝重起来，挥手让其他人不要说话，语气间颇多敬意。

接完电话他朝四周望望,召集他们围到身边,一字一顿地说:"蒲哥的电话,他明天回来,到时叫我们去见他。"

"啊!"众人大惊。

烤架上的肉香味四溢,可没人有胃口理会。

"公安局不是在通缉他吗,回来干什么?"

"眼下警察的行动一阵紧过一阵,现在回来不是往枪口上撞吗?"

"中国这么大,哪儿藏不住一个人,何必选择硬碰硬?"

桌上七嘴八舌低声议论道,言语间多有埋怨之意。

齐哥咳嗽一声,缓缓道:"从他的口吻看是遇到麻烦了,而且麻烦还不小,所以回郭川是不得已的办法⋯⋯"

"他召集我们想干什么?"

"被公安方面知道了怎么办?"

"要不要我们提供藏身之地?"

齐哥不悦地抬手做了个下压的姿势,道:"在座各位,包括我都是倚仗蒲哥才有今天,我的面粉厂、你们的茶座、酒店、宾馆、浴城等等,当年蒲哥都入了股的,加上其他方面明里暗里的支持,可以说是我们的大老板、大股东。滴水之恩还应涌泉相报,何况这种再造之恩,因此无论蒲哥提出什么要求都是应该的,不要有任何情绪!"

席间鸦雀无声,众人齐齐低头垂目,各怀心事。

"明天起手机一律不许关,随时听我通知,"齐哥停顿片刻,放缓语气道,"都小心点,晚上没事少出门,无论到哪儿去最好不要单独行动。"

一桌人掂出话中的分量,连连点头。

"走吧,都早点回去。"齐哥双手撑着桌子站起来,其他人也无心再耽搁,纷纷起身相互拍拍肩,各自走向停在附近的车子。

齐哥来得最迟,车子停靠得比较远,要向东走大约七八十米,他将衬衫搭在肩上,叼着烟光着膀子,沿着河堤边人行道不紧不慢向前走。

"齐哥,先行一步。"已发动起车子的人远远打个招呼,按声喇叭离开了。

"齐哥!"

离他四五米处的河堤边突然有人一声低喝。

"谁?"齐哥下意识回头看,就在这瞬间,只见坐在木桩上的年轻人双手一扬,然后身体一紧,低头看身体已被一种透明细密的类似尼龙绳的线缠得严严实实，未等他反应过来便被一股大力牵拉到木桩面前。

"你好，齐哥。"那人彬彬有礼地说。

"你是谁？想干什么？"齐哥敞开嗓子大吼道。

烤肉馆附近还有几人没离开，见这边发生状况，知道势头不对，立即从车里操了家伙飞跑过来。

那人轻蔑地看了他们一眼，将齐哥拦腰一夹，百来斤的汉子竟被轻而易举提起了身。

这时四五个大汉已冲到十多米的距离。

那人向前跨出一步，跃上半米高的堤坝，在上面走了两步突然纵身跳下去！

大汉们齐齐大叫一声，急赶几步趴到堤坝边向下看：

暗淡的月光下，那人稳稳坐在小船上冲他们挥手致意，齐哥仰面躺在船舱里，嘴里像被塞了东西，身体剧烈地挣扎反抗。

"快上车，沿着河道追下去！"有人叫道。

还有人道："打电话报警！"

然而夜晚终究不是白天，一来河道里光线较暗，需要不时停车到河堤上仔细辨认，二来河道流向与街道方向迥然不同，开始还能盯得住，后面越拐弯子越大，加上那人早有准备，专挑偏僻无人的岔道支流走，汽车速度虽快可鞭长莫及，只能望而兴叹。

小船晃晃荡荡驶入一处弯道，那人将齐哥背在背后上了岸。这是市郊城乡结合部野外，远处依稀可见高楼大厦，眼前是大片大片田野，一阵风吹来和着麦穗的清香。

那人把齐哥甩麻袋似的重重往地上一掼，摔得他七荤八素眼冒金星。

"你他妈的到底是谁？"齐哥清醒过来后嘶声力竭地吼道。

"这里方圆两三里都没人住，声音再大也没用。"

"你是谁？"

"本以为你应该认识我，我叫郑阳。"那人微笑着说。

齐哥迷惑地看着他——前派出所所长，现在是在逃杀人犯，为什么突然找上自己？

跟踪齐哥是件很困难很费劲的事，不仅是跟踪本身，还得提防昔日同事们突然出现在身边，而齐哥似乎从某种渠道获得一些暗示，特别注意自我保护，上班下班身边都有人陪同，也甚少出入娱乐场所，家中更是安装有最先进的防盗防抢系统，几乎无懈可击。

郑阳不死心，连续盯了四天四夜，工夫不负有心人，终于逮到下手的机会。

"齐哥，齐厂长，最近活得挺滋润嘛。"郑阳道。

齐哥过去也是经常进局子坐班房的人，知道这是警察的惯用招数，先漫无目的地跟你聊天，再慢慢套出想要的东西，当下以虚击虚道："还凑合，都是党的政策好，让我们这些老百姓过上幸福的生活。"

"可是过去干的那些坏事不会一笔勾销，有时夜里做噩梦难免会想到吧？"

齐哥笑了，这话问得多幼稚，身在江湖，白刀子进红刀子出那是家常便饭，倘若那些破事都记在心上，一个囫囵觉也别想睡。

"郑所长，姓齐的别的本事没有，用句广告词说，就是吃饭倍儿香，睡觉倍儿好，身体倍儿棒，嘿嘿，见笑了。"

郑阳陪他一起笑，笑了会儿从怀里掏出只布袋，慢条斯理地说："你是老江湖，我也不兜圈子，有件十多年前的案子想问问情况，不知你配不配合？"

"哎呀，十多年，郑所长，要是两三年内的事倒能说个八九不离十，时间一长嘛……我可拿不准。"他提前把话堵死。

郑阳听了也不生气，把布袋里的东西一件件往外拿，却是磨得锃亮、尺寸相同的匕首，一字排在地上，一共有三柄，月光下刀刃锋口上折射出瘆人的寒光。

"这……这是做什么，郑所长？"齐哥赔笑道。

"纠正一个错误，我已不是所长，也不是警察，而是以在逃犯的身份跟你说话，所以我的行为不受公务员管理条例的约束。"

齐哥勉强笑道："我看，我看都差不多。"

"错，相差很大，"郑阳举起一柄匕首道，"现在我就以道上的身份陪你玩……古代帮派中有三刀六洞的说法，知道什么意思吗？"

齐哥一颤："不……不太懂。"

郑阳将他的裤脚一直卷到大腿根，用刀背在他腿上边滑行边道："简单地说就是对不听话的人进行惩罚，将刀扎到腿上形成对穿，一刀两个洞，三刀就是六个洞了。"

"郑所长，这，这，这可不是闹着玩的，弄不好要出人命。"

"人命？齐哥，你是有道分的黑道前辈，我呢，是在逃杀人犯，我们两个都不是把人命当回事的人，对不对？"

"唔……"齐哥简直不知说什么。

郑阳收敛笑容："现在开始进入提问环节，不回答或回答错误就是一刀两洞，听清楚没有？"

"我哪里记得清那么多年前的……"齐哥急急辩道。

郑阳不理他，缓缓道："记得王小安这个人吗？"

"王小安？"齐哥翻翻眼皮，"好像跟我混过两年，后来跟了蒲哥。"

"方仁冲局长去世的那天晚上，他做了什么？"

齐哥全身一震，木然盯着他足足看了一分多钟，然后坚决地摇摇头。

"是不知道，还是不想说？"郑阳道。

齐哥目光投向远方："过去十多年的事，有必要翻出来吗？"

"喔，不想说是吧？"

"我很想配合郑所长，可是我很早就离开青藤会，对他们的事一无所知……啊——"齐哥突然发出一声长长的惨叫，眼珠直往上翻，全身缩成一团，不住簌簌发抖。

一柄匕首从他小腿肚直贯而下，刀尖没入腿下的泥土。

"妈的，你不是人，你是畜生，我操你祖宗十八代……"齐哥边呻吟边大声咒骂，脸色惨白，嘴唇铁青，显然这种剧痛实在难以忍受。

"再问一遍，"郑阳自顾自说下去，"那天晚上王小安干了什么？"他又举起第二柄匕首。

"具体情况我真的不知道，但他确实跑到我家寻求帮助，"齐哥知道郑阳是铁了心要查清真相，根本不会在乎自己的小命，强悍如他者也服了软，索性一股脑倒出来，"当时大概是夜里一点多钟，王小安在门外拼命敲门叫喊，开门一看，他简直像从棺材里爬出来的，满身泥土，衣服破碎不堪，脸上有七八道血痕，手捂着额头，血珠从手指间直往下滴。我赶紧问发生了什么事，他一句话也不说就扑通跪在地上，让我看在以前的情分上救救他。我是过来人，知道多说无益，当即叫醒老婆一起帮他包扎伤口，又拿衣服给他换上。这时他才说自己闯了祸，把蒲哥交代的大事办砸了，如果回去肯定活不到天亮，所以只有一条路，逃……"

"你没问所谓大事到底是什么意思？"

"道上的规矩是不该你知道的事最好别打听，否则容易引火烧身，"齐哥道,"看他怕成那样,我估计是人命案居多,不敢让他逗留太长时间,否则有窝藏之嫌,当下凑了三四千块钱打发他出逃,从此再也没有见过面。"

"第二天方局的死闹得整个郭川沸沸扬扬,难道你没跟王小安联系起来?"

"这个……"

郑阳面无表情地举起匕首。

"别,别,我说,"齐哥喘了口气,"其实我说没有你肯定不信,但当时确实不敢多打听,直到两三年后有一次跟蒲哥喝酒,仗着几分醉意轻描淡写提到王小安,结果蒲哥只说了两句话,一句说阿齐,有些事你还是不要知道为好,后来又说了一句,这件事不光是为我,还为我们头上的保护伞。就这两句话,郑所长,不骗你,是真的!"

"保护伞是谁?"

"不知道,真的不知道,他从来没对我们提过。"

齐哥乞求地看着郑阳,就担心他手中的匕首落下来。

郑阳反复咀嚼他说的每一个字,沉吟良久道:"王小安在郭川有哪些亲戚朋友?"

"我,我也不清楚,"齐哥苦笑道,"一晃就是这么多年,就算当时了解些情况也忘得差不多了……郑所长,我说的都是大实话。"

郑阳"噢"了一声,突然看着他后面道:"咦,好像有人过来了。"

齐哥怔了怔侧过头去看,"咚",被郑阳用匕首柄敲在脑门上,"嗡"的一声昏迷过去。

郑阳用匕首挑断绑在他身上的蚕丝索,这样齐哥一旦苏醒就能跑到附近公路求救,但双手还得绑着,不让他的自救太顺利。

暗淡的月光下郑阳独自行走在河岸边,借助芦苇和杂草隐藏身形,防止前面公路上过往车辆发现自己。

走了三里多路来到公路边一座桥下,挑了半天选择小桥西侧五六米的一棵大树,趁没有车辆经过时蹭蹭爬上去。进城车辆上桥应该减速,只要等到货车过来便可跳上去搭个顺风车。

他美滋滋想着,掩着嘴打了个大大的呵欠,这时一辆出租车飞快地从树下驶过去,很快消失在视野中。

"啊!"郑阳张大的嘴差点收不回去,就在刚才一瞥之间他隐约看到车后座坐着一个意想不到的人:蒲桑炯!

第二十四章　死缠烂打

"约定时间到了吧?"

蒲桑炯坐在屋子上首沙发上，看着表慢吞吞问。

右侧有人小心翼翼地说："回蒲哥，昨晚郑阳当着我们的面把齐哥捉到城外打了一顿，齐哥腿上被捅了一刀……"

"阿齐的事我知道，还有呢?"蒲桑炯不耐烦地说。

"另外还差三位，穆哥高血压住了院，陈哥的儿子今晚结婚抽不开身，秦哥来的路上车子爆胎，还在修车铺等……"

蒲桑炯一抬手打断他，阴沉沉道："约了七个，四个没来，看来，有人是不想认我这个大哥了，对不对?"

来的三个人噤如寒蝉，低下头不敢接话。

刹那间蒲桑炯有种大势已去的感觉。

做大哥十多年了，早已习惯一呼百应，前呼后拥的派头，召集手下开会碰头，他总是最后一个进场，从来没有等过谁，更不用说出现今天这种状况，竟然不打招呼就无故缺席。

今晚本来应该由齐哥牵头，谁知他居然被郑阳逮住追问王小安，这让蒲桑炯既恐慌又惶惑。恐慌是因为此举意味着郑阳、方晟已将自己与方仁冲的死联系在一起，势必要穷追不舍深挖到底；惶惑是因为印象里王小安并非那天晚上的核心人物，对整体情况也所知有限，郑阳出于什么原因指名道姓找他?

出于谨慎心理，蒲桑炯先将金小咪和乔安置到齐哥包养的情人家中，然后独自在城乡结合部的三不管地带一家汽车旅馆租了间标准房，让齐哥一一电话通知。

瞧今天这场面幸亏没带金小咪过来，不然糗大了。

念及此,他将茶杯重重往桌上一顿,每个字仿佛从牙缝里蹦出来似的:"打电话给他们,让老秦打车过来,老穆身体不好让医院用担架抬,至于老陈,请他选择今晚是要办喜事还是丧事!"

三个人均一颤,从言语间听出浓浓的杀机,不敢耽搁,低声商量了会儿分头出去通知。

不到半个小时,六个人整整齐齐站在蒲桑炯面前,如同站在被告席上的犯人,心惊胆战地听候处理。

蒲桑炯冷冷瞥了他们一眼,慢条斯理啜了口茶,闭上眼回味片刻,干咳一声开口道:"我知道有点为难大家,我嘛如今是被警方通缉的要犯,各位却不同,一个个在社会上混得有头有脸,金钱、地位、美女应有尽有,怎么能跟通缉犯见面呢……"

老秦惶急道:"蒲哥,千说万说都是我们这些做小弟的不好,不该在节骨眼上给大哥添堵,现在啥也不说了,无论蒲哥要我们干什么,一句话吩咐下来,上刀山下火海,白刀子进红刀子出,我们弟兄几个皱一下眉头就不是人!"

"对,请蒲哥吩咐。"其他几个附和道。

蒲桑炯脸上露出一丝笑容:"这还有点像跟在我蒲桑炯后面闯荡江湖的汉子,做人嘛就要这样,关键时候有豁出去的勇气。可话又说回来了,当初肯放你们出去,就是想让大家享几年清福,你们的日子过得越好做大哥的越高兴,如今个个有车有别墅,没事儿还包个小蜜,这不正是大哥的初衷吗?"

老陈哽咽道:"大哥……"激动之下竟扑通跪倒在地。

蒲桑炯连忙上前扶起他,道:"干什么?干什么?咱们兄弟之间还搞这一套?唉,其实这些话平时只放在肚子里,今天若不是触景生情根本不会说……眼下形势大家都知道,天下没有不散的筵席,青藤会经过这一折腾元气大伤,大概……大概要从郭川永远消失了……"说到这里黯然神伤。

老穆慨然道:"只要大哥振臂一呼,我们这班老弟兄照样出来卖命!"话未说完就有人在背后捅他,暗示说不要把话说得太满,免得姓蒲的当真。

蒲桑炯岂会不明白这些人的底,都是老了成了精的人物,别看这会儿一副忠心耿耿大义凛然的模样,真让他们出手连鬼影子都找不到,摇摇头笑道:"算了,不提以前那么多血案和买卖毒品,就是抓进去的弟兄们七零八落交代的问题也够我蹲几年大牢……我没什么要紧,大不了一条人命,可眼下警察要追究的不是小事,而是毒品!一旦我被弄进去坐实贩毒的罪名,青藤会上上下下几十号人全部完蛋,甚至……"他的目光盯在几个人脸上语带威胁,"甚至会殃及诸位!"

六个人被他看得发毛,畏缩地垂下眼睑。

"为了大家有好日子过,我绝对不能落到警察手中,绝对不能!"蒲桑炯顿了顿道,"所以,我需要各位提供帮助。"

几个人心一紧,暗想终于要摊牌了,只求上天有好生之德,让他别狮子大开口。

"以前我就了解过,各位除了公开购置的房产,暗中都有几套房子作为机动,有养小蜜的,有开地下赌场的,"蒲桑炯缓缓道,"现在请各位腾出一处隐蔽的房子,我可能过去住一阵子,也有可能不去,但是在我交回房子之前,你们不准踏入半步!做得到吗?"

"是,大哥!"六个人感觉松了口气。

老穆抢先道:"蒲哥,我这会儿就把地址和钥匙给你,地址是……"

"慢!"蒲桑炯止住他,"具体地址只能告诉我一个人知道,而且今晚以后你们之间不准联系,不准来往,万一我在哪个人的房子里被捕了,嘿嘿,大哥的手段你们是知道的,"他化掌为刀在空中虚劈一下,狞笑道,"一人做叛徒,全家变鬼魂!"

"是,大哥!"

六个人各自趴在床上,写好房子地址连同钥匙装入信封,恭恭敬敬交给蒲桑炯。

"你们该不会忘了销毁其他钥匙吧?"蒲桑炯漫不经心问。

"当然,当然。"他们一叠声道。

"唔,还有件事,你们记得王小安吧?以前跟我混过几天,现在有人想找他,你们设法打听一下他的下落……就这样。"

他挥挥手,众人如蒙大赦,道别后先后离开。

随着最后一个人出去后反锁好门,蒲桑炯禁不住长长叹了口气。

什么叫江湖?强者恒强,胜者为王,是为江湖。

什么是大哥?大哥如同动物园猴山里的大王,当它战胜所有公猴时威风凛凛不可一世,然而有朝一日被后起之秀击败,立即成为谁都可以上前踹一脚的窝囊废。

此刻蒲桑炯觉得自己就像失势的公猴，表面张牙舞爪气势汹汹，实质色厉内荏，只能靠说些唬人的话给自己撑腰。

"笃，笃，笃"，敲门声将他从沉思中惊醒，心想哪个粗心的家伙放错钥匙了吧？随口道："进来。"

"笃，笃，笃"，外面好像没听见，还在坚持敲门，声音里透出小心和胆怯。

"他妈的，耳朵聋了？"

蒲桑炯嘀咕着向前走了两步，突然一个激灵，立即快速后退，蹬着沙发跳上窗台，与此同时一个幽灵般的黑影飘进来，举枪朝他射击。

NF！

阴魂不散的NF！

蒲桑炯不假思索双手齐扬，NF向旁边一闪，七八柄飞镖悉数钉到门背上，虽未击中，但NF的枪也失了准头，"扑扑"两枪打在窗栏内侧。

蒲桑炯双手一松，从二楼窗户一跳而下，门口位置的NF见状如离弦之箭火速冲到窗口，几乎没有停顿紧跟着跳下去，正好蒲桑炯从地上爬起来，被撞得连翻五六个跟斗，刚挣扎起身又被NF迎面截住重重一拳，顿时打得晕头转向，原地旋了两圈跟跄倒地。

NF向前走了两步，举枪对准他。

"住手！"一条人影凌空扑下，直奔NF而去。

NF吃了一惊，没想到竟有人以这种方式救人，匆忙中来不及调转枪口，反转身体右脚后撩，重重蹬在那人胸腹间。

"啊——！"那人被蹬出四五米远，全身几乎散了架，蜷缩在地上一动不动，月光照在他脸上，蒲桑炯当即认出是前派出所所长郑阳。

昨夜郑阳发现蒲桑炯后一路追踪，直看到他进入汽车旅馆，然后趁着夜幕潜入，与NF差不多时间抵达，不过NF是从正门，郑阳则是从后阳台上去，两人抱的主意也一样，等其他人散了单独对付蒲桑炯。

不料NF抢先下手，郑阳权衡利弊，不想让蒲死在NF手上，只得出手救人。

趁这空当蒲桑炯飞快起身窜入旁边的巷道，形势很清楚，落到NF手中是死路一条，落到郑阳手中生不如死！

NF瞥了郑阳一眼，心里有点吃不准这个人的身份，按说蒲桑炯已是孤家寡人，这时居然冒出个人不顾性命地救他，有点奇怪，但仅仅是奇怪而已，NF不会在这种无足轻重的人身上浪费时间，甚至懒得多补一枪便匆匆从他身边经过。

NF是位很理性的先生，从来不做没有价值的事。杀人不是游戏，也不是终极目的，而是赚钱的手段，不产生效益的事求他也不做。

蒲桑炯和NF一前一后穿过围墙边的花径拐到附近的居民小区，双方均放速在水泥路面上狂奔。迎面两名巡夜保安肩并肩过来查看安全，远远喝道："什么人？"

蒲桑炯语气急促道："快报警，后面有逃犯！"未等保安反应过来，他已从两人中间跑过去。

两名保安迅速拿强光电筒罩住NF，喝道："站住！"

"噗，噗"，两人倒在血泊里。

NF很真诚地希望不要出现太多管闲事的人，否则只能大开杀戒，其实他并不喜欢滥杀。

蒲桑炯是业余体校长跑运动员出身，耐力好，加上NF对他来无影去无踪的飞镖颇为忌惮，不敢靠得太近，只能在中远距离寻找机会开枪。因此场面上并不激烈，两人若近若远地追逐着，都在等待对方先犯错。

沿着小区跑了一大半，蒲桑炯脚底下开始发软，难怪，很长时间没有经历这种高强度运动，确实有点后劲不济。跑到一半他陡然改变方向，想从花坛中间插过去进入一条更狭小的巷子，谁知一脚踩到个滑溜溜的东西，身体顿时失去平衡，踉跄好几步才稳住，站定身体才看到NF就在四五步之外，慢慢抬起手枪。

"呼"，郑阳突然从花坛中站起身，双手一扬，两只花盆朝NF脸上砸过去！

NF不愧为欧洲杀手界顶尖人物，竟岿然不动，眼不斜、手不抖，不躲不闪照常对着蒲桑炯开枪。

蒲桑炯也是黑道枭雄，抓住千载难逢的机会向旁边翻身，"噗"，子弹偏过心脏打在肩窝处，他不敢逗留继续向最漆黑处翻滚。

"嘭"，第一个花盆正砸在NF脸上，第二个花盆则被他一拳打碎，连脸都不擦，任凭额头上的血往下流，持枪连续射击。

郑阳接连不断地抛花盆，当扔到第六个时NF终于发怒了！

NF 意识到先前犯了错误，不该省那一枪，如果当时把郑阳立毙于地绝对不可能有现在的麻烦。

作为超一流杀手，要在瞬间计算出所有可能并制定相应策略，只要疏忽其中一个微小的环节就会酿成灾难性后果。

很明显，现在正是自食其果的时候。

要杀蒲桑炯，必须先干掉这个老在中间坏事的家伙。NF 猝然转身连开两枪，郑阳早有准备，身体向外侧跃出，滚了两圈躲到花坛下。

几十米外蒲桑炯终于找到一辆摩托车，稍稍拨弄几下发动车子"呼"地跑出好远。

追不上了。NF 恨恨地想，不禁动了真怒。

作为职业杀手，杀人不过是完成任务，NF 很少掺进私人感情，爱与恨，喜与怨，在杀人过程中都是不存在的。

可今晚他那颗静如止水的"禅心"产生了波动，他特别特别痛恨这个像牛皮糖一般纠缠不休的家伙，明明技不如人，为了营救别人竟不惜以自己的生命相拼，太不可思议，太让他感到恼火！

"噗"，一枪将花坛打掉一个角。

"噗"再一枪，又扫掉一大块，形成一个豁口。

郑阳避无可避，团身翻出去闪到楼下的汽车后面。

以汽车作掩护是最愚蠢的选择，长期在欧洲活动的 NF 自有一套独特的方法，他狞笑着，双手持枪一步步靠上去。

"哗"，不知哪个缺德鬼突然从楼上泼下一盆凉水，将 NF 从头淋到脚。

这一瞬间 NF 全身一颤，脸上肌肉宛如颜料破裂般四下迸散开来，形成一个既惊讶又恐慌的真实表情。

遗憾的是郑阳无暇顾及这难得的一幕，如离弦之箭冲了出去，转眼便消失在黑暗中。

NF 久久伫立在楼下，轻轻吐出嘴里的水，又摇头甩掉头发间、耳朵、鼻孔里的水，脸上肌肉一点点重新汇聚，变成那副古怪而生硬的模样。

追蒲桑炯？追牛皮糖？

不，NF 什么也不想做，只想找个地方安静一下。

今晚他要考虑的事太多，太多。

第二十五章　迷离往事

华灯初上，老城区西街口的曹五大排档热气腾腾，这个时段过来吃的都是熟客，无须说得太详细，吆喝一声"蚬子、杂烩、肥肠"，摊主便心领神会，过会儿韭菜炒蚬子、红烧肥肠，还有满满一海碗肉皮鸡肉鹌鹑蛋烧的杂烩便端到桌上，至于酒，几大箱摆在门口，要喝什么自己动手，结账时说一下就行了。

王小安像往常一样坐在最靠墙的位置，独踞一张小方桌，两个菜，一瓶啤酒，借着灯光边喝边看当天的晚报，偶尔瞟瞟几米外的电视，厮磨到第二轮夜市火爆起来时走人，回家洗澡睡觉。

王小安正聚精会神看一则关于警方严厉打击黑势力的新闻，右手伸过去拿啤酒杯，突然却摸了个空，不觉一愣，抬头看时眼光与郑阳对了个正着，郑阳冲他微笑着，手里转着那只啤酒杯。

"晚上好。"郑阳说。

王小安惊出一身汗，第一反应是想起身逃跑，屁股还没离座，一只铁钳般的手便重重压在他的肩头。

"老实一点，不然要你好看！"郑阳贴着他的耳朵说。

"你……你……怎么找到我的？"

郑阳笑了笑，城西派出所费所长与他同一批参加工作，又同一批晋升为所长，惺惺相惜，平时私交不错。所以当郑阳打电话请他了解辖区内有无王小安这个人，他半句废话都没说，十分钟不到就反馈出查询结果，最后加了一句话：

哥们，论纪律我是错了，不过论良心我敢断定你不是那种人，以后能帮上忙的尽管找我！

郑阳是轻易不动感情的人，可听到这句掏心窝的话顿时热泪盈眶，联想到脱逃时的那把钥匙,他真正体会到什么叫公道自在人心,什么叫邪不压正。

"只要我想找的人,从来没有找不到的。"郑阳虚虚实实地说。

王小安鼓足勇气说:"你已不是警察,相反警察还在抓你,你无权审问我。"

郑阳冷冷道:"正因为我不是警察,才能采用超过警察范畴的手段……记得齐哥吗?昨天被我捅了三刀,六个洞!"他在王小安小腿上比画几下,"希望我们的会谈在友好的气氛中进行,不然……"一柄雪亮的刀尖在口袋边晃了晃。

王小安打了个寒噤。

"说说那天晚上的事吧,为什么找齐哥?为什么那么狼狈?"

"我跟别人打架的,把人家打残了。"

"为什么打架?"

"不为什么,多喝了几杯,一时冲动。"

郑阳点点头,看着大街出了会儿神,慢慢道:"看来不给你颜色你是不会说实话了。"

"我没骗你。"

"那天晚上你的行动是蒲桑炯安排,这一点齐哥已经确认过,只是你把事情办砸了,怕遭到惩罚才跑出去。"

"不是这样的……"王小安惴惴不安辩解道。

"你知道方仁冲的儿子是干什么的?特种部队高级教官!他发起威来能掀翻一座城市!告诉你吧,他已回到郭川,目前就在追查他父亲的死亡真相,如果知道与你有关,自己想一想后果吧!"

王小安情急之下脱口而出:"反正我没有直接参与那件事!"

"没有直接参与?好,那你说说哪些人直接参与的。"

"邰子俊。"

郑阳心头一震,暗想说来说去还是邰子俊,所谓医疗事故果然大有问题,遂道:"你该不是把罪行都往死人身上推吧?"

王小安委屈地说:"说假话挨骂,说真话你又不信……那天晚上邰子俊亲手把足以致命的药渗入输液瓶,然后眼睁睁看着方仁冲死去,再趁混乱把输液瓶换掉……"

十多年的秘密被一言击破,郑阳激动得难以自制,停顿了好一会儿等呼吸平息下来才问："仓促之间从哪儿找到药？"

"这一点子俊才说不清，当时他十分紧张，只知道一摸白大褂里面就有一包药，剂量刚好适中。"

"谁指使他干的？是不是你？"

"不，我没有……"

郑阳哼了一声："你还是不肯说实话？你跟他是好朋友，这种绝密的大事当然由你出面。"

"好朋友是小时候的事，后来他考上大学，平时都跟有水平有学问的朋友交往，根本看不上我这种拎不上台面的人，凭我的面子找他下毒害公安局长？想都别想……别看子俊后来一副窝囊样，当时心气儿很高，很少拿正眼看人，不过有一个人例外……"

"谁？"

"滕晶。"

郑阳恍然大悟："滕自蛟的女儿，难道滕晶是他的女朋友？"

"单相思而已，滕晶比他小四五岁，正在上高一，滕自蛟请子俊为她补习功课，一来二去混熟了，开始是老师和学生的关系，后来逐渐串了味，滕晶变成骄蛮的小公主，对他指手画脚，可怜的子俊昏了头，跟在她后面言听计从，像个忠实的奴才……"

"因此当她要求邰子俊投毒暗害方仁冲，他根本没有拒绝的余地，一口答应？"

王小安叹了口气："后来我骂他太傻，摆明了被她利用，他说那天晚上滕晶在电话里许诺过，一是给一笔巨款，二是方仁冲一死就嫁给他。子俊一听热血沸腾，完全不考虑后果，也忘了害怕，几分钟时间就把方仁冲给干掉了……再后来子俊在晋东城躲了几年，正好遇到我，两人合计郭川这边应该没事了，不如悄悄回来过几天安逸日子，郭川这么大，只要安分守己不至于被人发现……"

"回郭川后邰子俊有没有要求滕晶履约？"

"钱倒是给了，60万，但随即她就失了踪，直到……大概是四年前，子俊无意中在街头碰到过她，没等他开口她就抢着说我知道你想说什么，可现在不行，我必须隐姓埋名生活，只要我存在一天，蒲桑炯就不敢对我爸爸下手。说完这席话没等子俊反应过来就匆匆消失在人群中……"

第二十五章 迷离往事

郑阳细细咀嚼他的话，然后道："好，现在再说你，那天晚上蒲桑炯到底要你干什么？"

王小安面无表情地看着郑阳。

"事情已经过去十多年了，我和方晟只追查主犯，因此……即使你犯了什么过失也无碍大局，我们只想弄清那天晚上究竟发生了什么。"

王小安咬咬牙，一把夺过啤酒杯倒满了一饮而尽，抹抹嘴道："说就说，没什么大不了……那天晚上蒲哥让我到月亮湾咖啡厅前面一条街拦截一个人……城西这块地方四通八达，蒲哥在六个路口都安排了弟兄，我只是其中之一……"

郑阳打断道："拦截谁？"

"郑……郑娆娆。"

郑阳悚然一惊，全身汗毛倒竖。

他无论如何也没想到姐姐真被卷入方仁冲事件，这一来她的失踪更透出不同寻常。

"郑娆娆……"郑阳咬紧牙关道，"她跑到咖啡厅跟方仁冲谈什么？蒲桑炯为什么拦截她？"

王小安惊讶地说："她去的方向不是咖啡厅，也不是见方仁冲，蒲哥是不想她见到纪大嘴。"

"纪大嘴是什么人？"郑阳发现这件事越来越复杂，牵涉的人也越来越多。

"你不知道？城东纪大嘴，当年郭川道上响当当的人物，他的手下主要是城东砖窑一带的工人，打起架不要命，青藤会跟他们冲突过好几次，每次都是两败俱伤，蒲哥对他十分头疼。"

"郑娆娆怎么认识这么个人的？她见他干什么？"

"不知道，反正蒲哥下了死命令，绝对不能让两个人会合，否则青藤会将有灭顶之灾，蒲哥还强调说谁办砸了就要谁的脑袋。"

"这么说郑娆娆是从你守的那条街经过，可你没拦住？"

王小安垂头丧气道："别提了，刚才我已说过，晚上多喝了几杯，一时冲动跟别人打架，结果眼睁睁看着郑娆娆骑车从街上过去……我一想回去也是死，就跑到齐哥家借了点钱躲到晋东城。"

"……纪大嘴见到了郑娆娆？"

"大概……大概没有吧，后来青藤会好好的，反倒是纪大嘴被抓起来判了无期徒刑，不知现在放出来没有。"

郑阳目不转睛盯着他，王小安在逼视下有点不安，心虚地将目光移到别处。

凭平时的办案经验，郑阳感觉王小安在拦截郑娆娆这一段撒了谎，但是否有碍大局，对整件事影响有多大，暂时不得而知。理论上讲下一步找纪大嘴是第一要务，也许他知道郑娆娆的下落，以及那天晚上的谜团，可王小安身上一定还有说不清道不明的秘密，否则滕自蛟不会没事找事。

放不放王小安回去呢？这一马放出去没准要溜得无影无踪，再想找可就难上加难了。郑阳左思右想，举棋不定。

这时一辆110巡逻车沿着路边缓缓开过来，王小安目光游离不定若有所思。

"警官，我举报！我要举报！"

趁郑阳一愣神的工夫，王小安如猴子般蹿出去，郑阳翻手一把捉住他的袖子，王小安奋力一挣，边跑边朝着警车大喊。

警车立即刹住，一个浓眉大眼的帅小伙子从窗口探出头，威严地问："什么事？"

郑阳仓促之间不知如何是好，一时僵在座位上。

王小安一指郑阳："他叫郑阳，是在逃犯，身上有凶器。"

小伙子抬头与郑阳四目相对，郑阳一愣之下差点叫出声来。

他就是城南派出所费所长。

费所长迅速收回目光，冷冷道："郑阳是谁？你怎么知道他是在逃犯？你跟他什么关系？"

王小安被乍然而来的三斧头打懵了，吃惊道："他……他也是警察呀，好像是哪个派出所的所长……"

"警察怎么会是在逃犯？谁告诉你的？"

王小安差点把舌头咬破："我……他明明……他杀了邰子俊！"

"邰子俊又是谁？"

"邰子俊是……这个……那个……"王小安发现无论怎么解释都会将自己绕进去，心中后悔不迭，不该为了脱身搞这种小动作，再回头看时郑阳已不见了。

费所长逼问道："是什么？"

王小安仿佛从梦中惊醒过来，反手狠狠扇了自己一个耳光，苦着脸道："对不起警官，我喝多了，刚才全是胡说八道，对不起，对不起。"

费所长哼了一声开车离去。

20多米外的巷子里，郑阳紧紧贴在拐角处目睹了费所长为自己解围的全过程，不觉松了口气，全身已被冷汗浸湿，晚风吹过，无由来地连打几个寒噤。

王小安意兴阑珊将桌上的菜打包，拎着塑料袋一晃三摇朝相反方向走去，不久便消失在夜幕里。

"我到哪儿去呢？"

自己家和刘璐父母那儿肯定处于严密监视中，系统内是有几个贴心朋友，但这种时候不能连累别人，其他……郑阳盘算了半天，突然想到一个地方——永兴小区，方晟与岑冰冰的爱巢。

这是岑冰冰专门用来接待方晟的行宫，平时从不过去住，何况两人相处十分低调，从未在公共场合露过面，因此不会被警方掌握。

今晚能睡一个好觉了，郑阳笃信悠悠地想，穿街走巷，很快来到兴化小区，先在周围兜了一圈，没发现暗哨或可疑情况，这才从靠墙的小路过去。

30米、20米、10米……

郑阳陡然止住脚步。

楼下停着一辆外形优雅的银白色奔驰，与岑冰冰开的那辆一模一样。郑阳不甘心，绕到另一侧看车牌号，果然是她的车。

再看楼上，屋子客厅里居然亮着灯。

难道岑冰冰突然心血来潮搬到这里住？这可不是一个好消息。

郑阳正自怨自叹命苦，突然楼梯间跑下来一个女孩，一身黑裙，扎着马尾辫，捂着嘴直奔那辆奔驰，上车后立即发动，如箭一般冲上车道。

咦，这不是岑冰冰吗？她这是怎么了？

没等郑阳琢磨出怎么回事，楼梯间又冲下一人，看着扬尘而去的车子连连顿足。

"方晟！"郑阳悄然掩过去轻声叫道。

方晟吃了一惊，回头见是郑阳，焦急的脸上露出笑容，两人连续击掌数下，为劫后重逢而庆贺。

"刚才演的哪出戏？"郑阳边上楼边问，"谈崩了？"

方晟叹了口气:"还……还没捞到说一句话。"

"那她为什么急匆匆离开?好像很生气,很伤心的样子。"

"喔,她哭了吗?"

"没看清……喂,你说清楚点好不好,别让我打哑谜。"

"我们……我们……发生了一点误会……"

"嗯,误会,接着说。"

"我和格蕾丝昨夜重新抓到滕自蛟后就住到这里,然后……就在几分钟前冰冰突然过来,她一开门正好看见……看见……"

方晟脸上居然露出少有的忸怩之色。

郑阳更好奇了:"说,快点说,她看见了什么?"

方晟又叹了口气:"我和格蕾丝正在……接吻。"

"啊!"

郑阳一脚踏了空,险些栽在楼梯上。

第二十六章　香艳一吻

刚踏入这间屋子时，方晟觉得疲惫、困倦、懈怠，唯独没有欲望；躺在床上临睡前想着第二天如何审讯滕自蛟，如何与刘璐联系打探消息，唯独没有想到与格蕾丝发生浪漫。

方晟一向认为自己毫无情调，也不讨女孩子喜欢，是战场上的勇士，女人面前的懦夫。

然而最不可能的事偏偏发生了，又偏偏被岑冰冰逮个正着，两个人生中最小概率事件奇妙地组合在一起，只能说是天意。

一开始是按计划行事的，方晟利用小区里最喧嚣的时间段——学生放学回家，把电视声音调得很高，然后单独对滕自蛟审问，短短两小时内让他经历了地狱般的生死轮回。

滕自蛟头一回领教了世上竟有这般令人生不如死的酷刑，头一回产生厌世之感，头一回体验到最不堪忍受、最难熬的痛苦。

然而即便如此，滕自蛟的忍耐、意志和心机之深仍出乎方晟意料。尽管处于极度难受、接近崩溃的状态，但他内心深处始终坚守一条：坦白交代肯定死路一条，抗拒不交还有一线生机。

滕自蛟有自知之明，这么多年犯下的罪孽太深太深，不可能奢望被宽恕。

但他深知谈判与博弈的法则，只在一个问题上做出详尽的回答，那就是录音带绝对出自金小咪之手。

"她是辛德诺集团全权代表，与蒲桑炯具体讨论贩毒合作事宜，有什么理由偷录谈话？这不是给自己套上绞索吗？"方晟逼问。

"具体原因我也说不清，不过确实如此……"滕自蛟唯恐他不信自己又得遭罪，连忙讲述具体情况。

那天晚上滕自蛟去过海天大酒店，不是参加欢迎晚宴，而是蒲桑炯把手机忘在家里，一直"嗡嗡"响个不停，他担心耽误大事，特意与蒲桑炯联系后开车送过去，当然他也想看看那位金小咪——为何能将老大迷得神魂颠倒。

到酒店时晚宴已经结束了，蒲和金小咪、乔闭门密谈，萧连则一个人坐在大厅打盹。滕自蛟本想把手机交给萧连后回家，萧连好容易捉到说话的伴儿哪里肯放，拉着他絮絮叨叨谈了很多，直到三个人满面笑容出来。几个人在大厅里闲聊了几句，金小咪突然说哎呀，手机扔在沙发上了，稍等，我回去拿。萧连正在服务台办理住宿手续，蒲桑炯想代劳她坚决不肯，一个人跑进去。

滕自蛟看看蒲桑炯关切的样子，料想他还是不放心，遂追了上去，走到他们会谈的包厢门口，却见金小咪正蹲在沙发面前从底下摸出一只小小的、黑色的、状若U盘的东西，慌慌张张塞进包里。

这绝对不像手机！

他一愣，赶紧退后几步大声咳了两下，还没到门口金小咪就迎出来。

"手机找到了？"他故意问。

金小咪点点头。

下楼时滕自蛟一直暗暗琢磨这件事，本来就是猜猜而已，并不奢望能找到答案。

由于金小咪和乔都持着境外护照，住宿手续上有点啰唆，萧连不得不回来叫金小咪和乔，蒲桑炯也陪着过去，而她的手提包却落在座位上。

千载难逢的好机会！

滕自蛟先是尽力控制自己的好奇心，然而服务台那边服务员又是打电话，又是调电脑记录，手续迟迟没办好。

管他娘，看看再说，大不了扔回去！

他想着，果断伸进包里将U盘状的东西翻出来，目光所及顿时一惊，因为上面很清晰地印着一个单词：BUG。

滕自蛟虽不懂英语，但他走私过境外违禁品，其中包括窃听器，窃听器的英文名为BUG，就是臭虫的意思，特别好记。

金小咪偷录与蒲桑炯的谈话！

他脑子里嗡嗡作响，当下不多考虑，直接将窃听器揣入怀中。

又过了会儿终于办妥手续，金小咪回来后只摸了摸包，并没有仔细查看。

回到家打开一听，内容倒没什么新意，主要是接受辛德诺启动资金，开拓新疆到内地的贩毒路线，同时整合原来低端贩毒渠道，加强与沿途区域黑社会横向联系等问题。这些事蒲桑炯早在他面前吹过风，属于老调重弹。

金小咪为什么偷录在他们几个看来并不算秘密的谈话？

莫非想交给警方？滕自蛟很快否定这个最不现实的想法。须知论起罪来金小咪应该是主犯，尽管有美国国籍作掩护，可一旦被引渡回去，作为贩毒犯同样没好果子吃。

除了作为证据，其他还有什么用途？

滕自蛟想破头都没得出答案，但出于谨慎习惯，还是将窃听器藏匿在一个非常隐蔽的地方。

谁知第二天警方突击查封商务会所，除了蒲桑炯、萧连，青藤会上下被一网打尽。警方提审他时无意中提到录音带的事，他灵机一动，声称自己是录音带的真正持有人，从而引起安图生关注，然后向EDG通报，再然后引来FBI。

听完这席话方晟微一沉吟："既然对金小咪的行为产生怀疑，为何不立即向蒲桑炯报告？"

滕自蛟苦笑："说什么？说金小咪窃听谈话？窃听器又不是当场从她包里搜出来的，蒲桑炯能相信吗？在他眼里金小咪是天上的太阳，我不过是地上的爬爬虫，不好触霉头的。"

"你从金小咪包里取出窃听器然后藏到一个谁也不知道的地方，也就是说除了你没有第二个人接触到窃听器，那么警方收到的录音带片断又来自何处？"方晟咄咄问道。

"这个……"滕自蛟一时语塞，搪塞道，"也许，也许我没注意，金小咪可能放了两只窃听器……"

"照你这么说，警方手中的录音带是金小咪寄的？"

"好像又……又不大可能……"

方晟冷冷一笑，"这件事你由头至尾都在撒谎！"方晟喝道，"你手里没有完整的录音，也不知道它从何而来，你根本就是在蒙蔽警方和FBI，梦想弄假成真躲到国外去逃避法律制裁！"

滕自蛟闻言挺直腰道："我承认我在很多问题上说了假话，但绝没在录音带这件事上说谎，否则骗得了一时能骗一世？FBI那帮人又不是呆子，办引渡手续时肯定要我先交出东西，验完货后才带我出去，到时候你不妨参加旁听，如果 FBI 允许的话。"

方晟瞪着滕自蛟，滕自蛟毫无惧色与他对视，两人相互逼视谁也不退缩。

良久，方晟点点头道："好，你有种，最好等到双方交接时你的嘴还这么硬，否则，你明白后果。"

滕自蛟微微一笑："你不会失望的。"

方晟哼了一声，解开束缚将他放平到床上，左手腕与右脚踝分别固定好，然后回到客厅。

"一无所获？"格蕾丝似乎早有心理准备。

"他只解释了金小咪与录音带的事，包括一些生动而有趣的细节，感觉不像在编故事，否则他就是一个高明的剧作家，"方晟道，"可金小咪有什么理由窃听？"

"也许是一种特殊嗜好，我遇到好几例类似案件，凶手随身携带微型摄像机将整个犯罪活动完整拍摄下来，事后津津有味地欣赏，据说有人能因此到达性高潮。"

"从掌握的资料看金小咪应该是位聪明而善于把握机会的女人，不然怎会在众多侍应生中脱颖而出获得占姆士的青睐？这种女人懂得如何处理嗜好与犯罪的界限，她不会无缘无故做某件事，正如不会无缘无故回避某件事。"

"男人们都欣赏聪明的女人？"格蕾丝诘问道。

方晟一滞："我想……大多数男人可能更注意女人的身材。"

格蕾丝莞尔一笑："不，只有成熟男人才对女人的身材感兴趣，你没有结婚，还停留在只看容貌的初级阶段。"

"使男人成熟的不仅仅是婚姻，感情挫折也能达到相同的效果。"方晟不服气道。

"那么我比你更成熟，因为我失败了三次。"

"我想都是那些男人的错，他们总是不停地犯错误，然后再不停地后悔。"

她忍俊不禁："你除外，你是标准的中国式好男人。"

方晟做个无可奈何的表情："可是我没有享受到与之对应的，或者说意料中的真正而甜蜜的爱情……你说得对，干我们这一行好像都有类似的困难，也许是职业特点养成过于冷静现实的性格，也许是神秘的行踪让爱人产生不安全感……有时，当两人正沉浸在甜蜜的梦乡，突然来了电话，你被要求立即返队执行任务，可却说不清楚到哪儿去，办什么事，何时结束……时时处处充满不确定性,这是一个正常家庭的大忌。"

"作为女特工还需要加一条,随时听从指令担任某人的女儿、秘书、情人,骚扰不可避免,很多时候被赤裸裸地挑逗,大庭广众之下被用力搂抱、亲吻,你不能生气,因为对方可以解读为任务需要,或者是表演太投入,不过,"她顽皮地眨眨眼,"有个家伙自以为我不敢惹他,居然从背后袭击,猜猜我做了什么?"她起身示范,将小腿向后一撩,"就这一下,他足足疼了四十分钟没直起腰。"

方晟下意识双腿并拢:"看来做你的搭档具有很高的风险性。"

格蕾丝嫣然笑道:"那得看是谁,换做你的话,这一脚能不能踢中都是问题。"

"我不会做没把握的事。"

"难道你从没试过冒险?"

两人目光剧烈碰撞一下,随即各自避了开去,显然,说到这个地步已超出普通搭档应有的尺度,再向前一分便是悬崖绝壁。

在秘密行动中男女搭档是柄双刃剑,一方面能充分调动能量,高质高效完成任务,另一方面倘若两人关系超出同事甚至朋友的界限,行动中患得患失、牵挂太多,会直接导致行动失败。

外面刮起了大风,厨房窗户"咣"的一声重重关上,方晟吓了一跳,弹簧般弹起来与格蕾丝同时冲到厨房门口,见无异状才舒了口气转身,却与她撞了个正着。

格蕾丝蔚蓝色的眼睛如软软的潭水清彻见底,挺直的鼻梁,温润的嘴唇,还有身上若有若无的香气……

不知谁先主动,也不知谁做出过什么暗示,两人突然紧紧搂在一起,双唇水乳交融……

从深入骨髓的甜吻中回过神来,方晟索性不管不顾地沿着她的颈脖一路吻下去,格蕾丝呻吟一声,喃喃道:"太疯狂了……"

"我就想疯狂一回。"方晟说着,嘴唇已移到她雪白的胸口。

这时防盗门陡然被人打开,岑冰冰出现在门口——

其实以方晟与格蕾丝的警觉,从钥匙插进锁眼到打开门足以做出很多防范动作,然而两个因素使他们浑然不觉。一是电视音量太大,本来是掩盖谈话的;二是两人太投入,太忘我,这一瞬间根本顾不上危险因素。

岑冰冰现身的一刹那，方晟从格蕾丝怀里愕然抬头，屋子里仿佛时间停止流动，变成了一个冰雕世界，三个人均呆若木鸡。

格蕾丝看着方晟，方晟看着岑冰冰，岑冰冰先看看方晟，再将视线移到格蕾丝脸上、身上。

"冰冰……"方晟嗫嚅道。

岑冰冰苍白冷淡的脸上仅仅闪过一丝失落，旋即恢复傲慢的神色，目光在两人身上再度转了两转，返身出门并关上防盗门。

她关门的声音果断，力度适中，没有包含任何不悦或愤怒的情绪。

"冰冰！"方晟忙不迭地要追。

格蕾丝从身后拉住他："方，你想让整幢楼都知道这件事？"

方晟一怔，倒退几步一屁股坐到地上，脸上忽儿怅惘，忽儿懊恼，忽儿担忧，忽儿自责，内心天人交战，最终还是咬咬牙追出去。

不想没追上岑冰冰，倒意外碰到郑阳。

郑阳听完他的叙述先是呆了几分钟，然后爆发出一阵大笑。

"很幸灾乐祸是不是？"方晟恨恨道。

郑阳笑道："反正你早就想跟她分手，这样不是水到渠成吗？"

"可……可……"

"是不是觉得以这种方式结束恋情很丢脸？本来你站在正义一方，这样一来反成了负心汉，并且在属于她的房子里偷嘴，换了刘璐恐怕不是负气而走，而是把你们全部赶出去。"

方晟双手一摊道："当时，当时我们像中了邪……老实说我也不知道怎么回事，一切在毫无预兆、毫无准备的情况下仓促发生了，郑阳，你不会有那种体验，当与搭档经历重重磨难，经历生与死的考验后，有种很特殊、很微妙的情感在内心滋长，你可以视同她是世界上最值得信赖的人，至少在这个阶段……"

"我懂，这是朋友加战友的感情，但不意味着你们能上床。"

"我们仅仅在接吻……"

"这是上床的前奏，大家都是成年人，明白自己要做什么，"郑阳打趣道，"或者你可以解释成任务需要。"

"去去去，哪有心思跟你开玩笑，"方晟烦恼地说："以前执行任务从来都是心无杂念，唯独……这是我第一次想犯作风错误，可是我这种人就是命苦，才出手就被活捉……"

"应该叫未遂。"

"滚你的吧。"

两人说着上楼，刚推开门就见格蕾丝衣着整齐地站在两个大旅行包中间。

"这是干什么？"郑阳惊讶地问。

"准备撤离，"格蕾丝平静地说，"难道等她带警察来堵门？"

方晟一犹豫："按说冰冰不会……"

"这种局面下我不相信任何人。"格蕾丝道。

郑阳道："撤就撤，小心驶得万年船，正好我有一大箩筐话要告诉你。"

第二十七章 从头梳理

月凉如水,冷冷洒在北关大桥,将桥下平房前的沙土地映得一片银白。

方晟和郑阳并肩坐在河堤上,夜露打湿了他们的头发、衣服,一个个小珠点泛着亮光,像是珍珠披肩。

滕自蛟被关在桥下平房里,格蕾丝坐在对面看着他。这里原是修桥的建筑工人住的,由于工程结束后验收不过关,建筑方怕需要返工没敢拆除,平房一直空着。这里最大的好处是进可攻退可守,实在不行还可以水遁,唯有点不高兴的是格蕾丝,她没法洗澡。

"必须从头梳理当年发生的事,"交换完彼此掌握的情况后方晟说,"之前我们总是孤立、片面地看待问题,事实上那天晚上很多人参与那起阴谋,滕自蛟只是充当了出头鸟。"

郑阳将手指关节捏得格格直响:"我真没想到娆娆也成为其中的牺牲品,那天晚上她到底有没有见到纪大嘴?后来又有什么遭遇?她到底是否活在人世……"他一阵哽咽,眼中闪着晶莹的泪光。

方晟拍拍他的肩,沉吟片刻道:"我们不妨做两个假设,一是我爸爸已查到滕自蛟、蒲桑炯与黄永泉甚至更高层面官员的内向联系,二是娆娆的行动经过我爸爸暗中授意。只有这两个假设成立,后面的事才解释得通。"

"我相信这两点都实际存在。"

"我爸爸到月亮湾咖啡厅干什么?纸条上写得很清楚,他与娆娆约在那儿见面,但绝不是某些心理阴暗的人所妄测的存在暧昧关系,相反他们准备揭出一个重大秘密,因为娆娆要从纪大嘴那里得到足以毁灭滕、蒲、黄或更多人的证据……"

郑阳接道:"然而王小安出了岔子,使娆娆的行动脱离青藤会监控,这种情况下为预防万一,滕自蛟只得铤而走险开车去撞你爸爸,然后通过滕晶指挥郅子俊投毒，当然这个过程中万文暄也有配合，联手伪装了一起医疗事故……"

"把纪大嘴投入监狱是最后一个环节，他本来就是黑势力头目，身上难免有些不清不楚的事，再罗织些血案，一下子判无期徒刑，至于他握有的罪证恐怕在搜捕中已落到那帮人之手了，"方晟说，"郅子俊、王小安都担心被灭口而逃之夭夭，滕晶也蹊跷地失踪了，不过她可能还担负着一个重要任务，那就是牵制蒲桑炯等人，因为不排除有人把黑手伸到监狱，他们之间也存在尔虞我诈。"

"我最关心的是娆娆，她到底见到纪大嘴没有？后来又发生了什么？"

"这就是今晚要做的，"黑暗中方晟的眼睛炯炯有神，"我们先找王小安，再找纪大嘴，把他们抓回来跟滕自蛟对质！"

"对！"郑阳兴奋道，"三个人面对面，不信他们不说实话！"

方晟陡然想起件事："还有个问题，到时不妨顺带问一下滕自蛟，他与岑冰冰是什么关系。"

"什么？他们俩……"

"刘璐查到两人有过通话记录。"

郑阳把"情人"、"小蜜"、"金丝雀"等类似字眼咽回肚里，默默点点头。

两人说干就干，简单与格蕾丝交代了几句，她无可无不可，但声明说如果天亮前看不到他们就会单独将滕自蛟转移他处。两人应允，直奔城西旧城区王小安租居的陈家巷。

夜，一点零五分，微风，淡月。

陈家巷前面主干道大街两端各停着一辆110警车，街面上空无一人，显得宁静而空寂。

方晟和郑阳不敢硬闯，沿着墙根下的树阴绕到后面一条街，翻过低矮处一段围墙进入城西中学，横穿至学校后大门便可斜插到陈家巷，虽远了点，但很安全。城西中学是两人的母校，整个中学六年都是在这里度过的。

月光下校园的夜色庄重而文雅，仿佛一位学者在静静思考，酝酿一篇气吞山河的著作，又仿佛高考临战前的莘莘学子，挑灯夜战作最后的冲刺。

"喂，当年我们在这里年复一年潜心苦读的时候，可曾想过有朝一日如丧家之犬般鬼鬼祟祟蛇行？"郑阳道。

方晟慢吞吞道："不瞒你说，我真预见过这种下场，包括设想跟滕自蛟在大操场决斗。"

"哼，以决斗方式死亡是便宜他！"

"所以我们必须抓到蒲桑炯和金小咪，那样 FBI 将毫不犹豫地放弃滕自蛟。"

郑阳停下脚步："万一抓不到呢？"

"抓不到？"方晟哼了一声，"滕自蛟是我的，谁也抢不走。"

"你是想……"

"格蕾丝能玩失踪，我就不能？如果有一天我失踪了，肯定带着那个老东西！不把他的实话榨出来我不姓方！"

郑阳松了口气："嘿嘿，我还以为……"

方晟瞪着他道："以为什么？"

"以为你尽想着跟她接吻，把正事忘到脑后了。"

"去你的！"

方晟伸手推他，却见前面飞奔过来一个人，此人越跑越近，到了十多米外终于看清他的模样：

蒲桑炯！

郑阳热血沸腾，虎地扑上前低喝一声："站住！"

蒲桑炯一抬头，脸上尽是恐惧和绝望，看见郑阳甩手就是两枚飞镖，郑阳身体后翻躲了过去，蒲桑炯急急夺路而逃。

郑阳起身要追，方晟一把拉住他。

"干什么？我们追得上的！"郑阳焦急道。

方晟沉声道："你想想，谁能让蒲桑炯怕成这样？"

郑阳一愣："NF？"

方晟正欲说话，突然脸色一变，将郑阳撞倒在地，自己也同时趴下。

"噗"，一颗子弹从两人中间飞过钻入草丛。

"真是他？"郑阳低声问。

"不是冤家不聚头。"

"他妈的，我们倒为蒲桑炯做掩护。"

因为无法判断 NF 的位置，两人伏在草丛间一动不动，与对手磨意志比耐力。

"怎么感觉到他要开枪？"

方晟道："被枪指着的感觉很特别，说了你也不懂。"

"嗤，"郑阳不相信，"你的枪呢？"

"子弹有限，得到关键时候用。"

"开什么玩笑？碰到欧洲第一杀手是性命攸关的大事，还不算关键？"

"等见到他再说。"

"噗"，又一颗子弹擦过郑阳的背部射入草丛，他惊出一身冷汗。

"别动！"方晟喝道。

郑阳委屈辩道："我没动。"

"刚才你的脚摩擦了地面。"

"有点痒，蹭了蹭，怎么了？"

"NF使用的高倍红外瞄准器，任何风吹草动都在他监视之中。"

"他妈的，难道一直趴着跟他耗下去？"郑阳骂咧咧道，"他干脆跑过去追杀蒲桑炯好了，干吗找我们麻烦？"

方晟以奇异的姿势伏在草丛里，双手不停地忙乎，应道："他要扫清一切障碍。"

"上次我就觉得奇怪，蒲桑炯不是逃出去了吗，为何不顾危险跑回郭川？"

"NF有超强的追踪能力，蒲桑炯八成是被撵回来的……也许他从某个渠道打听到王小安的下落，专门过来灭口，不料又遇到NF。"

"王小安，"郑阳出神地说，"这家伙身上到底隐藏着什么秘密，竟牵动这么多人物的关注呢？唉，上次应该多问问……"

方晟长长喘了口气："好了。"

"什么好了？"

"小把戏，也许没用。"方晟指指地上用草编成的绳子，又指指树，眨眨眼睛，郑阳会意地笑了。

大操场还是一片宁静，但空气中弥漫着重重杀机。

郑阳不安地四下张望，咕哝道："龟孙子……在哪儿呢？"

"别说话！"方晟斥道，像猎狗般用力嗅着气味，并将耳朵贴着地面聆听。

他在运用特殊技术判断NF的具体位置，郑阳帮不上，只得懒洋洋打个呵欠，无聊地拔根小草绕着玩。

蓦地，方晟大吼一声："快闪！"

郑阳与他从小玩到大，听出这两个字的分量，当即一个翻身跃出两米开外，紧接着一个高大的身影鬼魅般出现在三四米的地方，端着枪一边冲一边射击，子弹悉数打在郑阳刚刚卧倒的地方。

"噗，噗，噗……"

月光下他的脸好像戴着面具平板而毫无表情。

两人形成默契，一个向东，一个向西分头散开，至少保证不被一网打尽。NF几乎未作停顿，直接跟在郑阳后面。

他以超一流杀手的感觉在瞬间判断出郑阳是相对较弱的一环，柿子挑软的捏，NF自然懂得这个道理。

跑出两步，NF突然感到脚下被绳子一绊。

不好！

他立刻向右侧躲避，却已来不及，前后两棵两米多高的树一齐倒下来，正好将他吞没在中间。

几乎是同时，方晟和郑阳闪电般转身，以猛虎下山之势扑了上去。

没有搏击技巧，没有招式可言，三个人在树枝、树叶和草丛间硬碰硬进行肉搏战，操场间隐隐响着"嘭、嘭、嘭"沉闷的拳头击打声。

战至酣处，NF使出弹腿将郑阳蹬出三米多远，然后一个鲤鱼打挺从树枝间跃起身，手臂一转露出一把手枪，方晟眼疾手快凌空踢中他手腕，手枪飞落到乱草丛中。NF像变魔术般左手又亮出手枪，郑阳在一旁看得明白，猛身而上重重撞在NF身上，两人再度倒到草丛间。

然而这回形势又有很大的不同，刚才NF始终被压在乱糟糟的树枝下，看不清周遭情况，无法发挥自身优势，现在他虽然摔倒了，身体却压在树枝上，可以施展层出不穷的招数和手段。

NF已决心免费杀人。

眼前这两个家伙都是与自己正面交手后还活在世上的警察，既反复阻碍他执行杀人任务，又使自己完美无缺的职业生涯蒙受耻辱，正好新账旧账一起算，斩草除根永绝后患。

此时郑阳真正体会到普通警察与特种部队的差距，不仅是身手，还有意识、反应、速度、变化。NF身上好像是取之不尽的武器库，忽儿鞋尖上弹出利刃，忽儿袖口里滑出匕首，忽儿嘴里射出尖钉，再加上他惊人的臂力和雄厚的体力，犹如老虎与狐狸的完美组合，使郑阳产生一种前所未有的挫折感。然而方晟仿佛早有预料，沉着冷静地将这些花招一一应付下来。如果说

NF是波涛汹涌的海浪，方晟就是岸边屹立不动的礁石；如果说NF是怒吼呼啸的狂风，方晟就是层层叠叠的防护林，徐徐化解他的暴戾与猖獗。

三人大战了十多分钟，拳影掌风中郑阳最先顶不住，紧紧憋着的一口气微微松懈，胸间、腰间、腹部便连中数拳，踉跄几步跌坐到地上，脸色煞白。

这一来所有压力都加到方晟身上，NF则士气大增，连续主动进攻，转眼间控制了场面的主动。饶是如此，方晟好似打不垮的铁人，尽管处在下风，却始终维持缠斗格局，迫得NF无暇出枪。作为杀手，欧洲第一号杀手，他的武器必定最精良，他的枪法必定最精湛，方晟宁可跟他徒手搏斗。

郑阳稍稍休息了两分钟，又鼓足干劲加入战斗。

NF脸上虽无动于衷，心里愈发恼怒，心知这样打下去只能是不输不赢的结局，而自己的主要目标——蒲桑炯又不知溜到哪儿去了。作为一名超级杀手，NF最擅长的是狙击，即埋伏在暗处，架起远距离狙击步枪和高倍瞄准器静等猎物入网，或者暗杀，乔装打扮成某个不引人注目的角色，混入目标所在场所，以迅雷不及掩耳之势猝然出手一击成功。

像今夜这般正面较量，而且是比拳脚功夫，实在是他的弱项。

"嘭！"郑阳动作一个迟滞，被一脚踹在腹部，身体瞬间力量全无，四肢张开平平扑倒在地。

NF一招得手后不再与方晟纠缠，侧转身体以后背硬生生受了方晟一拳一脚，虽疼得钻心，右半身略有麻木，但抢到难得的一秒钟——

出枪！

有枪在手NF神奇地恢复活力，返身回射！

方晟已预知他的动作，向前灵巧一扑，刻不容缓间躲开致命一枪，人在半空时也持枪在手予以反击。

NF原想抓住郑阳做人体盾牌，哪知就这短短工夫郑阳好像凭空蒸发，连人影都找不着，只得咬牙三度倒地，翻滚中与方晟展开对射。

两人均受过最严格最残酷的训练，避弹技巧、卧射翻滚亦是必修课程，与其说是生死搏杀，不如说技能测试更恰当，不过方晟心中却有隐忧。

他不敢放手一搏，因为囊中子弹所剩无几，宁可降低射击频率，也要保持对NF的威慑力。

特种训练中有句名言：永远留最后一颗子弹，或给自己，或给敌人。

NF很快发觉他的软肋，开始借助密集射击来一点点缩短两人之间的距离，这种情况下方晟只有两种选择，要么加强射击面加大防御范围，要么束手就擒。

方晟的选择出乎 NF 意料。

他选择同归于尽。

他突然从草丛间跃起，右腿蹬在树干上，身体借力腾起一米多高，居高临下朝 NF 扑过去。

这一来等于将全身都暴露在 NF 枪口下，但同时 NF 身体要害也在方晟的射程之内。以 NF 精准的枪法，闭着眼睛也能打中目标，可代价是与方晟一起死——他对方晟的枪法亦有清醒认识。

然而 NF 怎舍得死？

且不说瑞士银行账户上几近天文的存款数字，就这趟中国之行来说，他的任务不是玩命，而是体面地、干脆利落地杀掉名单上的三个人，然后全身而退去享受加勒比海的阳光、美女、红酒。

同归于尽？不，不，NF 甚至不愿意流一滴血、掉一根头发，因为那意味着自己的生命档案加入国际刑警数据库。

况且还有个牛皮糖在暗处虎视眈眈，即使躲过方晟致命进攻，负伤是必然的，那时还不成牛皮糖的天下？

因此方晟跃起腾空刹那，NF 已作出判断：不跟他玩命，躲！

NF 身体突然做了个类似瑜伽的高难度动作，扭身如游蛇般跃入身后那簇矮冬青树。

"刷"，一个凶猛而敏捷的黑影扑到他身上，双手如铁钳般掐住 NF 的脖子。

牛皮糖！

闪念间 NF 顿悟自己上当了。

方晟压根没想死，也不想跟他同归于尽，而是看准他怕死。

这是一个精巧得让人赞叹的圈套。

郑阳出手的力道奇大，完全是一副将人往死里掐的架势。NF 眼睛一黑，呼吸吃紧，双臂又被牢牢按住，只得用腰甩、用膝盖顶、用腿蹬，可不管他如何挣扎，郑阳真像牛皮糖似的粘在身上。

方晟随即扑了上去，将他手腕反扭缴下枪，然后熟练地把双臂锁成十字形并用皮带绑上……

第二十七章 从头梳理

"什么人？"十米开外几道强光光柱一闪，紧接着七八个人影围上来。

方晟与郑阳对视一眼，均有些犹豫，就在两人微微分神之际，NF 猝然爆发出一股大力，将郑阳掀翻在地，左臂把方晟推了个趔趄，急跑几步跃上两米多高的围墙，闪电般消失在夜幕下。

第二十八章　山洞迷宫

"去哪儿？"

好不容易甩掉联防队员围追阻截后，郑阳问。

"赶紧去找纪大嘴！即使这样恐怕还要落后人家一步，"方晟道，"NF和鳄鱼杀手团背后有一双无形的手在遥控指挥，当发现王小安成为我们的目标，理所当然联想到纪大嘴，所以NF行动的时候鳄鱼杀手团不会闲着。"

"那班家伙在郭川连打几次败仗，就算真有一个团的兵力也折损得差不多了吧。"

"对杀手来说，人数越少越能激发出斗志和潜力，集团冲锋不是他们的强项，相反单枪匹马暗箭伤人才是拿手好戏。"

郑阳笑道："不碍事，我到城东砖窑厂办过案，对那边情况多少了解些，纪大嘴若依靠错综复杂的地形和砖窑工人掩护，撑五六个钟头都没问题。"

"怎么讲？"

"城东砖窑厂依山而建，至少有四五十年历史，几十年来窑洞连着山洞越挖越深，形成大洞套小洞，环环相扣的迷宫式结构，别说外地人，就是当地的老工人一不小心都能走错路，有时转几个小时也出不来，因此附近居民从来不肯让孩子进去玩，万一迷了路确实有性命之忧。"

"我担心纪大嘴来不及逃就报销了。"

"砖窑厂周围住的都是吃力气饭的，爱冲动，讲义气，遇事容易抱成团，"郑阳道，"像这种热天，他们通常把饭桌搬到门口，十几户人家都边吃边说笑，纳凉到半夜才睡，这期间稍有风吹草动就会引起警觉，及时通报给纪大嘴。"

"但愿如此。"

方晟在路边找了辆摩托车，捣鼓几下便将车子发动起来，风驰电掣开到城东砖窑厂附近。此时已是凌晨三点多钟,是黎明前最黑暗的一段时间,家家户户门窗紧闭,屋里屋外没有一丝亮光。

纪大嘴住在厂区宿舍平房区402室,判刑入狱后妻子带着儿子搬到娘家,慑于他的名望,厂里没人敢动这套宿舍,一直闲置着,直至今年他提前释放,先到丈母娘家转了转,结果发现包括妻子在内个个态度冷淡,无奈之下背着铺盖住回宿舍,过起了单身生活。

两人一左一右慢慢靠近402室,走到跟前才发现宿舍门半敞着,两人一惊,均想还是迟了一步。方晟两步冲到门前,轻轻一闪便进了屋,四下搜索一番,没人!

"他跑了?"郑阳进来问。

方晟边找边看,最后目光停留在卧室朝北的窗户,两扇窗子都开着,右边一扇只剩下半片玻璃。

方晟蹲到窗下摸索了会儿,捡起一颗子弹壳,郑阳见状双手一撑跳到窗外,外面地下有一摊碎玻璃和两点血迹。

如郑阳所料,纪大嘴在杀手冲进来一瞬间跳窗而逃,因为宿舍后窗正对着后山窑厂大门,虽是深夜,大门口还有工人来来往往,杀手们担心被人发现才没有在后面安排狙击手。

毫无疑问,纪大嘴跑进窑厂后第一选择就是钻进窑洞,倚仗独特的地形跟杀手周旋。

"方晟,有没有兴趣进去玩玩?"郑阳问。

方晟目光闪动:"我进去,你在外面守着。"

"又不信任我,"郑阳道,"别忘了我刚刚和你联手击败欧洲第一杀手,做做候补总可以吧?"

"如果两人前脚进去纪大嘴后脚就出来呢?"

"我打赌他不敢,他起码要挨到明天中午。"

方晟无奈举起手:"行,陪你赌一把。"

正对面山壁中排列着六孔窑洞,其中四个灯火通明,工人们里里外外忙个不停,还有两孔是废窑,窑洞两侧堆了些木条、煤渣之类的杂物,洞口还长出寸许长的野草。

"随便挑一个吧,二者必居其一。"郑阳说。

方晟在两个洞口转悠了会儿,指着右侧窑洞说:"这边野草上有被踩踏的痕迹，应该是纪大嘴留下的，走这个洞。"

洞内漆黑一团，真正是伸手不见五指，空气中弥漫着烧灼味，脚下是被烘烤得坚硬如石的山土。窑洞深处隐隐约约传来"哒哒哒"的声音，细听却归于寂静，只有不知从哪儿刮来的山风在甬道回荡。

方晟打开微型电筒，只亮了两三秒钟即关掉，趁这短短工夫他已大致看清洞内结构：窑洞分外洞和内洞，外面是操作室，空间较大，主要用于储备原材料和工人们休息，内洞专门用于烧制砖瓦，洞口与外洞成45度斜角，既便于工人自如进出，又避免外洞的风吹进去。外洞东北角有个半人高的矮洞，干草、木条、树皮散落了一地，说明这本来是个暗洞，刚才纪大嘴逃命要紧，将掩饰之物全部掀翻了。

两人在黑暗中一碰拳头，从两侧轻轻靠近过去，到了洞前方晟拾根木条往里面一扔，没动静。等了会儿再扔一块煤渣，还是没动静。紧接着方晟一个前扑冲进去，"噗，噗"，两发子弹由上而下打在地上。

方晟估计会有杀手守在洞口内侧，但没想到对方居然躲在山洞上方用红外瞄准器加以狙击，这一来顿时处于被动。

郑阳在洞外看得分明，团身翻滚进去，双手甩出两只拳头大的煤渣。

杀手不知他所扔何物，下意识向旁边避让了一下。

方晟抓住这稍纵即逝的良机，右手一扬！

"笃"，一柄手指长的匕首钉在杀手咽喉正中，他发出"咕"的一声，重重摔到地上。

"怎么样，没拖后腿吧？"郑阳得意地说。

方晟笑道："口头表扬一次。"

两人分贴在山洞两侧始终沿着一个方向慢慢前进，途中又干掉两名杀手——由于在黑暗中开枪容易暴露目标，杀手也尽量避免开枪，而指望用拳脚解决问题，这给方晟极大的便利，因为论单打独斗，很少有人能在他面前占上风。

又走了一段，洞壁上开始潮湿起来，双手不时摸到青苔、小水珠和野藤蔓。

"好像到了深山区？"方晟问。

对面毫无反应。

"郑阳——"方晟微微提高声音。

还是没有回音。

方晟一惊，不顾暴露身形打开电筒一看，郑阳果然不在对面。

他暗叫不好，刚才有一段路连续拐弯，可能出现分岔道，郑阳沿着弯道拐到另一个方向去了。

这可怎么办？方晟顿时出了一身冷汗。

他并不怀疑郑阳的身手，但警校训练主要侧重于徒步追踪、擒拿格斗，说白了就是制止犯罪、捉拿活口。可 NF 和鳄鱼杀人团不同，这些人经过残酷而严格的特殊培训，招数简明实用，目的只有一个：杀人。而且郑阳完全没有夜战、山地战的经验，万一遭遇杀手凶多吉少。

回头找郑阳！

方晟立即寻着原路一步步摸索，走到一处岔道停下来辨别方向后改变线路前进。

"啪"，前面传来拍手声。

方晟轻声叫道："郑阳！"

"唔。"有人在黑暗中应道，随后快速移动过来。

方晟突生警兆，身体猛地向右侧一让，"噗"，火光一闪，子弹打在山壁上发出清脆的响声。方晟双指一弹，一柄匕首射向火光处，杀手闷哼一声，显然吃了点亏。

双方纯粹凭感觉在漆黑中交手两个回合，杀手被逼至角落里无法施展，无奈之下只得试图再度开枪，却被方晟抢先夺枪并击倒在地。

这么大的声响都没惊动郑阳，说明他不在附近，方晟又回到岔道口继续向前，还没到第二个岔道口就听到轻微的脚步声，他立即悄然贴在墙角拐弯处，屏息静气等待对方靠近。

来人脚步很轻，几乎听不到声音，在漆黑一团的情况下只能凭空气流动来判断情况。

一股微风吹过，方晟右掌竖劈，左腿横扫，两招齐发扑上前。那人似乎早有准备，拳头等在半空与他硬碰一下，另一拳狠狠打在方晟肩窝上。

"砰，砰"，方晟的脚也踹中那人腰部，两人同时闷哼一声退开半步。

"郑阳……"方晟试探叫道。

那人轻笑道："我说呢，哪个兔崽子下手这么重，哎哟，疼死我了，你小子不知道男人的腰最金贵吗？"

方晟微笑道:"反正短时间内你遇不到刘璐,多休养几天就好了。"

两人以岔道口为中心大致侦察了一遍,发现四条岔路中一条是死巷,两条循环相接,中间有若干分支,还有一条直线延伸出很远。方晟认为纪大嘴在受伤的情况下不会跑得太远,一是体力不支,二是要考虑救护问题,另外三名杀手都在附近徘徊,说明他们也大致判断出他的位置。郑阳反驳说这是特种兵的思维,纪大嘴才想不了那么多,他只知道拼命逃跑以甩掉杀手,因此极有可能进入大山深处。

正在争论不休之际,远处"噗、噗"两声,然后有人拖着沉重的身躯奔跑。

"纪大嘴被截住了!"

两人赶紧寻声跑过去,拐了两道弯迎面气喘吁吁有人过来。

"老纪!"方晟叫道,"我们是来救你的!"

前面黑影跟跄几步栽倒在郑阳怀里。

"有人……有人要杀我,有枪。"纪大嘴吃力地说。

话音刚落,"噗,噗"又是两枪,幸亏郑阳已扶着纪大嘴避到拐角处,方晟半蹲在地回了一枪。

"噗",对面杀手应声倒地。

郑阳探出头道:"恐怕是最后一个……"

"小心!"方晟喝道。

"噗","噗"。

一枪是杀手打的,打在山壁角上,离郑阳的脸不足两厘米。另一枪是方晟所发,一枪命中。

方晟上前踢了踢杀手:"臭小子,倒蛮会装死的。"

郑阳不满地说:"一直以为你百发百中,想不到也有失手的时候。"

"这就提醒你一个问题,任何时候都不能将自己的生命寄托到别人手中,"方晟道,"老纪,伤势怎么样?"

"还好,"纪大嘴道,"你们……是什么人?"

"我们是警察。"郑阳道。

纪大嘴沉默片刻,态度明显冷淡下来:"谢谢二位,我……我需要安静会儿。"

郑阳道:"你不打算跟我们说点什么?比如为什么有杀手杀你?再比如你

为何被判得那么重？"

"你们是警察，应该比我更清楚。"纪大嘴硬邦邦答道。

"这句话怎么理解？"方晟问。

"原因很简单，我这辈子就毁在警察手里。"

"所以我们来重新调查，"方晟伸出手道，"自我介绍一下，我叫方晟，方仁冲的儿子，他叫郑阳，他姐姐就是郑娆娆。"

纪大嘴眼睛一亮，惊喜地问："真的？"

郑阳出示警官证。

纪大嘴一跃而起，一把握住方晟的手："方仁冲、郑娆娆，就冲这两个名字，哪怕再上一次当也值，走，找个僻静的山洞说话去。"

"郑娆娆不是大家想象的那么坏，至少在我看来，她活泼、开朗、好打扮、爱交朋友，对一个女孩子来说错了吗？可是大家都在学习，只有你一个人贪玩，当然不行了……"

没想到纪大嘴竟以为姐姐辩护作开场白，郑阳有些吃惊。关于娆娆不学好，作风轻浮，是家庭、社会一致公认的，当时左邻右舍都这样教育孩子，"好好学习，别像郑家那个丫头，小小年纪就走上歪路。"姐姐的行为到底是错还是对，他压根没想过，总觉得板上钉钉的事，无须怀疑。

"我不认识郑娆娆，是她主动找我的，那时我很狂，根本没把一个小小黄毛丫头放在眼里，谈话时爱答不理，要不是看她长得甜早轰出去了，后来她也看出苗头，要求跟我单独谈话，并申明只说三句话，说完就走。我也想早点打发她，就答应了。谁知她第一句话就说'是公安局副局长方仁冲叫我来的，他想让你做点事。'"

郑阳与方晟对视一眼，暗想果然如此。

"我一听根本不相信，公安局跟我们的关系好比猫与老鼠，方仁冲更是主张打击黑势力和流氓团伙的急先锋，向来以强硬著称，他找我，这，这不是……"纪大嘴搔搔头，一时想不出形容词，"就是什么那个……狼狈为奸……"

"第二句话呢？"

"看到我吃惊的样子，她又说，方局长知道你们就是打打架，替人出气，不是真正的流氓团伙……"

这叫师出有名，符合父亲做事的风格，方晟暗想。

"第三句话说'青藤会不是老跟你们过不去吗？现在方局长想收拾他们，你愿不愿意配合？'"纪大嘴叹了口气，"提到青藤会我真是咬牙切齿，蒲桑炯那小子不知仗了什么势，完全不顾江湖道义地蛮干，短短几年吞并了城区近三分之一的地盘，还想插手我们城东的事……"

"你答应了？"郑阳道。

"当然，我问她怎么做，她说很简单，你知道白天鹅舞厅吧？对，老板是滕自蛟，他一直暗地买卖K粉、摇头丸和冰毒，货源大都来自青藤会，当然公安方面肯定有人罩着。你的任务……她没说完我就明白了，方局长是让我以帮派大哥身份找滕自蛟做大宗毒品生意，然后趁机摸出蒲桑炯和青藤会。我说没问题，尽管我们跟青藤会干过几次架，但生意还归生意做，我买过他们的走私品，他也从我这边弄过低价煤，不可能怀疑到我头上。郑娆娆说那就好，总之这件事一定要小心，千万不能露出马脚，还有不准对任何人提起，只能保持单线联系……"

郑阳疑道："她毕竟只是个小姑娘，凭一席话就让你轻易相信吗？"

"那怎么可能？我纪大嘴算是老江湖嘛，做事当然求稳求实，她离开后我派手下跟在后面，直到看着她走进方仁冲住的院子，第二天又亲眼见她从里面出来上学，"纪大嘴道，"第三天我手下几个因打架斗殴被关的弟兄突然被放出来，办案人员也说不清原因，只知道是方局让放的，我理解这是一个善意的信号，所以做起事来更加安心了。"

"你怎么做的？"方晟问。

"直接找滕自蛟，我张口就说有个外地朋友想拿一百万的货，要求他出最低价，滕自蛟老奸巨猾，把蒲桑炯拉出来一起谈，谈价格、谈供货方式、谈交易地点等等，反反复复谈了好几个回合，每次我都偷偷录下双方谈话作为证据，后来白天鹅发生火灾，滕自蛟被抓，郑娆娆催促我早点与蒲桑炯交易以一网打尽，可这时蒲桑炯变卦了，他要求与买主见一次面……"

郑阳道："是不是蒲桑炯嗅到了什么？"

纪大嘴摇摇头："滕自蛟落到警方手上，蒲桑炯肯定感觉到危机，因此做事比较谨慎……他提出这个要求是在饭桌上，当时我立即翻脸，说姓蒲的这是什么意思？难道我纪大嘴在你面前一文不值？再说了，朋友就是担心安全才委托我出面，他哪知道郭川的水有多深？蒲桑炯一听反而笑起来，说纪哥别发火，有话好好说，他不是担心安全吗？不要紧，让他放心大胆过来，姓蒲的以人头保证没事，如果愿意，我甚至有办法调辆警车为他开道。我撇撇嘴说蒲哥，大家同在道上混了这么长时间，彼此都知道底细，你拿这种大话吓唬人不怕闪了舌头？蒲桑炯被我一激，加上多喝了几杯，当即冷笑说纪哥，今天非得让你看看我们青藤会到底有多牛！然后当我的面拨了个电话，大致说来了个朋友，请过来敬杯酒之类。不到十分钟真有人推门进来，你们猜是谁？黄永泉！"

方晟和郑阳同时"哦"了一声，不是意外，而是为黄永泉如此堕落下作不齿，简直把警察的脸都丢尽了。

"当时我吓呆了，黄永泉看到我也很吃惊，大家随便应付几句就散了场，还没到家就接到蒲桑炯打的电话，通知我交易取消。我意识到黄永泉肯定察觉到什么，赶紧打给郑娆娆，说这件事到此为止吧，不然我准没命，她问为什么？我说原来以为单单搞蒲桑炯，现在公安局的人掺和在里面了，我怕，我不敢搅进去。她没说什么就挂掉电话，过了半小时主动打过来，说把搜集的东西准备一下，明晚六点半我去你家会合，然后一起到月亮湾咖啡厅见方局长。"

两人心一紧：案情最关键的环节终于要揭晓了！

第二十九章　飞船在天

"那天晚上……"纪大嘴长长叹了口气,"我忐忑不安地坐在家里,从下午五点一直等到八点多钟,郑娆娆始终没出现,我着急起来,直接打到她家,可惜没人听电话……"

"当时方局已经出事了,我在陪方晟。"郑阳解释说。

"我想了想,决定直接去月亮湾咖啡厅找方局,实在不行就到公安局报案,于是收拾好东西出门,刚踏出家门,几个警察便把我扑倒在地戴上手铐,我抬头一看,黄永泉正得意洋洋坐在警车里打电话,这一刹那我就明白,郑娆娆肯定凶多吉少……"

"那天她由始至终没有跟你联系,你也没有接触过其他人?"方晟慎重地问。

纪大嘴点点头:"没有……抓进去那天夜里,我才听说方局长的死讯,唉,那一刻大概没有谁比我更清楚他的死因,后来,后来黄永泉把很多跟我没关系的血案硬栽到我头上,结果判了无期徒刑,今年初因为屡次立功和表现优异而提前释放……"

"当年指证蒲桑炯和黄永泉的录音还有吗?"郑阳问。

他摇摇头:"都被搜走了。"

两人同时叹息一声,方晟见纪大嘴肩上包扎的地方还有血迹渗出,便说先出去处理伤口,接下来怎么办再商量。两人扶着他慢慢往外走,纪大嘴感慨道人老了,不中用了,以前这点伤算什么?方晟笑道江湖催人老啊。

离洞口还有一个弯道时隐隐听到嘈杂声,洞口里面十多米被照得雪亮。

"糟糕,尸体被发现了!"方晟道。

郑阳道:"这阵势八成是刑警队大驾光临,撤?"

纪大嘴一哆嗦:"黄永泉就在刑警队,他肯定不会放过我,快跑,快跑,我知道有条路通向后山。"

他的声音稍稍大了一点，回音在洞里嗡嗡直响，洞外立刻有人叫道"有人！是凶手，快抓住他"，接着响起"咚咚咚"的脚步声。

三人迅速往洞内深处跑，开始后面电筒的光柱时隐时现，渐渐在纪大嘴的指点下利用错综复杂的连环洞将追兵甩掉，又穿过两个弯道进入一条长长的甬道。

"走到尽头就是后山出口。"纪大嘴道。

方晟道："这条密道是谁修的？"

"大概是抗日战争时期游击队的杰作，很多人躲在里面逃过一劫……"

蓦地前面拐弯处闪出两个黑衣人，举枪朝他们射击！

方晟眼疾手快出枪撂倒一个，另一个杀手两枪打在纪大嘴胸腹间，郑阳奋不顾身拦到前面，右胳臂也挂了彩。

"噗"，方晟一枪击中杀手脑门，与此同时纪大嘴软软倒下去，方晟一把将他扶到背上，郑阳道："快，赶紧去医院，我有个朋友是外科主任。"说着抢到他们前面开路，一路再无杀手出现，顺利抵达后山出口。

出口前方40多米便是环城公路，郑阳扶着纪大嘴掩在树后，方晟站在路边拦车，谁知过往车辆对他的手势熟视无睹，没有一辆愿意停下来。

"世风日下呀。"方晟道。

郑阳道："可以理解，这么晚哪个司机敢让一个陌生男子搭车，继续等吧。"

说话间一辆警车冷不防从阴影中冲出来直到方晟面前，玻璃窗打开，里面赫然竟是安图生。

"我是郭川为数不多的知道后山出口的人。"安图生稳稳地说。

"安队……"郑阳叫道，从树后转出来。

安图生见他背上的纪大嘴不由一怔。

方晟道："长话短说，纪大嘴是当年我爸爸非正常死亡的重要证人，能证明黄永泉与黑社会势力相互勾结的真相，现在他受了重伤，需要紧急救护。"

安图生微一沉吟，果断地说："上车再说。"

两人把纪大嘴扶上车，方晟匆匆问："安队，FBI引渡滕自蛟的谈判进行到哪一步了？"

"这正是我到这里守候你们的原因，时间很紧张，目前高层已原则上同意让滕自蛟出去，前提是他没有涉及重大案件，具体细节还在商谈中。"

方晟双拳捏得青盘毕现，沉重地说："我懂你的意思，谢谢。"

"安队，有蒲桑炯的下落吗？"郑阳试探地问。

"有，昨天扫毒组接到线报，有个南美人在串东湖一带购买毒品，我怀疑此人就是金小咪的助手乔，不过，"他顿了顿，"我把情报压下了……"

车子开到进城的主干道，两辆110警车横在路中间，几名警察举旗示意过往车辆接受检查。

安图生放慢车速冲检查人员招招手，车子毫无阻碍地开了过去。

"砖瓦厂工人看到纪大嘴被杀手追杀，打110报警，黄永泉听到'纪大嘴'三个字脸都白了，恨不得把整个刑警队都拉过去……"安图生一笑，"我到现场后发现他逃进窑洞，又有你们俩活动的痕迹，所以绕到后山……"

"局里对我逃跑有没有处理意见？"郑阳问。

安图生答非所问："方局去世的真相正被一步步挖掘出来，蒲桑炯也被警方和NF等人追得惶惶如丧家之犬，虽说还有很长一段路要走，但我感觉胜利离我们越来越近……前面就是市区，你们下车吧，纪大嘴的事我来处理。"

下车后方晟看看郑阳，肩上流下的鲜血已染红了整个衣袖，遂道："找个诊所处理一下枪伤然后回去休息，我一个人到串东湖转转。"

"蒲桑炯有一手飞镖绝技，NF又紧紧盯着他不放，如果动手的话最好叫上格蕾丝，"郑阳捂着伤口道，"不要耍个人英雄主义。"

方晟一笑："放心，我不会乱来。"

两人各自叫了辆出租分头而去。

串东湖是位于郭川和晋东城之间的淡水湖，原来的功能是泄洪分流，八年前上游水库建成后，地方政府大力开发旅游资源，并在湖泊周围发展链式产业，靠湖吃湖，以湖养湖，现在已初步形成以湖泊为中心的经济区。每当夜幕降临的时候，湖边亮起一圈绚丽的彩虹灯，与沿着湖区修筑的观光大道上的造型各异的路灯交相辉映，湖面上有通体明亮的观光船，有俱乐部的豪华游艇，还有只点着一两盏指示灯的船屋。

方晟独自徜徉在湖边，看着不远处一幢幢居民楼陷入沉思。

蒲桑炯有可能躲在其中某套房子里吗？方晟认为可能性不大。如果他在这里购置过房产，由于担心萧连或滕自蛟泄密，肯定不敢住进去；如果租房子呢，眼下通缉令已发到各个小区物业处，这样做无疑自寻死路。

然而乔的出现又说明他们必定在附近某个地方，一方面南美人太惹眼，他不会招摇过市，另一方面毒瘾发作是很难受的，他等不了太长时间。

方晟的目光定在湖面上，月光下的湖水像一个温柔的少妇，恬静，祥和。

突然他想起刚才在出租车上与司机聊天的经过。

话题是司机挑起的，他听说方晟去串东湖便贼兮兮问是否约了朋友到船屋玩，方晟说自己是搞维修的，那边有艘游艇上的导航系统坏了，为防止影响明天营运才连夜过去维修。

"原来如此，"司机道，"看你一脸正气，确实不像干那种事的人。"

"喔，这话怎么讲？难道船屋里有什么名堂？"

司机来了劲头，神秘地说："船屋，湖面的卧室，别看外面灰不溜秋不中看，里面应有尽有，这么说吧，凡是你在陆地上享受过的服务，那上面都能提供，酒吧，歌厅，咖啡，按摩，桑拿，小姐更是少不了，个顶个的漂亮，价格当然比陆地上高，这叫'出湖价'，不带还价的，听说，"他压低声音道，"在湖里还能买到毒品。"

"警方不查么？"

"查什么查？破坏旅游环境，把游客都吓跑谁负责？"司机老气横秋道，"敢到船上玩的，哪个不是大官、大款？陆地上玩腻了到湖里换换口味而已，只有保证安全第一才有这么多人。船屋嘛，有大船屋和小船屋之分，大船屋就是刚才说的这些玩法，一条船能装上百个人，下层船舱隔出小包厢，想玩什么自便，小船屋等于移动别墅，有一家三口在上面度假，有偷情幽会的躲在上面一玩就是好几天，听说还有大老板连包几个月，岸上服务人员定期送吃的用的上去，其他什么都不管，快活得很……"

方晟脑中闪着司机的话：毒品，连包几个月，保证安全第一……

十分钟后方晟悄悄进入湖岸娱乐服务中心，行政值班员被昏乎乎弄醒，起先咬紧要替客户保密，坚决不肯交出电脑密码，无奈之下方晟威逼加利诱，值班员实在熬不住了，苦着脸打开电脑中的资料库。

"查最近几天入住小船屋的两男一女。"

"大哥，住小船屋的都是一男一女，不然那个起来不方便的。"

"有没有南美游客？"

值班员翻了一阵，以肯定的语气说："没有，绝对没有。"

"也许用的假身份证，你把三天内新住的清单打印一份。"

"大哥，出了事您可不能交出我，这……这是上头最严厉禁止的，被人知道我的饭碗就没了。"

"别废话！"

将清单细细看了两遍，带好装备，方晟解开一条巡逻快艇驶入湖泊。

相比大船屋抱团集中在一起，小船屋分布得非常零散，而且专挑最黑暗、最偏僻的区域停，方晟花了四十分钟才找到三个怀疑对象，强行靠上去装模作样检查了一番身份证。然而接下来情况有些糟糕，不知小船屋之间是否有通讯联络，还是岸边那个值班员发警报给每条小船屋，只要快艇出现在哪里，整个水域的小船屋像避瘟疫一样躲得远远的，有几条船甚至摆出冲撞的架势阻止他靠近。

毫无头绪地寻找了三十多分钟，远处岸边突然响起一阵马达轰鸣声，十多条射灯贯穿了漆黑的湖面。

"妈的！"方晟恶狠狠骂道，一定是值班员紧急叫来保安或巡警，但又可以理解，那是人家的职责所在。

熄掉灯光，驾着快艇在辽阔的湖面上转出一个大大的S形，同时放低速度，打算躲到三条大船屋围成的三角区避开搜查，就在这时，他发现左侧几十米处有条小船屋急急忙忙向黑暗深处行驶。它不像其他小船走走停停，而是坚决地、速度很快地行驶，完全不顾湖面上的地界标志。

串东湖面积很大，涉及到四个乡镇的行政区域，为避免经济利益产生的纠纷，政府方面用浮标将水域分为几个块，各个承包实体只能在规定的水域经营，不准越界。

那条标号为579的小船屋贸然闯进别的水域，显然对方晟极为忌惮。

从岸边出发的十几条快艇不约而同发现这边的情况，纷纷吆喝着冲过来。

蒲桑炯肯定不在船屋上！

如果他在断不会这么沉不住气——也许是担心NF还尾随在后面，蒲桑炯不敢回来而导致藏身之处被暴露。金小咪和乔毕竟缺乏与警察周旋的经验，一下子就露出马脚。

方晟加速全力追赶，579立即将速度提到最高，并在湖面上做出各种诱敌深入的圈子，企图骗快艇靠上前后一举撞沉它。

双方你来我往磨了几个回合，方晟始终无法贴上去，而追兵越来越近，遂一咬牙，在湖面划了大圈拉开一段距离，然后猛地加速，驶出大半时突然运用特殊技巧使快艇上下大幅度颠簸,当振荡到第三次时艇尖与湖面直线距离已达一米多高,方晟大吼一声,借助湖水浪花向上的巨大推力,刹那间将速度调至极限,快艇高高飞起,在空中形成一个优美的抛物线,连人带艇冲入579小船屋的船舱。

刚刚赶至的十几条快艇全呆了,围着579反复兜圈子,不敢随便靠近。

方晟驾驶快艇冲入船舱瞬间,船尾"扑通"两声,两个人分左右两个方向跳入湖中。方晟眼尖,一瞥之间看定右侧之人紫衣、长发,身材纤巧,当是金小咪无疑,随之跳下去。

一艘快艇驶到金小咪旁边,艇上有人伸出手想拉她上去,谁知被金小咪用力一拖反将他拉下水,自己跃上快艇飞速逃跑。另一边方晟突然浮出湖面,一个鱼跃把快艇上的保安撞下水,紧握方向盘跟在金小咪后面。

虽然两条快艇型号、批次相同,因而性能速度等方面几乎一样,但方晟的驾驶技术何止高出她一筹,短短五六分钟就将距离缩短了一半,又追了三四分钟,仅离她不到十米。

方晟掏出手枪,大声道:"金小咪!你逃不掉的!赶快束手就擒,不然没有好下场!"

金小咪恍若未闻,只顾一心逃命。

两艘快艇一前一后渐渐向岸边靠拢。

方晟紧赶一阵追至离金小咪只有半个船位,两人之间直线距离不足三米。他举枪喝道:"快停下,否则子弹不长眼睛!"

金小咪突然回头与他正面相对,巧笑倩兮道:"大晟,你想杀我吗?"

啊!

方晟脑中顿时一片空白,昏昏然忘了身处何地,也忘了所办何事,快艇速度一降再降最终在湖面上飘荡,傻乎乎看着她驾艇靠岸,然后扬长而去。

咬咬手指,生疼,不是做梦,可这一切分明只可能在梦境里发生的。

他垂头丧气坐到船上,满脑子盘算着一个念头:

怎么告诉郑阳这件事?

怎么告诉他,金小咪居然是郑娆娆!

第三十章　警局灭口

郭川市公安局小会议室里烟雾腾腾，案情通报会已经开了六个小时，从张局到安图生，以及城区各辖区派出所所长，每个人都作了详细而具体的报告，然而郁局脸上仍是铁板一块，连"辛苦大家""任重而道远"这些官样文章都吝于出口，皱着眉头大口大口地抽烟。

"青藤会团伙犯罪案件情节严重、性质恶劣，造成的影响极坏，相关涉案人员流窜入我市后，又产生了新的问题，使案件更加错综复杂，给侦查工作带来很大难度……"张局见郁局迟迟不表态，只得把球踢给他，"刚才同志们已就前段时间工作做了阶段性小结，下面请郁局作重要指示。"

掌声稀稀落落，也难怪，十多个小时不吃饭尽喝茶，又不敢乱动，谁吃得消？大家只希望他少说几句，早早结束后回去填饱肚子。

谁知郁局第一句话就给所有人头上浇了一盆冷水。

他沉着脸将香烟头按熄在烟灰缸里，掷地有声地说："听了同志们的发言，我个人认为，所有人员在侦查此案的过程中都存在严重问题！"

包括张局在内所有人均一惊，原来昏昏欲睡的也打个激灵清醒过来。

"从领导到广大刑警，主观上有畏难情绪，认为有 FBI 特工，有特种部队教官，人家本领大得不得了，飞檐走壁，百步穿杨，所以思想上不敢碰，不想碰，缺乏打硬仗的决心和斗志！再说客观，客观上也有消极情绪，主要是针对郑阳，有人说他是派出所所长，怎么可能成为杀人犯？我倒想反问一句，郑阳凭什么不可以是杀人犯？坏人能变成好人，好人也能变成坏人，事物都在运动发展嘛，别说一个小小的派出所所长，哪怕做更高的官，只要出现违法乱纪的行为就必须受到制裁！"

会议室里鸦雀无声。

"各位好好回想一下，自从格蕾丝带了滕自蛟失踪后，我们打赢了哪一场仗？没有，完全没有，每次都干的是打扫战场的活儿，连对手的影子都看不到！"郁局说到这里猛一拍桌子，"四五条汉子竟然看不住一个郑阳，是麻痹大意还是故意放水？这种作风还谈什么维护地方治安？我建议安队长对上述人员隔离审查，把事情查清楚！另外昨天夜里城东砖窑一带的杀人案，尽抓死人，活人都哪里去了？难道腾云驾雾一个筋斗翻了十万八千里？我从城东回城的路上，沿途除了一个流动检查站以外就看不到卡哨，看不到110巡逻车，这样搞法他们想来就来，想走就走，怎么抓？到哪儿抓？"

昨晚抓捕行动是张局一手负责的，说到这个程度，就差指着鼻子骂了，张局干咳一声道："明天上午安队、黄队辛苦一下，召集专案小组开会，研究部署下一阶段……"

"工作不能过夜！"郁局毫不客气地说，"散会后立刻把相关人员叫过来，有什么困难请各位克服，确保今夜拿出方案和措施……大家吃了没有？"

简直废话，六个小时没挪窝，哪有时间吃东西？

郁局道："辛苦一下，买点方便面凑合凑合，然后挑灯夜战，天亮前必须根据新方案把人员部署到位，我要求，三天之内案情要有明显进展！散会！"

参会人员低低应了一声，三三两两走出会议室。

见有人给自己使眼色，黄永泉舍近求远磨蹭过去，听到那人低声说："一小时后去你宿舍。"

黄永泉忙不迭点头，混在人群里离开。

坐到食堂里和其他中层干部边埋怨边狼吞虎咽吃了两碗方便面，刚点起香烟，安图生又把刑警队主要骨干召集起来开会，紧急商讨在全市范围实行拉网式搜捕的方案。没有郁局和张局在场，气氛活跃起来，大家七嘴八舌出主意，想点子，讨论得非常热烈。黄永泉照着笔记本把事先拟好的几个要点读了一遍，然后摸摸腹部，低声告诉旁边的人，肚子有点不舒服，去趟厕所。

走廊间空无一人，他急速跑到二楼，穿过长长的通道直奔宿舍楼。

郭川公安局建筑呈梯状结构，最前面是办公大楼，主要有刑警大队、治安大队、110指挥中心等一线部门，中间是行政楼，最后是宿舍楼，原来之间并不联通，宿舍区与办公区之间还有院墙相隔，后来考虑到干警们常常工作到深夜，或者夜里有突发任务，上下来回很不方便，便做了道贯穿前后的"空中走廊"。

宿舍楼全是小套或单间，专门提供给刚分配单身干警和住房困难职工，此外局领导班子都配了休息室，因为他们工作起来经常是连轴转，有落脚的地方能睡个囫囵觉。

黄永泉也有一套，但很少住，习惯了舒适奢华的环境，在这种简陋的宿舍根本睡不着。

打开门，屋里一股淡淡的灰尘味，他打开饮水机开关，又简单收拾一下屋子，坐到沙发上舒了口气。

老实说如果那个人不主动表示见面，心里真有点不踏实。

事情都坏在安图生手上。

那天早上姓安的恐怕是吃了豹子胆，仅凭一盘来历不明的录音带就敢不经领导同意就擅自带队包围三里桥商务会所，把青藤会铲了个底朝天，要不是从里面搜出摇头丸、K粉之类的东西，估计等待他的就是停职检查了。

滕自蛟也是吃错了药，居然说自己是录音带的持有者，这一来牵出了EDG和FBI，还有那个该死的方晟。

自从方晟出现在郭川后，黄永泉没睡过一次好觉。

十多年前的噩梦如同冰凉悚然的毒蛇，不时敲打着他的灵魂。

不错，他在白天鹅舞厅是有股份，平时也尽力罩着滕自蛟，与青藤会的蒲桑炯也有往来，大家吃吃喝喝都是朋友。但有一点他心知肚明，他在白天鹅的股份是小头，大头属于另一个人，这个人是谁，黄永泉多少猜到几分，只是不点破而已。

那场火灾纯属天灾人祸，可既然发生了也没办法，如果方仁冲就事论事点到为止，黄永泉也不想负隅顽抗，大不了痛痛快快承认对白天鹅无证无照经营的情况疏于管理，监督不严，背个处分什么的完事。可方仁冲不识相，非要挖大鱼，找他诫勉谈话时所问的每句话都另有所指。

方仁冲说得很有艺术："滕自蛟不是地头蛇，而是郭川境内的一条强龙，他的舞台太大，触角太深，凭你这个小小的派出所长罩不住……你最好向组织坦白交代，不必替其背黑锅？这会儿要哥儿们义气不是明智之举。"

话是说得不错，可黑锅还得照背。向组织坦白，哼，组织是谁？还不是他方仁冲？落到他手里不死也得蜕层皮啊。

见他身上实在榨不出东西，方仁冲闪电般拿掉黄永泉的职务，限期说明情况。开始他也没当回事，在家照睡照吃，反倒胖了几斤。然而那天在酒席上见到纪大嘴使他顿生警兆，感觉事情很不对劲。

由于经常处理打架斗殴，黄永泉对纪大嘴比较熟悉。这个人本质上并不坏，或者说不能算真正的坏人，因为他骨子里透着所谓的侠义情怀，好打抱不平，好多管闲事，与蒲桑炯之流有根本性的区别。

纪大嘴居然主动找蒲桑炯讨论毒品生意，其中一定有诈。

经他一提醒，蒲桑炯吓得酒醒了大半，当即打电话给纪大嘴取消交易，同时黄永泉通过特殊渠道秘密监听他的电话，一听之下魂飞魄散，原来纪大嘴竟是方仁冲安排的"间谍"。

当天夜里蒲桑炯和他紧急商量对策。

蒲桑炯终于摊牌说出那个人的名字，准确地说，那个人是青藤会的幕后老板，大凡青藤会控制下的能赚大钱的生意他都插了一腿，白天鹅只是其中之一。

蒲桑炯还说方仁冲早就怀疑那个人与青藤会的关系，将黄永泉停职处理是敲山震虎，企图把后台引出来。

黄永泉反问说事情已到这一步，那个人打算怎么善后？

蒲桑炯说暂时没联系上，不过有两点肯定不会错，第一，不能让郑娆娆见到纪大嘴；第二，要设法抢到纪大嘴手中的东西，方仁冲得不到证据也拿你没辙。

黄永泉同意他的意见，并建议青藤会的人解决郑娆娆，反正她与很多社会青年有交往，就算在街上发生纠纷也没人怀疑，至于纪大嘴恐怕要那个人亲自出马，随便弄个罪名把他从家里骗出去，找个没人的地方做掉。

好主意，我早就想除掉这个眼中钉肉中刺了！蒲桑炯狞笑道。

商量完后蒲桑炯打电话给那个人，出乎意料的是那个人反问了一句：

"纪大嘴死了，再冒出李大嘴、王大嘴怎么办？郑娆娆吃了亏，方仁冲不依不饶又怎么办？"

蒲桑炯一时头脑转不过弯，谦恭地说："您的意思是……"

"连根拔起！"

"啊！杀……杀方仁冲？"

"怎么，怕了吗？这才是一了百了的方案！"

黄永泉与蒲桑炯面面相觑，被那个人创造性的思维震住了。

接下来便是苦心孤诣地筹划，提前释放滕自蛟、车祸、找人作伪证、拦截郑娆娆、抓捕纪大嘴……一个个步骤，一道道环节，反反复复地推敲，否定，毕竟目标是公安局长，作案难度远远大于普通人。何况方仁冲知道自己惹的什么人，对人身安全非常注意。

那天晚上……

那天晚上很不顺利。

首先是滕自蛟为了壮胆，同时也为酗酒开车打下伏笔，多喝了几杯，临阵驱车撞向方仁冲时酒意发作，没撞死方仁冲，自己反倒昏过去。

另一边王小安拦截郑娆娆时不知出了什么岔子，两个人都失去踪迹。

就在他们陷入绝望之际，天上掉下个大馅饼，为方仁冲看病的居然是滕自蛟的情人万文暄，那些日子滕经常在她面前长吁短叹，她多少了解些情况，当机立断提供了重要线索，于是紧锣密鼓行动起来，一个阴险的计划从制定到实施，只用了三十分钟。

后来一切都得到控制，纪大嘴被捕，黄永泉官复原职，青藤会照样贩毒、走私、收保护费，大家像以前一样发财。要说遗憾也有，一是由于在方仁冲手上绊了一跤，安图生摘得现成桃子一步步提拔到局党组成员；二是他多次找关系想在狱中干掉纪大嘴，可惜那个家伙周围好像有一层看不见的保护网，屡屡让他不能得手，这不，一个疏忽倒让纪大嘴活蹦乱跳出来了，而且，而且有可能遇到方晟……

如果纪大嘴将真相告诉方晟和郑阳，会导致什么后果呢？

想到滕自蛟被捕后那个人指示要杀人灭口，黄永泉不禁打了个寒噤。以那个人斩草除根的霹雳手段，会对自己怎么做呢……

黄永泉缩缩身体，不敢继续想下去。

"笃"，门虚掩着，外面的人很快推门进来。

"你来了……"黄永泉连忙从沙发上站起来并迎上前。

那个人微笑着走到对面，指着沙发示意他坐下，就在黄永泉俯身落座时，一柄带消音器的手枪悄无声息顶住他脑门。

"啊！不……"黄永泉惊恐地说了两个字，眼睛落在那个人套了鞋套的皮鞋上，"噗"，血花四溅，他双目圆瞪，软绵绵倒下去。

那个人冷静地环视室内，戴上手套擦清枪上的指纹，卸掉消音器，将枪塞到黄永泉手里，然后轻巧地退出去。

半小时后两名巡夜回来的民警发现敞开的房门和倒在地上的尸首。

此时离他不到两百米的会议室正在气氛热烈地开会，相比之下显得何等的讽刺,何等的幽默!

郁局和张局再度赶到局里主持召开局机关全体人员大会,会上部署了以抓捕逃犯为主旨的"记号行动",郁局强调这是一次前所未有的强力搜捕行动,公安局在职人员倾巢出动,局行政人员、防暴大队、刑警大队、治安大队、市区各派出所干警,并从基层紧急抽调一百名警察增援,搜查要点包括车站、码头、小旅馆、学校、厂区、建筑工地、涉案人员所有亲属的住宅……

对局领导来说,这是一场输不起的行动。

早上一上班,郁局和张局向市委班子汇报"记号行动"和面临的困境时,市领导们不约而同皱起眉头,显然对事态发展至此非常意外,市委书记沉吟良久提出四点意见:一要顾全大局,外松内紧,不能因为突击搜捕引起骚动,让投资者对郭川的软环境产生负面印象,影响全市经济建设;二要稳定为主,分清缓重,抓捕案犯固然重要,但维护治安,保证社会和居民生活安定这根弦不能松;三是设定期限,速战速决,战线不要拉得太长,行动不要拖得太久,不能让老百姓感觉出了大事,继而谣言满天飞,人心惶惶;四是加强宣传,正确引导,注意系统内部统一口径,不要让社会上对黄永泉的死议论纷纷,影响执法人员形象。

闻琴音而知雅意,几点意见一说两位局长便清楚市领导对公安局近期工作不满意到极点,这很不妙,因为再过几个月就是四年一度的换届选举,整体人事布局已在领导们酝酿之中,倘若让坏印象持续下去,结果可想而知。

因此这一仗只能胜,不能败!

功夫不负有心人,将近黄昏的时候一条重要线索摆到专案组面前。

北关大桥派出所反映,大桥居委会一群大妈每晚结伴到桥边亭台上扭秧歌,最近两天发现桥下河边建筑工人留下的平房里有微弱的灯光,还有人影闪动,可是走到面前又看不到人,她们觉得很奇怪。

"包围北关大桥,封锁四周所有通道!"郁局立即发出指令。

二十多辆警车从不同方向向北关大桥集结,四十分钟后大桥两侧道路全部封锁,特警队十多个枪法精准的狙击手蓄势待发,水警也分别扼住上下游要道,与此同时张局留守本部,郁局、安图生一身戎装,会同受邀而来的EDG代表格森一起坐着指挥车来到桥头,亲临现场组织战斗!

第三十一章　漏网之鱼

夏夜的天空幽暗凝重，高深莫测；月亮躲在云层后面，点点繁星若隐若现，淡淡的星光像一层薄雾飘荡在空中。北关桥下的河水"哗哗哗"冲刷着岸边卵石，几点渔火在河面印着倒影，粼粼波光中呈现出一片迷离凄幻的景象。

方晟和郑阳肩并肩站在窗口，沉默，长时间的沉默。

金小咪，占姆士的情人，辛德诺集团派到郭川联系贩毒业务的代表，这样一个印象中狡诈、贪婪、诡计多端的坏女人，怎么也无法与活泼可亲还有几分张狂的邻家女孩联系在一起。

别说郑阳不敢也不能接受，即便是方晟亲眼所见也难以置信。

"你看清楚了吗，确实是她？"郑阳沙哑着嗓子艰难地说。

"我也不相信自己的眼睛，可那种满不在乎的笑，笑起来嘴角上扬的弧线，千真万确就是娆娆，当时她一口叫出我的小名，说得那么自然，那么熟悉……"方晟嗓间哽咽一下，"跟小时候一模一样。"

郑阳痛苦地抱住头："我……我不……相信……姐姐不是那种人，不是的……"

方晟用力搂搂他，缓缓道："现在可以肯定的是，那天晚上娆娆一定遭遇到什么变故，因为那件事导致她远走他乡然后跑到美国……"

"可她为什么做占姆士的情人？难道不知道那家伙是坏到骨髓里、烂得不能再烂的大毒枭？"郑阳怒吼道。

"爱之深，恨之切，我理解你此刻的心情，"方晟道，"但你设身处地想一想，一个弱女子漂洋过海来到美国，语言不通，人地生疏，她靠什么生存？"

"就算事先不知道他的身份，她晓得真相后又怎么可以接下这桩破事，颠颠地跑到郭川卖毒品？她从小就贪玩，就喜欢做出格的事，可贩毒是随便玩玩的吗？这是死罪呀！抓到是要杀头的！"郑阳说着眼泪都迸了出来。

"这是我正在考虑的问题，娆娆为什么回来？回来想干什么？"方晟沉思道，"滕自蛟说录音带出自金小咪之手，当时我们半信半疑，现在看来是真的了，我甚至怀疑娆娆故意把窃听器留给滕自蛟，这样能拖他一起下水……"

郑阳精神一振："对，实际上有两个窃听器，一个给了滕自蛟，另一个还在娆娆手中，她把窃听内容翻录后寄给安图生，从而使青藤会遭到灭顶之灾……这么说娆娆是回来报仇的！"

"滕自蛟被捕、蒲桑炯在逃，青藤会烟飞灰灭，若论报仇到这一步也差不多了，她可以大大方方站出来表明身份，与你相认，哪怕联合纪大嘴出面指证黄永泉也没问题，可她为什么不这么做，反而跟蒲桑炯一起逃跑？如果是被挟持，昨夜蒲桑炯不在身边，乔也不知去向，只剩下我和她，为什么不把事情说清楚？"

"是啊，她为什么不说……"郑阳喃喃道。

格蕾丝悄然从平房里出来，坐到方晟旁边。

"他不肯说？"方晟问。

"就咬定一句话，那天晚上他昏过去了，什么都不知道，所以郑娆娆的失踪与他无关。"

郑阳怒道："我恨不得拿刀剖开他的脑袋，看里面到底藏了多少秘密！"

"这些秘密每一件都是性命攸关的大事，说出来就会掉脑袋，滕自蛟是老江湖，晓得其中的利害。"方晟道。

格蕾丝突然开口道："方，尽管有些不合时宜，我还是要指出一个问题。"

"什么？"

"你不该放走金小咪，不管她真实身份是谁，作为案件的重要嫌疑人她都必须接受调查。"

"当时我很惊讶。"

"这个回答不符合职业素养，我们都接受过最严格的心理培训，懂得任务至上原则。"

"我的潜意识里她已经死了，如果某天你突然遇到一个原以为早就去世的人，能不产生哪怕一秒钟犹豫？"

"不会，除非我想找一个借口。"

方晟对她怒目而视，她脸色平静地看着月亮，眼睛一眨不眨。

"你的眼睛告诉我你很喜欢郑娆娆，"格蕾丝突然说，"她是否是你少年时代的梦中情人？"

方晟脸上有些发烧，狼狈道："我拒绝回答这个问题。"

"但你不能把私人情感掺杂到任务当中，这是我对你的告诫。"

郑阳打岔道："好了，暂时停止争论，还是考虑下一步该做什么。"

格蕾丝淡淡地说："没有下一步，现在我的任务就是看好滕自蛟，直到中方答应FBI的引渡要求。"

"如果谈判失败，我申请第一个接管。"郑阳道。

"可以，拿金小咪来换。"她说。

郑阳被噎住，气得直翻白眼。

方晟突然一指前方，沉声道："你们看。"

郑阳和格蕾丝均将目光投向河面和对岸，很快便发现了问题。

往日人来人往的对岸大路上空无一人，垂柳下木结构观光小道没有情侣依偎的身影，每晚七点钟准时开锣的老年秧歌大戏也没了动静，河道两边停泊的船只悄悄起锚，远处依稀可见快艇来回穿梭。

"我们被包围了。"格蕾丝静静地说。

"七组已就位，静候指示！"

"五组已就位，静候指示！"

"十四组已就位，静候指示！"

…………

对讲机里一个个小组顺利进入预定地点后及时向指挥车报告，车内郁局露出满意的神情，安图生则在一边给格森详细讲解"记号行动"的安排：看到红色信号弹，突击队从三个方向强攻入平房；绿色信号弹说明有残余分子逃跑，外围防线做好动手准备；黄色信号弹代表他们从水路逃遁。

至于狙击手已被授权在嫌疑人没有投降意愿的情况任意开枪击中腰以下部位。

格森表示赞同："是的，必须让他们活着，尸首对我们来说没有意义。"

"可以动手吗？"安图生问。

郁局手一挥："行动！"

安图生转头对通讯员道："传达郁局的命令，通知信号组发红色……"话音未落，平房里突然传来激烈的枪声！

随后两条人影冲出平房，在岸边河床上快速奔跑、翻滚，继续对射。

所有人都愣住了。

安图生一把拿起对讲机怒吼道："快查清楚，哪个组抢先动手的！"

"一组没有！"

"二组没有！"

"三组没有！"

……

郁局猛一拍椅柄："他们在自导自演！"

安图生大吼道："发红色信号……"

对讲机里突然有人紧张地说："四组报告，跟方晟开火的是 EDG 警官希蒙！"

"啊！"郁局和安图生同时瞪着格森。

格森耸耸肩："刚才我无意中透露了今晚的行动，或许他技痒想一显身手，要知道希蒙是前 FBI 警官……"

"但他破坏了我们今晚的行动！"安图生严肃地说，"我不知道如何表述，如果抓捕行动挫败的话，EDG 必须对此负责！"

格森双手一摊："我不信上百个警察都抓不住他们，而且还有希蒙，他能提供帮助。"

安图生道："即便这样也应该在我们统一指挥下，现在的问题是他严重打乱了部署……"

"怎么办？"

"他们进入我们的辖区了，是否出击，请指示？"

"报告，房子里还有人……"

对讲机里传来焦急的声音。

郁局当机立断道："安队，现在不是追究责任的时候，"他一把拿起话筒，"我命令，行动开始！"

话音刚落几十个干警扑向平房。

"你们不能这样做，"格森大喊道，"混战起来希蒙会有危险。"

安图生道："他是前 FBI 警官，应该有能力自保。"

"砰"，三颗黄色信号弹冉冉升起，河道上下游同时响起快艇的马达声，轰轰轰响声彻天。

突击队一半人马赶赴到河堤上查看动静，另一半冲入平房，一间间搜索之后发现里面空无一人。

难道郑阳、格蕾丝等人提前撤离？

难道方晟留守在此是为他们提供掩护？

难道……

消息传到车内，郁局额头上渗出冷汗，安图生香烟衔在嘴里，打了十几次火都点不着。

局势的意外发展令两位久经沙场的老公安也有点乱了分寸。

河堤上追兵跑了一段，发现靠近河心水面浪花四溅并有大的声响，两个黑影从水下打到水面，战况异常激烈。干警们赶紧用大号强光灯锁住他们，十多条快艇迅速围上去，艇边有人手执布满倒刺的铁钩和缠丝网，这样既容易将方晟紧紧缠绕住，又能防止他靠近快艇猝然攻击。

"扑通、扑通、扑通……"几十个全副武装的蛙人跳入水中，一直潜到水下六七米处，若方晟赤手空拳以潜游方式逃跑难过这一关。

"就算别的人都跑了，能活捉到方晟也是大功一桩。"安图生看着监视器自我安慰道。

格森泼冷水道："方晟受过严格的反审讯训练，想从他嘴里撬出其他人的下落，恐怕上老虎凳、灌辣椒水都没用。"

安图生尴尬道："总比，总比一无所获好。"

就在说话间，河中心扑腾出更大的浪花，过了会儿才看清只剩下希蒙一个人在痛苦地挣扎，并向周围快艇作出紧急求助的手势。

希蒙受伤了。

郁局、格森紧张得站起来，安图生拿起对讲机叫道："通知陆上各组全部到河堤上待命，水面各组高度警戒，提防各种突发情况！"

"加一条，"郁局恶狠狠道 "一旦发现方晟有明显拒捕意向，可以当场击毙！"

安图生和格森都一愣。

郁局冷冷道："我想通了，死人总比抓不住好。"

安图生支吾一声，指着屏幕道："希蒙的手一直指着东南方向，是想告诉我们方晟朝那边潜逃？"

经他提醒郁局有些纳闷:"东南水域有八名蛙人,是实力最强的防守区域,他怎么舍弱攻强,莫非匆忙之间没看清楚?"

这一点郁局说对了。

与希蒙在水中的苦战消耗掉方晟大部分体能,同样一个动作,在水里比陆地要多用数倍力气,何况希蒙精于擒拿格斗,实战经验相当丰富,若非年龄原因后力不济,一时半刻别想制伏他。双方缠斗几十个回合后方晟于乱中觑得一个破绽,勾臂绞住希蒙双手,右手持匕首刺中他腹部——这是最容易大量失血导致丧失战斗力而又不会在短时间内致命的部位,饶是如此,方晟也眼冒金星,连喘几口气抑住粗重的呼吸,看着四周腾腾压上的快艇,瞬间做出一个错误决定:从东南面突围。

刚才发现被警方包围后,方晟、郑阳、格蕾丝三人聚在一起开了个超级短促的会议,半分钟之内决定由郑阳打头,格蕾丝带着滕自蛟在中间,方晟断后,躲到他们最熟悉、也是郭川境内地势最高最复杂的地方——城门北侧小山丘,计划在那里躲过今夜这轮强力搜索,明天再考虑藏身之地。

至于如何逃出包围圈,他们早已胸有成竹——这两天几个人并没有闲着,包括滕自蛟在内每天至少干三个小时体力活,施工项目只有一个:挖土。

根据河堤截面居民生活污水排水管位置,方晟计算出其管道正好从平房下面通过,由于岸边土质松软,正好挖一条45度角斜通道下去打通排污管道,作为紧急情况下的疏散路线。

商量结束后郑阳等三人先从逃生入口下去,由于工具和人力问题,洞挖得狭窄而不规则,三米多长的通道费很大劲才能过去一个,等到方晟准备进去时,平房最南端窗户上的风铃响了一下,他当机立断用厚重的水泥板盖住洞口,上面堆了两只木箱,然后在黑暗中慢慢向后移动。

风铃是格蕾丝布置的,前后门窗隐蔽处都挂了两至四枚,只有用特殊而巧妙的方式开门,否则就会弄出声响。

不过方晟算错了一点,闯入者并非警方人员,而是希蒙。

两人在漆黑一团的房子里捉迷藏般相互试探了几分钟后,方晟意识到来者不善,明知外面重重包围,索性敞明了干,率先开枪挑逗,希蒙果然不甘示弱举枪还击,两人从屋内打到屋外,从河滩打到水里,倒把郁局、安图生等人搞得一头雾水,为郑阳等人顺利撤离争取到宝贵时间。

冲入屋子的干警们随即展开第二轮搜查,很快发现水泥板下的秘密,大惊之下一边向郁局汇报，一边派人下去追踪。安图生火速调来这个地区的管道分布图，通知各小组在几个出口分头拦截。

一口气游出十多米，当看到水里黑影幢幢的蛙人以及明晃晃的水枪、水箭和钢爪时，方晟知道自己错了。然而此时再转身时间上已不允许，再说水面已被警方严密控制，跑到哪儿都会引来大批追踪。

他迅速浮到水面表层，身体停在水下，只有鼻孔伸出水面深呼吸几口，等他重新沉下去时已有两名蛙人包抄到身体两侧不足三米。

"好险！"他暗叫侥幸，想起大队长曾经说过一句话，大意是随着训练水平和科研技术提高，地方公安武警系统人员的技战术和实战水平与特种部队的差距越来越小，因此从队长到教官乃至所有队员要保持危机感，当时听了还有点不服气，但如今看到蛙人在水中的速度、姿势、包抄的角度，不得不承认自己有点自大了。

虽然在方晟眼里，他们的动作仍存在诸多破绽。

水下搏斗不是方晟的强项，在队里他主要负责野外生存训练、野战和车战，但作为一名特种部队队员，他必须熟悉掌握所有技能，这不同于体操训练，可以挑自己最擅长的项目练。当你在某个项目上出现瘸腿，就意味在将来的实战中存在更多危机。

方晟脱下衬衫绕成麻花状，一个猛子扎到河底，这时两支长长的钢爪伸至他身体两侧。这种特制钢爪上布满尖尖的倒刺，碰不得惹不起，一旦被它钩住便不能乱动，否则只会自讨苦吃弄得遍体伤痕。方晟挥起衬衫缠住左侧钢爪，用力向下一拖，蛙人措手不及顿时无法控制力道，被方晟顺势夺过去往右侧钢爪上重重一磕，"嘭"，一声闷响后另一柄钢爪也被夺了过来。

两柄钢爪在手，方晟乘机向前猛冲，不料远处黑影一闪，几支水箭悄无声息射过来，他急忙用钢爪挡开，其中一支从耳根下擦过，将他吓出一身冷汗。这一耽搁又有几名蛙人冲上来将他团团围住。

水下作战与陆地不同，它是一个立体战场，腾挪变幻的角度为360度，因此即使投入再多力量包围，也不能夸口说"水泄不通"。但对方晟而言，他有一个双方均心知肚明的劣势：没有潜水装备，在水下不能逗留太长时间。蛙人们不约而同采取封堵战术，阻止他浮出水面换气。

方晟明知对方意图，却抡起两支钢爪转风火轮般与蛙人们缠斗。

相比快艇上令人发憷的铁钩和缠丝网以及躲在暗处的冷枪冷箭，蛙人正是最好的掩护，只要坚持与他们混战，其他小组为避免误伤都不敢轻易出手。

且战且退了四五十米，蛙人们虽已察觉他的用意，一方面不甘心就此罢休，另一方面心存侥幸，指望他在水下憋不住气便可一举拿下，始终游走在他周围。

突然间方晟陡然加速，闪电般划伤三名蛙人的潜水服，中途变向穿插到侧面，重重敲在两名蛙人背上的氧气瓶上，然后飞快浮出水面连呼几口气，目光所及，水面上的快艇均在附近游弋，赶紧潜入水中贴着河底游行。

受伤的蛙人出水后迅速报告最新动向，几十条快艇急速冲到前面进行围剿。上千瓦的强光灯把河面照得亮如白昼，扫射的重点却是河中心地带，警方似乎认定方晟不敢冒险上岸。

郁局眼睛盯着屏幕一动不动，嘴里连连说："把后备力量投进去，要不惜代价，确保抓住他！"

安图生点点头，似笑非笑道："他逃不掉的，我敢肯定。"

此时方晟已悄悄游到岸边，寻找机会靠岸。他终究不是铁打的金刚，连番水下搏斗使他体能严重透支，再也无力玩官兵追强盗的游戏。虽然两岸河堤上都有干警盯防，他相信只要瞅准时机，完全可以依靠地形和速度突围。

又游出三百多米，他选中一处凹形河岸，由于泥沙冲刷，这一段河堤离河岸相对偏远，而且岸边有一条小路直插右侧公路，正是逃跑的绝佳路线。方晟深深扎个猛子在水中潜伏了会儿，确定附近没有蛙人跟踪，也无快艇巡逻，突地冲出水面，几个箭步便跑到岸边，一头钻入阴暗处一蓬草丛中。

"方晟！"耳边突然传来一声低喝声，紧接着一柄乌黑的枪口指着他的脑门。

方晟大惊失色。

他无论如何也没想到竟有人专门守在这里，趁自己旧力用尽，新力未生之际，而且乍入自认为来到安全地点心生懈怠的刹那猝然出手。

这是他平生第一次被人用枪顶着脑门。

第三十二章　高层暗战

"方晟，是不是觉得很意外？"黑暗中有人说。

张局！

方晟绷得紧紧的肌肉一寸寸放松下来，吐了口气，淡淡道："在郭川，一切都有可能。"

张局突然收回枪坐到他旁边，看着远处快艇在水面上左冲右突，深有感慨地说："十多年了，我们第一次坐到一起……这一刻是否来得太迟？"

方晟紧闭双唇，默然不语。

"黄永泉死了。"张局说。

方晟眉毛一挑，冷笑道："早在格蕾丝带着滕自蛟突然失踪后，黄永泉就注定死路一条，想不到那个人很有耐心，一直挨到纪大嘴出现才下手，可惜了郑阳，他本来能做一名好警官，却被迫成为警察的对立面。"

"那件事黄永泉做得天衣无缝，动机、现场、物证一应俱全，就算想从里面挑毛病也困难，不愧是老刑警、老江湖，"张局道，"不过他太性急，正如十多年前一样，他总是在关键时候掉链子。"

"关于那天晚上的真相，你知道多少？"方晟语气生硬道。

张局正色地说："方晟，我知道你对我，对整个郭川市公安局都有怨气，这些年我暗中托人给你捎过信，想坐下来好好谈谈，每次你都拒绝了，因为你和方局的脾气一样，非常自信，相信不依靠别人帮助照样能达到目标。其实这个世界很复杂，这个世界上的人也很复杂，很多事不能简单地分类，好人有可能做坏事，坏人也可能做好事，假如以僵硬的概念去生搬硬套，那将一事无成。"

"你没有回答我的问题。"

"你没有细细领悟我的话，"张局微笑着反击道，"就拿那天晚上的事来说，你问我知道多少，这个问题没有标准答案，我、滕自蛟、黄永泉、蒲桑炯，还有王小安，每个人的回答都会不一样，原因很简单，各人站在立场、角度和参与的程度不同，对整件事的认识也不同。"

"你也知道王小安？"

张局微微道："我并非你想象的酒囊饭袋，十多年来也没有闲着。就拿纪大嘴来说吧，关在监狱十多年安然无恙，你以为是黄永泉慈悲为怀有意放他一条生路？"

方晟一愣："你，你在暗中保护他？"

"很多事都在暗中进行，没法说也不能说，"张局喟叹一声，"当然站在你的立场可以指责我为了当官委曲求全，缩手缩脚，可若让出副局长的职位，谁能比我做得更好？何况我做这些事，不是为报答所谓的知遇之恩——方局一手提携了我，所以一定要揪出幕后黑手，不是这样的；而是凭一颗老公安的良心，凭一个警察面对恶势力应有的原则和抉择！"

方晟微微动容，过了会儿说："当年你参与我爸爸处理黄永泉了吗？"

"没有，调查黄永泉是在非常秘密的情况下进行的，方局嫉恶如仇，做事果断而有魄力，可毕竟只是副局长，名不正而言不顺，在没有获得真凭实据之前不会轻易泄露，因为这里头还涉及到一个关键问题，黄永泉是省厅确定的培养对象，真要动他需要经过复杂的组织程序。"

"培养对象？"

张局看看表，慢悠悠道："准确地说现在我这个位置应该是黄永泉坐……当年方局以副局长身份主持工作，本身就不太容易服众，加上他性格耿直，说话做事直来直去，丝毫不留情面，引起其他班子成员的不满。这种情绪下集体讨论培养对象时我因为是他的嫡系而遭到排斥，结果在基层几十个所长中挑了黄永泉，打算先把他抽调到刑警队，干个一年半载取代我的位置拨正，然后进是党组成员、副局长，一步步做下去。方局事后找我谈过，要求我服从组织安排，不要把情绪带到工作中，并说既然班子成员都那么赏识黄永泉，那么黄肯定有其过人之处，要求我积极向他学习，取长补短。因此说一开始方局并不排斥黄永泉，相反希望他早点熟悉刑警队工作以挑更重的担子。"

"难道我爸爸以前不了解黄永泉？"

"方局一直分管刑警队，对基层新提拔的年轻干部不太熟悉，然而当他深入调查之后就发现问题了，很多基层干警反映黄永泉与黑社会背景人物交往过密，尤其是白天鹅舞厅的滕自蛟，称兄道弟像一家人似的。方局立即将这个情况在党组会上作了通报，有人不以为然，说每逢干部任用提拔举报信就满天飞，此乃正常现象，如果没有才奇怪呢，我们不能偏信极个别群众意见而影响一名优秀干部的前途。表决下来支持压一压的意见占了上风，方局只得服从，但还是以刑警队编制满员为由将黄永泉调到派出所。紧接着白天鹅舞厅发生火灾，调查组发现舞厅无证无照经营，方局责令黄永泉停职并要求我彻查到底，可是调查遇到很大阻力，我们一度面临无法进行下去的窘境……"

方晟敏锐地问："是哪个人从中作梗？"

张局又看看表，道："当时方局已感觉到黄永泉只是出头鸟，背后另有高人，于是说这件事你别管了，我想别的办法解决……"

"他找的是郑娆娆！"

张局摇摇头："方局出于保护我和安图生的角度，此后真没有透露过一丝信息，直到他去世那天我们才意识到方局独自应对着怎样险恶复杂的局面，唉，"他长吁了口气，"那天晚上……简直像打了一场艰苦卓绝的战争，我派人保护你们母子俩和郑阳，安图生派人寻找郑娆娆，派人监视滕自蛟，派人注意市区所有异常动向，可惜千算万算还是漏掉一着……忘了封存方局的办公室，等我夜里想起来的时候进去查看，里面已被翻得一塌糊涂，有关黄永泉的所有资料均不见踪影。后来党组扩大会上有人当众责问我到底有没有查出黄永泉的问题，我说没有，他说没有就应该让人家上班嘛，老拖下去是对干部的不负责，以后谁还敢干工作？尽管如此，这场风波毕竟耽搁了黄永泉的前程，而我顺利通过组织程序走上领导岗位……"

"你怎么发现纪大嘴与那件事有联系的？"

"方局刚刚在医院去世，他就带人到城东抓捕纪大嘴，单独关押，一周后就移交到检察院提请公诉，给人一种匆匆忙忙的感觉。纪大嘴被押送劳改农场服刑的第一天，我特意赶过去探望，跟他谈了两个小时，最后我说了两点：第一，好好改造，重新做人；第二，保证他完好无损地出来。"

方晟讯道："完好无损，这是一个犯人最起码的人权，可对纪大嘴却成为一项福利。"

"那股势力很厉害，明里暗里想了很多办法暗算他，这些年我每年都到劳改农场去两三趟，就是防止他们把黑手伸进去，还好，他终于提前释放，我履行了自己的诺言……几小时前安队说经过紧急抢救纪大嘴已苏醒过来，目前被秘密安置在特护房接受进一步治疗。"

方晟松了口气："太好了，这是目前唯一活在世上的、能证明我爸爸死于谋杀以及黄永泉、滕自蛟、蒲桑炯沆瀣一气的证人，张局，谢谢你！"

张局似笑非笑道："纪大嘴的事是我职责之内，用不着谢；郑阳能在短短几年内从普通警员做到所长，主要是他本人努力，我和安队不过在背后推了一把，也用不着谢；但有件事你必须要谢，还记得水景花园那场枪战吗？"

方晟念如电转，失声道："难道是你……你带人赶跑那帮杀手的？"

"当时有过往车辆打电话报警，安图生不在单位，黄永泉立即集合队伍准备出发，我听说后把他们堵在刑警大队门口，我说移动大厦闹出那么大动静还不够？移动公司告到省厅，最后局里出具书面材料解释并登门道歉，前面的账还没算清现在又要硬来？你给我守在家里一步也不准动！"说到这里张局笑了笑，"然后我亲自带队，到了那边一看杀手们正把你们压着打，就命令弟兄们盯在杀手后面穷追猛打，又是游泳，又是长跑，又是开车，差不多赶上铁人三项赛了，足足追出十多里地，呵呵……"

"为了保护我们张局真是煞费苦心。"

"不能这么说，"张局道，"这是特殊情况下的特殊安排，目的还是四个字，伸张正义，无论这一天来得有多迟，只要能看到，我们为此所做的努力就没有白费，对了，再说王小安，"他第三次看表，"邰子俊死后他一直处于严密监视之中，自始至终没有脱离过我的视线。"

"王小安是那天晚上必不可少的一环，因为金小咪就是郑娆娆。"

张局并不意外："我看过金小咪的传真照片，确实像郑娆娆，所以他身上一定有故事，但我迟迟不动手是估计蒲桑炯和金小咪要找他，他是一个诱饵，能为我们钓大鱼。"

方晟怦然心动："他还钻在家里？"

"这几天他在陈家巷一带东躲西藏，不过我得到准确线报，蒲桑炯约他今夜到一个地方见面，时间大约在四十分钟之后，"他指着表笑道，"我频频看表就是怕错过时间。"

"王小安会按时赴约？"

"瘦死的骆驼比马大，作为昔日黑道老大，蒲桑炯既然找上门，王小安很清楚违抗命令的后果，哪怕是鸿门宴也要硬着头皮上。"

"在哪儿见面?"

"城门北侧小山丘。"

"什么?"方晟惊出一身冷汗,"十分钟前郑阳和格蕾丝带着滕自蛟也朝那边去了!"

张局张大嘴:"啊!竟会这么巧?……快,我这就送你过去!"

第三十三章　姐弟重逢

郑阳等人满身污泥从窨井爬出来拐入附近巷子，两分钟后两辆警车呼啸而至，跳下几名警察沿途盘查。

郑阳对城里的巷道极为熟悉，带领两人找了处水龙头将全身冲洗干净，随手摘了几件挂在外面晾晒的衣服换上，然后在巷子里七绕八拐走了大约一个多小时，来到郭川唯一保留的旧城门。

路灯下，城门北侧的小山丘黑乎乎一片，绵延蜿蜒数公里。城门西侧有处警亭，里面两名保安半眯着眼睛，捧着收音机听得津津有味。对面小山丘后山入口处路灯高悬，其他地段均被高墙封住，主要防止附近居民溜进去乱砍滥伐，因为山丘中心地带被浙江的富商包下来种植着一种名贵经济树木，据说每立方米价值数千美元。

"路灯是大麻烦。"郑阳边说边四下查看。

格蕾丝道："再等等，方还没有来。"

滕自蛟冷笑一声。

格蕾丝转向他道："我认为你应该表现出适度关心，虽然你们之间有私怨，他还是救了你好几回。"

滕自蛟不说话。

郑阳道："以他的身手郭川境内无人能敌，放心吧。"他突然直起身连甩两块碎石子，"咣当"两声，路灯应声而碎。

格蕾丝赞道："有一手。"

郑阳斜眼看着滕自蛟道："上高中时我和方晟放学后躲到这家伙别墅前的巷子里，专挑他家的门灯打，嘿嘿，日子一长倒练出百发百中的本领。"

格蕾丝失笑道："滕先生，你经常换灯泡吧？"

滕自蛟傲然道："这点小事自有人解决，哪需要我费神？"

"当然，你只干杀人灭口、走私贩毒的大事。"郑阳冷冷道。

滕自蛟道："郑警官，没有证据不能乱讲话的。"

"哼……"

两名保安在路灯下转悠片刻，嘟囔着返回岗亭，三个人趁机贴着树林边缘悄然进入小山丘。

由于这里采取半封闭管理，除了管理人员很少有人进入，经济树木种植区则辟有专用通道，小山丘植被完好，到处都长满了树木、野草和藤蔓，几乎覆盖了原有的山间曲径。

格蕾丝问："方知道到哪儿会合？"

"老地方，小时候玩耍的固定集合地点。"

"有很多孩子在一起？"

"都是街坊邻居，还有我姐姐……"郑阳感叹道，"童年的时光总是令人怀念，那时确实无忧无虑，成天只知道玩……"

"等等！"格蕾丝突然停止脚步并拉住郑阳，站在原地若有所思。

郑阳诧道："怎么了？"

"郑娆娆也知道这个地方？"

"她年长几岁，不屑与我们为伍，但小山丘这边倒也时常光顾，有问题吗？"

黑暗中格蕾丝眼睛炯炯有神："郑娆娆被逐出船屋后即使能与蒲桑炯会合，一时也难以找到安全的地方，你说他们最有可能躲到哪儿？"

一言惊醒梦中人，郑阳震惊地倒退一步，勉强道："你，你不觉得假设条件设置得太多？"

"这是发生概率最大的推定，"格蕾丝不客气道，"其实你很担心，但你不愿意面对现实，对不对？"

滕自蛟听得倒吸一口凉气，脸色惨白，身体摇摇欲坠，翻来覆去念叨道："郑娆娆是金小咪？金小咪是郑娆娆？"

郑阳仰望天空，神色变幻不定，良久转变为坚毅之色，断然道："眼下我虽为警方通缉要犯，但不会忘记自己身为一名警察的职责，在亲情与法律的天平前，我知道如何选择！"

格蕾丝点点头，脸上似笑非笑道："很好，不过荒野追踪是FBI特工特长，为保万无一失，最好由我亲自出手，你负责看守滕先生，如何？"

郑阳明白她还是信不过自己，黯然叹息道："你是对的，根据亲属回避原则我应该这样做。"

格蕾丝也不多说，径直将手铐解下铐在郑阳手腕上，舒展双臂，将枪膛里的子弹倒出来数了数，然后一颗颗压进去，道："我有种预感，正确答案很快就会揭晓。"

郑阳含糊应了声，触手处觉得滕自蛟的手冰冷如铁，再看他的神情，如丧考妣，不禁有些奇怪，但脑中尽闪着姐姐昔日的一颦一笑，心乱如麻，并没有往心里去，只是催促他快点走。

按郑阳指点的路线，格蕾丝走在最前面，郑、滕二人离她约十米左右，他们约定一旦发现情况，郑阳守着滕原地不动，让格蕾丝单独出手，万一对方人手多形成对攻，郑阳必须掩护滕先行撤退，回到警亭对面树丛里会合。

走了约四百多米，前面坡度变得又陡又急，斜坡与对面山坡之间形成一个切角，坡底右侧上方石壁间长着一排松树，将下面遮得严严实实。

郑阳趴在斜坡边悄声道："那些树至少长了五六十年，树枝密匝繁茂，躲到树下空地上雨再大也淋不到，坡底处于凹地，风也吹不到，是冬暖夏凉的好地方。"

格蕾丝点点头，突然发现滕自蛟瑟瑟发抖，注意打量了他一眼道："身体不舒服？"

滕自蛟"嗯"了一声，脸色难看之极。

格蕾丝瞟瞟郑阳："盯紧点。"说完束好衣服灵巧地顺着陡坡下去。她的步伐矫健而柔美，轻盈而迅疾，很快便到达坡底，猫着腰慢慢向前移动。

"哐当！"

漆黑中她的脚不慎碰到一只易拉罐，空罐碰在石头上发出令人心悸的响声。

这是人为设定的安全警报！

她的猜测没错，金小咪和乔确实躲在这里！

格蕾丝不再遮掩身形，刷地起身，双手持枪一步步逼上前。

此时朦胧的月光若有若无，凹地深处空地被遮天蔽地的参天大树挡住，一团漆黑，坡顶的乱草长至半人高，还有众多小树、矮藤、荆棘，都是有效的藏身之处。

由于警方在全城强力搜捕，格蕾丝吃准他们不敢轻易开枪，正如自己不到万不得已也不会招惹麻烦,但与其让郑娆娆逃之夭夭,不如将她打伤留给警方。格蕾丝自信即使小山丘被团团围住也有办法脱身。

不远处传来"窸窸窣窣"声,格蕾丝更是提高戒备,精神高度集中,落脚更轻,几乎不发出一丝声音。

一步,两步,三步……

格蕾丝离树下空地中心越来越近,山坡上方的郑阳由于视角关系已看不到她的身影。

蓦地,右前方闪出一条人影,甩手掷出两柄飞刀,同时左后侧有人手一挥,泼洒出一片颜色可疑的液体。

格蕾丝当即向前跃出,在地上空翻两个筋斗,飞身扑向右前方仓皇逃跑之人,洒液体的人影乘机向山坡方向狂奔。

追出几步两人皆超出树阴范围,这才看清前面人影肩宽腰圆,分明是助手乔,而非她最想抓获的郑娆娆,心里生出几分失望与恼怒,想擒住后给他吃点苦头。

再跑了一段,乔被地面上的藤蔓绊了一下,踉跄着想尽力保持平衡,被赶上的格蕾丝从后面重重踹了一脚,惨叫一声,腾空飞出一米多远摔到地上,嘴里呼呼直喘。

没用的家伙!

格蕾丝轻蔑地想,上前准备将他反捆起来,却听到乔用颤抖的声音说:"格蕾丝,你真的不认识我了?"

一听嗓音,再看他的模样,格蕾丝如遭电击,难以置信地轻呼一声,僵在原地一动不动。

乔居然是她的第二任男友,古特瑞加!

他居然还活在世上!

古特瑞加凝视着她,眼睛一如当初两人情投意合时那般深邃悠长,低哑苍凉地说:"你以为我早就死了?对,像我这种吸毒者,全世界每天要死上万人,生命跟蚂蚁一样不值钱……可我很幸运,就在用光所有积蓄躺在桥洞里等死时,意外救了威尔逊一命,当时他被另一伙毒贩追杀,冒险从大桥上跳入水里差点淹死,我把他救到岸边做人工呼吸……从此就跟在他后面做事,他给我提供毒品,直到这次被派到郭川监视金小咪……"

格蕾丝平静地说:"可惜你运气很差,第一次任务就搞砸了。"

古特瑞加双手一摊，伤感地摇摇头："无所谓，真的无所谓，对我来说一小撮白粉便代表整个世界，其他……其他不再重要，跟威尔逊时他还要求我戒毒，而金小咪不做任何限制，我觉得不错。"

格蕾丝沉默片刻道："跟我回美国吧，我会说服 FBI 将你列入污点证人行列，出席指控威尔逊，你可重获自由，拾起吉他完成多年以来的音乐梦想。"

"谢谢，但是不可能，"古特瑞加颓然道，"你看得出来，我的身心乃至灵魂已被毒品控制，完全身不由己，戒毒？不是针对我这种多年吸毒的瘾君子的，事实上除了跟着金小咪我别无选择。"

格蕾丝冷冷道："她跑不了，她弟弟是警官，正在上面等她，山丘外围还有更多警察，能逃到哪儿去？"

他长长叹息一声，双手撑地爬起来，格蕾丝看着他一举一动，并不阻止。

古特瑞加上前两步盯着她的眼睛，深情地说："格蕾丝，还记得那段快乐的时光吗？你喜欢把长发挽成卷，穿最短最短的超短裙在卧室里走来走去……"

格蕾丝微笑道："你假装不被我勾引，可眼睛总是偷偷瞟来瞟去。"

"不管夜里玩得多疯狂，每天早上你坚持早早起床煮咖啡，老天，后来我再也没机会喝到那么香的咖啡。"

"跟我回美国，"她柔情地看着他，"你还能喝到。"

古特瑞加满脸苦笑，伸出右手抚摸她的脸颊，左手突然亮出一柄匕首闪电般刺过去。格蕾丝根本没有防备，只是凭下意识的本能身体向右一侧，右臂去格开他的肘部。

"噗哧"，匕首扎入她右肋部位，与此同时她飞起一脚将他踢出三米之外。古特瑞加在地上滚了两滚，仓皇起身匆匆而逃。

格蕾丝捂着伤口紧追不舍。

两人一前一后跑到 V 型坡中间，古特瑞加手脚并用直向上爬，格蕾丝看到他正向郑阳埋伏方向逃，心中安定了几分，深吸一口气追上去。

爬至半途听到坡上有说话声，格蕾丝正惊疑不定，突然听到身体的撞击声和惊叫声，紧接着一团巨大的黑影从上面急速滚下来，擦过古特瑞加身侧，直直撞向她。要在平时以她的身手轻轻一闪就躲过去了，可如今负伤在身，反应、应变均大受影响，只避了一半，仍被扫中大腿。

"啊——",她尖叫着和黑影一起滚到坡底。

脑中昏乎乎的还未反应过来,就听到郑阳暴怒地大声咒骂,翻身骑在滕自蛟身上劈头盖脸地挥拳猛打,滕自蛟好像自知理亏,抱着头伏在地上一声不吭,一副逆来顺受甘愿受罚的样子。

"到底怎么回事?"格蕾丝挣扎起身问。

郑阳停住手:"你受伤了?"

"没事,过会儿简单处理一下就好,你先说。"

郑阳恨恨一指滕自蛟,两眼简直要喷出火来:"都是他捣的鬼!"说着又气愤地踹了他一脚。

若不是滕自蛟从中作梗,郑阳当可活捉金小咪——郑娆娆。

趁格蕾丝追赶古特瑞加的空当,金小咪慌不择路,偏偏跑上郑阳埋伏的这道山坡。眼见她一步步攀上陡坡,郑阳的心跳得越来越厉害。

"站住!"郑阳猛地现身,黑黝黝的枪口正对着金小咪。

她停住脚步,毫无惧色地抬头与他四目相对。

"娆娆!"

"阳阳!"

两人同时轻呼一声,脚底下却不曾移动半分,残酷的现实使得分别数十载的姐弟只能相对无言。

良久,郑娆娆瞥见滕自蛟,然后目光移到两人手腕间的手铐,脸上掠过一丝笑意:"很好,天遂我愿。"

郑阳一愣,不明白她话中所指,急急问:"娆娆,那天晚上到底发生了什么?你为何没有与纪大嘴会合?为什么又变成金小咪,和……和蒲桑炯在一起……"

郑娆娆洒脱一笑,理理微乱的发鬓,夜风中徐徐道:"现在才说这些是否已失去意义?你是警察,我是毒贩,这才是我们需要面对的。"

"不,我知道那天晚上你出去是替方局做事,但后来……"

"后来是一场梦,梦醒了什么都没有,"郑娆娆一指滕自蛟,"把他看紧点,这家伙是方局之死的罪魁祸首,是一个不折不扣,坏到骨髓里的流氓!"

滕自蛟恨恨道:"我明白了,录音带是你故意留下陷害我的!"

她粲然笑道:"滕哥毕竟是聪明人,可惜正如我的真实身份,即使被揭穿又有何用?大家不妨都装糊涂反而好些。"

郑阳疑惑道:"娆娆,事到如今我真不明白还有什么不能说,当年的真相已基本上清楚了,只剩下一两个环节而已,你何不……"

郑娆娆瞟了瞟枪口:"可以,你放下枪。"

郑阳心一紧,咬咬牙道:"对不起,娆娆,我不可以这样做。"

郑娆娆似乎早有预料:"你想抓我归案?"

"娆娆,这是我职责所在。"

"别忘了我是美国公民。"

"FBI特工就在坡下,她会办理引渡手续。"

郑娆娆叹了口气:"阳阳,没想到我们会以这种方式重逢,太不幸了,对一个不幸的家庭而言……方晟妈还好吗?"

郑阳沉重地说:"不好,连儿子都认不出了,成天捧着方局的照片发呆。"

郑娆娆抿抿嘴正待说什么,坡下传来脚步声,那是格蕾丝在追古特瑞加,就在愣神间一旁的滕自蛟猝然发力,拦腰抱住郑阳,连推带揉向下拉,郑阳来不及反应,两人沿着陡坡一起翻滚下去,偏偏又撞到负伤的格蕾丝,使得郑娆娆、古特瑞加再度逃生。

听完郑阳的述说,格蕾丝默然无语,独自到漆黑处作伤口处理,心中佩服滕自蛟毕竟具备枭雄气魄,尽管在录音带问题上明显被郑娆娆摆了一道,却看出她被擒后会给他带来更大危害,不如出手协助她逃跑。

回到草地上,郑阳干咳一声道:"格蕾丝,有个问题不知该不该问。"

"请便。"

"根据乔奔跑的脚步可判断出他下盘不稳,呼吸紊乱,明显未经过专业训练且体力衰弱,这样一个人,凭你的身手怎么会失手负伤?"

格蕾丝滞了一滞,低低道:"他的真名叫古特瑞加,我的第二任男友,关于他的事我曾经告诉过方晟。"

郑阳冷笑道:"你还对方晟说过任务至上原则。"

格蕾丝软弱无力道:"对不起,我犯了错。"

郑阳怔了怔,一时倒不好意思继续发难,于是岔开话题道:"见到蒲桑炯没有?"

"没有,你碰到了?"

"也没有,"郑阳奇道,"他会不会抛下两个人独自逃跑?"

"这个可能性是存在的,不过……"

这时山丘那边传来一声清脆的枪响,两人不约而同跳起来。

这声枪响不同于郭川警方使用的警枪,而与格蕾丝随身携带的手枪为同一型号。

很明显,方晟在小山丘另一端遭遇到狙击。

第三十三章 姐弟重逢

第三十四章　信念崩溃

蒲桑炯没有一个人溜！

他怎么舍得扔下金小咪独自偷生呢？

可是他一直在认真考虑一个问题，为什么 NF 只认准自己不放？

这些日子无论他躲到哪里，无论地点有多隐蔽，不出 24 小时 NF 准会出现在附近，若不是 NF 对他的飞镖绝技有几分忌惮，加上方晟、郑阳和警方屡次从中作梗，不知已死了几回了。

NF 像只附骨入髓的蛆虫，顽强地盯着他。

今晚天气不错，金小咪和乔都蜷在洞里休息，蒲桑炯一个人在月光下散了会儿步，心中陡然生出几许不安。是的，一天快要过去了，按惯例 NF 又即将杀上门来，怎么办？

他踱了两圈，决定到山下转转。

从前山口下来穿过两条街选了家网吧坐下，在搜索条里输入"NF"和"杀手"等单词，很快查到这位欧洲第一杀手的相关资料。原来 NF 除了枪法精准、头脑灵活、爆发力强、反应机敏等优点外，还有一项天生的本领：像狗一样灵敏的嗅觉。

狗的嗅觉神经密布在鼻黏膜上，所占面积为人的四倍，对气味的敏感度高于人类四十倍以上。人的嗅觉细胞只有五百万个，狗达到两亿两千万个，可以分辨两万种不同的气味。人们利用狗嗅觉的绝对优势，培养军犬、警犬进行刑侦、缉毒、搜爆和救援工作，参与大量人类无法做到的工作。

据杀手界消息灵通人士说，NF 鼻黏膜上分布的嗅觉神经是普通人的两倍多，因此他对气味的敏感度、分辨能力也远远超过正常水平，在辨别路途、方位及追踪等方面具有与生俱来的优势。

然而当追踪猎物混合在众多人群之中时，NF 与狗的差距就表现出来了：

他无法作出精确判断，因为他只能认准一个目标。

蒲桑炯心中释然，终于弄清总是甩不掉NF的原因。

走出网吧蒲桑炯随即买了瓶古龙香水，从头洒到脚，弄得香气袭人，路上行人个个侧目以对，暗自揣测他的身份。

走了一段突然看到街头布满了神色严峻的便衣，各交通要道站着实枪荷弹的警察，联系从路人交谈得到的零星信息，他判断出今夜警方将有大动作，心中暗暗为王小安是否能准时赴约而发愁。王小安是金小咪在郭川的最后一桩心事，只要见了面，不管结果如何，金小咪都答应明天带乔离开郭川，南下到云南边境设法混出去，他们一走就能放开手脚大干一场了。

这样想着，他嘴角浮起一丝笑意，走到十字路口正打算穿过去，无意中瞥见NF从街对面穿过马路，目不斜视走进网吧。

蒲桑炯不由惊出一身冷汗：到底哪儿出了差错？半瓶古水香水都掩不住身上的体味？

他临时改变主意，决定绕一大圈从后山入口回去，于是打车来到旧城门附近的小街。这里大多数房屋上被红漆画了圈，中间写着触目惊心的"拆"字。市政建设早在两年前就停止后续服务了，街面上破旧不堪，几乎没什么行人，街道两边街灯十盏当中只亮两三盏，而且光线很暗。

蒲桑炯从出租车下来，独自沿着人行道向前走，线路与刚才经过这儿的郑阳差不多，也打算避开警亭保安的视线后快速溜进去。

陡然间他发现对面来了个女孩，两人越走越近，女孩瞅了他一眼便低下头，好像很害羞的样子。

两人擦身而过。

蒲桑炯仔细看了她一眼，嘴里念念有词，又走了几步他脑中灵光一闪，大叫道："小姐，请留步！"

那个女孩听了全身一颤，当下放开脚步向前跑。

"站住！"蒲桑炯赶紧追上去。

女孩回头一看跑得更快。

"站住！站住！"蒲桑炯边跑边说，"我没有恶意，请停下来听我说好不好？"

女孩见两人之间的距离不断缩短，索性横穿马路，越过护栏从对面围墙一段稍矮处翻过去。

蒲桑炯大叫道:"我真的没有恶意!"

说着也从街面上跑过去,孰料刚到街心,前面急拐弯处突然冲过来一辆出租车,将毫无防备的他撞飞出十多米之外。

汽车戛然停在路中央,车窗滑下,露出 NF 那张平板的脸。

蒲桑炯从血污中抬起头,畏惧地看着 NF,勉强支撑起身体一寸寸向后挪……

NF 调转车头,加大马力准备冲过去。

"滋——"

又一辆车从远处急驰而来,正好挡在 NF 的车与蒲桑炯之间,方晟从里面探出头,来不及装消音器抬手就是一枪!

对付 NF 不能手软,更不能客气,唯有先下手为强。

这就是郑阳和格蕾丝在小山丘里听到的枪声。

英雄所见略同,方晟也抱着与蒲桑炯相同的想法,从后山口进山,不料看到 NF 又准备对蒲桑炯下杀手,只得出手相助。

NF 侧身快速闪避,同时出枪还击,"噗",一声轻响,他的枪始终装有消音器的,子弹打在车前窗上刮飞一大块外壳。

出人意料的先前逃跑的女孩反而折回来双臂拉起蒲桑炯,NF 迅速调转车头打算连同她一起撞。车身才转了一半,方晟装好消音器探出头来连开两枪,打爆内侧前后轮胎,"吱",若非 NF 反应快差点翻车。

NF 恨得直咬牙,眼下蒲桑炯的生死问题是重中之重,瞄准要害补一枪方是上策,但方晟手里的枪对他形成致命威胁,可以想象冲过这短短 20 米距离要付出多大代价。

女孩艰难地扶起蒲桑炯,深一脚浅一脚地向前走,街上既没车也没人,得不到任何帮助,她心里只有一个念头:尽快离开这儿!

方晟从侧面看到她,大吃一惊,脱口而出道:"冰冰!"

女孩原来是岑冰冰!

NF 索性定下心先解决方晟,双手持枪连续射击,迫得方晟矮下身体退出车外,NF 趁势几个大步冲到车尾后,右手枪平端在前,左手借助身体动作娴熟地换弹匣,清脆的声音几米内清晰可闻。

"噗、噗!"方晟突然从车子另一侧现身,两个点射将 NF 压到车下,然后快速闪入右侧巷子里。

NF 飞快起身追上前，双枪轮番射击，接着猛地跨步站到巷子中间，不由分说朝巷子里乱射一番，没人！

难道方晟因为火力对抗处于下风选择退却？如果这样倒是最好的结果，自己可腾出时间追上蒲桑炯。

NF 悄无声息再上前一步，锐利的目光扫过巷子两侧每个角落、每处阴影，又挑几处可疑的阴影开了几枪，心中有数后，倒退一步准备返回。

就在他身体刚刚调转一半之际，一个黑影从两米多高的屋顶上扑下来，凌空踢飞 NF 两把手枪，一拳狠狠砸向他右眼，NF 应变奇快，及时偏开几寸只打中眼角，视线一阵模糊。

还是方晟！

乘 NF 以强大火力猛攻之际，方晟倚仗蹬踏技术跳上巷口边的屋顶，隐身在屋檐与屋脊空隙处，看准时机骤然出手。

NF 身体晃了两晃，右手揉揉受伤的眼睛，闪电般再从怀里掏出手枪，未等他抬起手腕，"啪"，方晟飞起左脚再度将手枪踢掉。NF 乘机捏住方晟的脚踝用力一扭，方晟灵巧地身体腾起在空中做了个旋转，右脚揣到他胸口。NF 倒吸一口气挺胸受了这撕心裂肺的一击，换得将方晟两只脚踝都抓在手中，双臂前后大幅度抡开，竟想将方晟撕成两半。

方晟在空中捞到 NF 的一把头发，头皮连根拔起，原来是假发。力道用空之际 NF 已把方晟甩到头顶，然后重重往地面上砸。危急之中方晟将假发套往墙壁上旧路灯架上一勾，身体借力跃起，双脚猛地从 NF 手中抽出顺便踏在他双臂上，在空中滑出两米安然落地。

两人紧张对峙着，谁也不敢贸然进攻。刚才兔起鹘落几招交锋，虽只有十多秒工夫，均已绞尽脑汁发挥最大潜能，其惊心动魄程度不亚于十多个回合的拳击赛。

岑冰冰搀着蒲桑炯又走了十多米，蒲桑炯的身体越来越沉，所有重量都压在她身上。

"挺住！一定要挺住！"岑冰冰冷静地说。

这时远处出现一辆出租车，她连忙撑住他，单臂在空中挥舞："出租！出租！"

出租车缓缓停到他们身边，司机打开车前门。

"先把人弄上车！"司机命令道。

岑冰冰手忙脚乱将蒲桑炯扶到座位上，然后转过去想从另一侧上车，谁知司机突然咧嘴一笑，刹那间加大油门，箭一般飞驶出去，转眼间便消失得无影无踪。

"啊！"她措手不及，急急跟在后面追了几步一跤绊倒在地。

NF与方晟继续搏斗，由于彼此顾忌对方的实力，均不敢放手进攻，出招之间多少留些余地，场面虽不及开始那般凶险，却是危机四伏，杀机重重。NF注重力量和速度，兼有身高体重优势，略处上风；方晟长于技巧与成功率，虽守多攻少，总能在下风中维持不输不赢的格局。

然而体能终究成为方晟致命缺陷。

这些日子他连续奔波、连续苦战，精神高度紧张下的高消耗使得身体处于极度透支状态，另一方面睡眠又得不到保证，他已记不清哪一天睡过一次囫囵觉，因此体能储备几乎为零，完全凭着坚强的意志在苦挣。

但是高手之间交手来不得半点含糊，一个小小的技术瑕疵都可能导致溃败，何况体能这种硬碰硬的东西，聪明如NF岂会看不出方晟已是纸糊的灯笼？

战至酣处，NF突然吐气低喝，左臂护在胸前挨了方晟两脚，抢到中路右拳冲他的脑袋如钢锤般接连七八拳砸下去，方晟避无可避只得双臂上抬咬紧牙关一一招架下来，却被震得头重脚轻双臂麻木，眼睁睁看着NF左拳直袭胸口也无能为力，结结实实被一拳打出五六米远，"扑通"一屁股坐到地上。

方晟一口气被击散，再也支持不住，坐在地上大口大口地喘气，连跃起起身的力气都没了。

岑冰冰不知从哪儿冲过来，捡了块砖头扔在NF头上，"嘭"一声显然砸得不轻，NF却无动于衷，眼睛都不瞟她，径自从怀里掏出枪对准方晟。

"砰"，十几米外火光一闪，一枪正中NF心脏部位。

NF经验何等丰富，明明穿有防弹衣并无大碍，却应声倒地，然后在地上连翻几个筋斗闪入黑乎乎的巷子逃之夭夭。

此时他与方晟一样已是强弩之末，别说再来一个高手，就是两个普通刑警也能从容制伏他。识时务者为俊杰，NF是明智的，从不认为自己是打遍天下无敌手的超人，遇强而退避三舍应该是最好的选择。

在闪入巷子的一瞬间，他甚至已产生一个连自己都惊讶的想法：

回去吧，中国这块地方不是我 NF 能玩转的，钱永远赚不完，命只有一条，至于与威尔逊的合约以及巨额酬金，去他妈的，没有这些照样能享受加勒比海的阳光、美女、红酒……

第三十四章 信念崩溃

第三十五章　负心搭档

方晟四脚朝天躺在地上，全身骨骼散了架似的无法动弹，格蕾丝快步跑到他身边低头仔细检查，岑冰冰向前走了两步却又刹住脚，脸上毫无表情。

"没问题，这是体能消耗太大引起的虚脱，"格蕾丝松了口气，"真遗憾，刚才时间太紧迫，否则瞄准到 NF 头部的话……"她瞟了岑冰冰一眼，没有说下去。

郑阳拉着滕自蛟从阴影里走出来，远远招呼道："岑小姐，这么巧？"

岑冰冰呆呆看着他们，脸上布满了震惊、失望、痛苦，还有些说不清的情绪，嘴里淡淡道："是啊……真的很巧。"

格蕾丝道："刚才我们碰上了金小咪……"

方晟刷地睁开眼："人呢？"

格蕾丝耸耸肩："跑了，还有乔——我的第二任男友，资深吸毒者。"

"确定她是郑娆娆？"

郑阳默默点头。

远处传来警笛声，几个人相互望望。

"到哪儿去？"格蕾丝问。

郑阳满脸茫然："天下之大，好像竟无立足之地……"

"跟我走，"岑冰冰突然开口道，"就在巷子里，我自己的房子。"说着也不征询众人意见，径直转身走进几米之外的河塘巷。

郑阳看格蕾丝，格蕾丝看方晟，方晟怅然若失。

滕自蛟哑着嗓子道："愣着干什么？走啊！"

方晟张嘴欲问他与岑冰冰到底是什么关系，两年前为何通过电话，但想了想还是没问。

几个人稀里糊涂进了巷子，跟在岑冰冰身后七拐八绕走了 20 多分钟，在一个狭窄的巷子尽头停下来，她拿出钥匙打开外面刻痕累累的木门，里面还有一道钢制防盗门，两道门后是个七八平米的院子，里面收拾得很干净，墙根下还长了几盆勃勃生机的花草。

"有人常住这儿？"郑阳搭讪。

"我，我平时就住这儿，清静。"岑冰冰随口道。

岑冰冰头也不回，推开堂屋大门并开了灯，众人眼睛一亮，里面陈设布置与外面陈旧破损简直是两个天地，虽不算豪华奢侈，但处处透着舒适与精致，让人感觉特别舒服。

郑阳半真半假道："看来这才是岑小姐真正的闺房。"

岑冰冰不理他的碴儿，指着四处吩咐道："卫生间从右边进去拐弯，左边两个房间和右边第二间给你们休息，我睡右边第一间。"

"可以洗澡吗？"格蕾丝问。

"也在卫生间，门反锁起来就行了。"

"谢谢，"格蕾丝转向其他人道，"我想先去冲个澡，没人反对吧？"

方晟道："请便。"

郑阳将滕自蛟拉到沙发上坐下，低声道："方晟，要不……你们俩好好谈一谈。"

方晟还未说话，岑冰冰已抢先道："我很累，想早点休息。"

"为什么救蒲桑炯？"郑阳问。

岑冰冰冷然道："你在审讯我？"

"他是黑帮老大，贩毒团伙首领，你跟他是什么关系？"

岑冰冰偏过头看了他半天，道："你已不是警察，无权以这种口吻问我。"

"你不顾安危去救蒲桑炯，可方晟受伤倒地你却无动于衷，哪有这样对待男朋友的？"

"我高兴，你管得着吗？"

郑阳被噎了一下，冷笑道："以前我认为世上不外乎两种人，一是面热心热，一是面冷心热，我看你是第三种人，面冷心冷。"

"没有我的帮助，你们还在跟警察捉迷藏。"岑冰冰反驳道。

"你……"

方晟打断郑阳的话，安抚道："今天大家都很疲劳，有什么事明天再说。"

滕自蛟软踏踏道："我手铐这边的手腕皮破了，请求医疗。"

郑阳没好气道:"忍着点,这点伤出不了人命。"

岑冰冰本已转身,闻言回头道:"我有创可贴。"

滕自蛟忙不迭道:"谢谢,谢谢你。"

"多拿几张,方晟也受了伤。"郑阳叫道。

岑冰冰没有理会,从房间拿了四五张出来扔到桌上,然后坐到滕自蛟旁边,将手铐向上移了点,露出一道血红的印痕,好几处磨破或被铐上的倒刺刺破了皮肤,渗出许多血珠。

"这样不行,得先擦干净,"岑冰冰说着拿了条湿毛巾替他擦掉伤口上的污泥,再用碘酒消毒,忙中抽空对方晟说,"你自己动手。"

郑阳冲他挤挤眼,方晟尴尬一笑挽起袖子。他身上外伤并不多,主要是NF那几下力道奇大且蕴着后劲,使他受了内伤,五脏六腑无处不痛,稍稍用力吸气就好像被人用刀割肉一般,苦不堪言。

"听说蒲桑炯在郭川养了好几个情妇。"郑阳自言自语道。

岑冰冰抬头狠狠瞪了他一眼,道:"请不要含沙射影说话,我跟蒲桑炯半点关系都没有!"

郑阳冷笑道:"这样最好了,蒲桑炯是方晟的杀父仇人之一,他绝对不会有好下场。"

岑冰冰一愣,瞥了瞥方晟,动作有些迟疑:"之一什么意思?难道有很多人参与……"

方晟从未在她面前提过自己的身世,更没有说过方仁冲之死的事,正如她绝口不提她父母亲一样,两人仿佛都是从石头缝里蹦出来的,无父无母。

郑阳一指滕自蛟:"他是主犯,蓄意开车撞人,然后他女儿指使实习医生邰子俊投毒杀人,这其中的过程我们已了如指掌,姓滕的,断了你的美国梦吧,准备站到法庭上接受最严厉的审判!"

岑冰冰手一颤碰到滕自蛟痛处,他"哎哟"一声连连吸气。

"还有你的情妇万文暄也在其中扮演了重要角色,"方晟道,"姓滕的,真的假不了,假的真不了,那天晚上发生的事终究有真相大白的一天。"

岑冰冰脸色惨白如纸,失声道:"你……你是方仁冲的儿子?"

方晟奇怪地看着她,反问道:"怎么?有问题吗?"

"没,没有。"岑冰冰掩饰地低下头,三下五除二替滕自蛟贴好创可贴,说声"睡了",便钻进房间"咔嚓"反锁上门。

郑阳不停用目光瞟方晟，方晟拉着脸不理他。

忍了半天，郑阳终于道："哎，你小子怎么了？她像冰山你像木头，这样哪能说上话？主动点，放下架子过去敲门，谈谈过去，谈谈将来，再谈谈蒲桑炯，说不定能挖出点什么来。"

方晟淡淡道："蒲桑炯已到此为止，无需再考虑他了。"

郑阳眼睛一亮："你知道那辆出租车上的人是谁？"

方晟瞟一眼滕自蛟，闭嘴不言。

郑阳知他防止泄密，不好追问，静了会儿又找滕自蛟的晦气："姓滕的，你跟金小咪见过面，为什么没看出她就是郑娆娆？"

滕自蛟闭上眼睛："女大十八变，你们跟她朝夕相处，不管隔多少年都认得，我才见了她几次？再说她是占姆士的情妇，蒲桑炯欣赏的女人，再怀疑也想不到她是老公安局长的女儿。"

"她怎么成为占姆士情妇的？又怎么联系上蒲桑炯？"

"她是你姐姐，你都不知道我怎么知道？"

郑阳恼羞成怒，甩手给他一个耳光："妈的，混账东西！"

滕自蛟眼中腾起一股戾气，但转瞬便压下去，变成一副可怜巴巴的样子。

"别跟他啰唆，他已铁了心不会说实话，"方晟阻止道，"好在蒲桑炯被控制，郑娆娆和乔落网也指日可待，有他们三个在手，对FBI来说姓滕的连狗都不如，到时看我们怎么玩他！哼！"

滕自蛟蜷缩在沙发上，身体好像小了一半。

格蕾丝洗澡素来很慢，好半天都不出来，方晟全身松懈下来觉得疲倦之极，呵欠连天睡意上拥，眼皮越发沉重，再看郑阳和滕自蛟已仰在沙发靠垫上沉沉睡了，实在禁不住睡眠的诱惑，便伏到桌上转眼进入梦乡。

梦里闪现出NF毫无生气的脸、在河边与张局相互交心、格蕾丝关切的目光、岑冰冰出手相救蒲桑炯的场面……渐渐的，岑冰冰的脸越来越大，占据了整个画面，然后画外音说"我只关心自己，从不关心别人"。

只关心自己，从不关心别人……

这句话好像有问题，方晟反复琢磨着，问题出在哪儿呢？

梦中的人前冲后突，总是被一张无形的网罩住，举步维艰中钻进一个黑暗的巷子，在里面漫无目的地乱跑，然后推开一扇门，迎着灯光穿过院子站到门口，屋里坐着几个人，表情冷漠的岑冰冰正拿着毛巾为滕自蛟擦手腕、消毒。

第三十五章 负心搭档

方晟指着她叫道你不是不关心别人吗,为什么对一个罪犯这么好?

蓦地他似乎悟出什么,一个激灵从梦中醒来,汗涔涔地看着对面沙发,果然,沙发上只剩下郑阳在酣睡,手腕上的手铐另一端空着。

滕自蛟逃跑了!

方晟跳起来叫醒郑阳,跑到堂屋门口却发现门被反锁。

"格蕾丝!格蕾丝!"方晟朝卫生间方向叫道,无人应答。

"他与岑冰冰串通好的!"郑阳咬牙切齿道,"我早就感觉她有问题!"

方晟不吱声,一脚踹开大门冲出去,两人不在防盗门上浪费时间,直接搭成人梯翻墙过去,简单查看地形后分两个方向在巷子里高速奔跑。

跑出很长一段,前后左右全是四通八达的巷道,就在方晟以为自己迷路的时候,突然听到附近有凌乱的脚步声,一轻一重,一稳一飘,中间还夹杂着喘息声,赶紧贴住墙根屏息静气,悄悄打开手枪保险。

"哒哒哒",奔跑声愈发靠近,然后在前面巷口处停下。

"向东。"是岑冰冰的声音。

滕自蛟道:"不能上大街,尽管选偏僻地段。"

"直东能到河边。"岑冰冰道。

两人刚准备拐弯向东,身后传来一声断喝:"不准动!"

方晟站在七八米处,双手持枪对着他们。

滕自蛟只惊慌了一秒钟,随即毫不犹豫地拉过岑冰冰挡在面前,右手将匕首横在她脖子上叫道:"有种的你开枪!"

方晟愣了愣,不为别的,而是为滕自蛟的厚颜无耻而惊愕。

滕自蛟狞笑道:"对了,不开枪才是好孩子,下一步再听大爷指挥,把枪放下,快!"

方晟盯着他手中的匕首,一动不动。

滕自蛟嚷道:"快放下枪!否则我让她立刻死在你面前!"

方晟还是不说话,手中的枪纹丝不动。

"他妈的哑巴了?"滕自蛟暴怒道,"我数到三,再不把枪放下就把刀尖扎到她脖子里……俗话说一日夫妻百日恩,你真愿意她因为你而死?"

岑冰冰仰着头,紧闭着的眼角处迸出两颗又大又圆的眼泪。

方晟冷笑道:"我把枪放下,你能保证她安全吗?"

听出他话意有所松动,滕自蛟忙不迭发誓道:"我以我的人格保证一定不会伤害她，一定。"

方晟冷冷道："可惜你这个人根本没有人格。"

滕自蛟被他耍了一道，咆哮道："姓方的，你不要后悔！"说着手腕一紧欲用力刺下去！

"慢！"方晟喝道，目光转向岑冰冰，"冰冰，先回答我，为什么放他？"

岑冰冰不说话。

"到底想不想她死？"滕自蛟暴喝道，"我没耐心跟你耗！"

方晟露出一丝讥意："你想跑？你能跑到哪儿去？到处都是警察，蒲桑炯和他的后台老板也要杀你，脱离我们的保护你一天都活不了。"

"你们不会再保护我了，"滕自蛟惨然道，"方仁冲的死因对你来说已不是秘密，录音带的真正主人是郑娆娆，刚才蒲桑炯显然也落到警方手中，在FBI和EDG眼里我是废物一个，唯一的作用就是拉出去为方仁冲偿命，好死不如赖活，这会儿逃走多活一天就赚24个小时，划得来。"

"你可以指证蒲桑炯和幕后策划者，还可以告发更多参与者，只要有立功表现，法院量刑时会适当斟酌减刑……"

"哈哈哈哈……"滕自蛟狂笑道，"这种话骗刚出道的毛头小伙还差不多，我是坐过牢的人，尝过坐牢的滋味，如果再让我进去第二次，我宁可死在你的枪下，快把枪放下！"

"你把刀放下！"

滕自蛟身后传来冰冷的声音，他讶然回头，却见几米之外站着格蕾丝，双手持枪满脸严肃地看着他。

"格蕾丝……"方晟叫道，突然背后响起一个声音：

"你也把枪放下，方先生！"

方晟身体一僵，缓缓地说："格森先生？"

"猜得很对，方先生，在继续我们的谈话前，你必须放下手中的枪。"格森温和而坚定地说。

"格蕾丝……"方晟朝她望去。

格蕾丝微微避开他的目光，清晰有力地说："请服从格森先生的指示。"

方晟镇定地说："格森先生，请注意我枪口的方向……看清了吗？它对准的不是滕先生，而是格蕾丝小姐，如果愿意赌博的话，我们可以比一比谁的子弹更快！"

第三十六章 爱的摊牌

格森显然没料到方晟应变如此之快，一时竟想不出对策。

"不要轻举妄动，我们要了解一些细节，"方晟道，"解释一下吧，格森先生，当初你出面邀请我过来寻找格蕾丝，保护滕自蛟，这两项任务我都做到了而且效果不错，如今为什么拿着枪逼我放弃？你应该有更好的解决办法。"

"原因很简单，开始我不知道你与滕自蛟有仇，这种仇恨把局面导向复杂化，并严重影响FBI引渡污点证人的工作，身为此案的协商人，我必须出面阻止。"格森道。

方晟哼了一声，对格蕾丝说："你没有洗澡，而是跑出去找格森，对不对？"

"海曼都告诉我了，而你一直对我隐瞒消息，事实上FBI已与中方达成协议，同意引渡滕自蛟和蒲桑炯，但如果涉及重大案件就必须等审讯结束，"格蕾丝艰难地说，"方，我知道这样做对你不公平，但FBI不能等，我也别无选择，我要抢在郭川警方重新立案调查你父亲被害之前把他们送到上海，明天下午就乘飞机去美国。"

"你没有手机，怎么跟海曼联系的？"

"其实我身上藏有特制的保密通讯工具，我们一直保持联络。"

"你说过金小咪和蒲桑炯比滕自蛟更有价值。"

"抓住现实是最重要的，我们不能抱侥幸心理，再说金小咪是美国人，如果落到警方手里迟早要交给FBI。"

"这就是说，我们之间的合作到今晚结束，是吗？"方晟平静地问。

格蕾丝一眨不眨地看着他："很抱歉，方，中国有句老话叫各为其主，是这个意思吧？"

方晟突然觉得心灰意冷。

格蕾丝始终对格森有疑心，可即便如此还是选择与格森合作；她对方晟高度信赖，可最后关头却与他决裂。各为其主这句话确实是最现实、最冷酷的诠释。

"你们想过从一个特种兵教官手中抢人的代价？"方晟道。

"方，不要逼我选择，为了把威尔逊投入监狱，沉重打击辛德诺集团，FBI将不惜一切代价，"格蕾丝道，"我也是。"

"格森先生，你与她想法一致？"

"是的，方先生，你的任务完成了。"

"你宁可格蕾丝死也要带走他？"

格森停顿片刻，道："方先生，希望你不要太执著，目前主动权在我这一边。"

方晟默然盯住格蕾丝看了好一会儿，道："我做的事你做不到，你做的事我不能做，也好，让我们以和平方式解决这件事……首先滕先生放了人质，第二步格森先生放下枪，第三步我放下枪，第四步格蕾丝带滕先生离开。"

格森权衡一番利弊，仔细推敲方案中的漏洞，然后笑道："格蕾丝小姐，看来你才是方先生最信任的人，因为最后只剩下你举着枪。"

格蕾丝淡淡地说："谢谢。"

"滕先生，你是否同意此方案？"格森问。

滕自蛟忙不迭道："同意，同意，我举双手赞成。"说完立即松开匕首，岑冰冰一步步向后退，直退到格蕾丝附近。

"轮到你了，格森先生。"方晟提醒道。

格森一迟疑："希望你不要玩花招。"

"今晚玩花招的是你。"

格森垂下手臂："OK，我已放下武器。"

在几个人的注视下，方晟慢慢收枪，后退一步贴墙而立。

格蕾丝见状大步走到滕自蛟面前，滕顺从地伸出双手戴上手铐，跟在后面走向巷口。

经过方晟身边时格蕾丝停下来深深看了他一眼，说："请允许我……"

"嘘，"方晟手指竖在唇上，"什么都别说，中国还有句老话叫尽在不言中。"

格蕾丝咬着嘴唇点点头，一言不发离去。

第三十六章 爱的摊牌

"格森先生！"方晟突然扬声叫道。

格森一愣，以为他要反悔，警觉地持枪回头。

方晟微笑道："什么时候能尝到那瓶六十年Martell？"

"喔，当然，当然，应该在不远的将来。"格森含糊道。

方晟看着他们的背影消失，转过头道："冰冰，你还好吗？"

"她很喜欢你。"岑冰冰道。

"你错了冰冰，我是个不讨女孩子喜欢的人。"

"她就是喜欢你，从她眼神里可以看得出来。"她坚持道。

方晟伤感地摇摇头："可是你看出没有，我爱了你四年！"

"那又如何？我只看到你和格蕾丝拥抱在一起。"

"因为我去过百乐园小区！"方晟遏制不住怒气，"你一个年纪轻轻的女孩子，哪来那么多钱买一套又一套的房子？还回到老话题，蒲桑炯跟你什么关系？你又为什么私自放了滕自蛟？"

岑冰冰面无表情："从一开始你就不信任我，对吗？"

方晟懊恼地叹了口气："这就是我们之间的问题，我们缺乏相互信任的基础，其实……"

"砰！"

"砰、砰！"

"砰、砰！"

不远处传来几声杂乱的枪响，方晟一惊，猛一拍头道："糟了！"说着朝巷口飞奔而去。

岑冰冰紧紧跟在他后面："怎么了？怎么了？"

"我没料到……郑阳……不会有事的……别过来，危险！"方晟前言不接后语道，说话间跑到巷口，眼前的场面让他大惊失色：

格蕾丝倚在墙边，左手按在右臂上，鲜血染红了整个胳臂；滕自蛟倒在血泊里奄奄一息。

岑冰冰惊叫一声，身体摇摇欲坠。

方晟迅速跑到格蕾丝面前："怎么回事？"

"格森想杀我们灭口，多亏郑阳及时阻止，"格蕾丝道，"对不起，方，我不该相信格森。"

方晟当即掏出手机拨了号，沉声说："我在城门河塘巷，有人受伤需要急救。"

这时郑阳急匆匆跑回来，嘴里不停地咒骂着："他妈的，这家伙居然挟持一个老人做人质开车溜了！"

"救人要紧！"方晟道。

两人为格蕾丝和滕自蛟做紧急止血处理，格蕾丝伤势相对轻些，滕自蛟胸腹部位中了三枪，其中一枪离心脏只有几厘米。

"他……他会死吗？"岑冰冰声音颤抖而脆弱。

"凶多吉少。"方晟道。

郑阳恨恨道："早知道你们对峙时就给他一枪，后面也不会发生这些事。"

方晟苦笑道："当时他的身份还是EDG上海分部主任助理，又在替FBI争夺证人，岂能轻易翻脸？"

格森和格蕾丝现身逼迫方晟交人时，郑阳也隐至附近。方晟发现后赶紧暗示他不要露面，"不要轻举妄动，我们要了解一些细节，"这句话并非对格森说，而是让郑阳少安毋躁。

格森把争抢证人一事说得合情合理，方晟不想为此翻脸，于是将滕自蛟拱手相送，但郑阳随即尾随其后暗中观察他们有无花样。行至巷口格森猝然出手，先打伤格蕾丝，然后对着滕自蛟连开数枪，但一是黑暗中射击精确度大打折扣，二是格森有些心慌意乱，加上郑阳及时现身阻止，不然两人肯定当场毙命。郑阳一直追到大街，格森拉了个老人做挡箭牌钻进车子仓皇而逃。

没过多久安图生驾车过来，方晟等人将滕自蛟抬上去，并让格蕾丝到医院治疗，她坚持不肯，说只是轻伤，待会儿自己找家小诊所处理一下就行了。安图生心知她仍不信任自己，冲郑阳使了个眼色。郑阳会意，说要不我陪你一起去，取出子弹再回来。格蕾丝这才点头同意。

安图生笑道："我快成收容所所长了，尽跟在你们后面接收伤员。"方晟看看站在巷口的岑冰冰，让郑阳先过去陪她说话，再将安图生叫出车外向前走了几步，压低声音说该抓的都抓了，接下来得收网吧？

安图生收敛笑容，悄声说："刚才还和张局商量这事儿，我们打算设一个局引蛇出洞，钓出那条大鱼！"

"那条大鱼可不是普通的鱼啊，他是只千年老王八，狡猾得很。"方晟说。

"有蒲桑炯和滕自蛟两只大饵，不管是死是活，都不愁他不上当！"安图生道，"如果不够再加一个郑娆娆！"

方晟心头一震，喃喃道："娆娆……娆娆……"

"她和乔的行踪已在我控制之中，下一步就是让她与王小安见面把实话说出来，"安图生拍拍方晟，"再委屈几天，一切终究会水落石出！"

方晟淡然一笑："十几年都等了，还在乎多等这几天？"

目送着安图生的车远去，岑冰冰站到他身后，问道："这个人是不是警察？"

"为什么这么问？"

"就是他从我手上抢走蒲桑炯。"

方晟转过身认真地问："冰冰，你跟蒲、滕二人到底是什么关系？"

岑冰冰执拗道："你先说他的身份。"

"这对你很重要吗？"

"非常重要！"

"是，他是警察。"

岑冰冰垂下眼定定地看着自己的脚尖，良久才说："回去吧，我很累。"

两人默默回到她的住处，进屋后岑冰冰钻进厨房不知干什么，方晟想等郑阳和格蕾丝回来再睡，便坐在客厅沙发上迷迷糊糊打盹。不知过了多久突然发现岑冰冰站在沙发边，连忙起身揉揉眼，勉强笑道："还没休息？"

岑冰冰淡淡嗯了一声，道："我，我想和你谈谈。"

方晟定定神："我认为很有必要，就在这儿？"

"到我房间吧。"

方晟随她进入房间，靠窗户有个欧式茶几，两边各摆着一张藤椅，便坐下来。岑冰冰从厨房端来两杯咖啡，还拆了一包夹心饼干。

"饿了吧？边吃边谈。"她说。

方晟深深嗅了嗅咖啡，赞道："好香的咖啡！记得你只喝花茶，不喜欢喝咖啡的。"

岑冰冰道："关于我的情况，你知道的只是极小极小部分的皮毛，即便如此还未见得正确，比如说咖啡，其实是我的最爱。"

说着她举杯与他轻轻一碰。

"因为你根本不打算向我敞开心扉，"方晟道，"但我不打算对你隐瞒什么……上次你看到我和格蕾丝……"

岑冰冰兴趣索然道："别说她了，反正就那么回事……今天我准备彻底说清楚，因为我的使命已经结束，一切都没了意义。"

方晟端起杯子，缓缓转动道："使命？所有这些都是早有安排？"

岑冰冰道："我不知道从何说起，太多太多的头绪……先说我的真实身份吧，也许你一听就全明白了，我的真名叫滕晶。"

方晟脸色大变，刷地从椅子上跳起来，咖啡溅掉大半，颤声道："滕……滕自蛟是你……你的……"

"请坐，"岑冰冰——滕晶平静地说，"他是我爸爸。"

"可……可他挟你做人质，还要……"

"这是他的一贯作风，我早已习惯了，做这种人的子女就得学会承受耻辱与难堪。"

"你失踪了十多年，其实是滕自蛟自导自演？"

"不完全是，但也差不多，"她与他又碰了一下杯，"我真不知道方仁冲是你父亲，否则绝对不可能跟你在一起，而且相处了四年，因为，因为我参与了毒杀你父亲的计划……"

方晟稳稳看着她，语气平静："你利用邰子俊对你言听计从，指使他投毒，可我父亲被送进医院时滕自蛟正处于昏迷之中，谁向你提供信息？"

"万文暄，爸爸的情人，她看到方仁冲后立刻通知我，我听了六神无主不知怎么办才好，便打电话告诉蒲桑炯，然后三个人不停地通电话，最后确定由我出面诱使邰子俊下手……"

整个作案过程方晟已基本掌握，不算新鲜，他只静静听着。

"……事后我很害怕，第二天到拘留所看望爸爸，他埋怨我不该卷进去，并说这次被抓恐怕难以脱身，坐牢是免不了的，唯一担心的是以蒲桑炯的歹毒可能要杀人灭口，因此他能否活下去希望全在我身上。我起先没听懂，他进一步解释说这几年与青藤会合作他也留了心眼，家里藏有那些人的犯罪证据，只要我带着秘密隐居起来，他再托人放些话，蒲桑炯肯定不敢轻举妄动……"

"原来如此。"方晟叹了口气。

岑冰冰微微颔首："一切进行得非常隐秘，爸爸很早就为我购置了几处房产，都在青藤会势力之外的区域，加上我本身就好静不好动，因此安安逸逸过了几年，直到遇上你……"

"那天你喝醉了。"

"再安静的人也有内心骚动的时候，我毕竟还年轻，内心深处向往热闹，向往繁华，有时感觉非常无聊，有时极度寂寞。为了解闷，我在几处房产轮流住，当住到兴化小区时有了那次醉酒，"她苦笑一下，"那是我平生第一次喝酒，结果醉了，而且又遇到你，或许就叫缘分吧。"

方晟冷然道："缘分这个词似乎太美丽，我担当不起。"

"第二天醒来第一眼看到你伏在床边，当时心里就泛起一股冲动，我需要慰藉，需要有人相伴，需要切切实实的情爱，所以……"

"所以我成了你的调味品。"

对他的尖刻岑冰冰泰然处之，继续道："爸爸出狱后原打算带我远走高飞，谁知那伙人对他并不放心，干脆将他送到蒲桑炯家，名义上是管家，其实是长期软禁，不管到哪儿都有人跟着，因此我更不能现身……我知道我们俩不会有结果，但，但，但总是张不开口，有时甚至有种想法，希望等你主动提出分手，这样能让我的良心得到安慰，直到那天看到你和格蕾丝搂在一起，那一刻我内心深处解脱大于痛苦，释然大于愤怒。原想这辈子就钻在这条胡同里平平淡淡地生活，不料竟被蒲桑炯看到——我当然要救他，如果他被抓住把一切都招出来爸爸就完了，然后遇到你们，还有爸爸……晚上他暗示我救他，然后借疗伤的机会我把一根铁丝塞到他手里，两人合力解开手铐，趁你们睡着时陪他逃跑，可他到底没躲过这一关……"说至此两行清泪悄然滑落。

这时外面响起敲门声，郑阳陪着格蕾丝回来了，方晟让他们先在客厅休息，自己则进房间继续谈话。

"今后打算怎么办？"方晟问。

岑冰冰凄然道："我已说过，我的使命结束了，没有以后，也没有将来。"

"人，总要坚强活下去。"

岑冰冰摇摇头："十多年前那桩谋杀案即将真相大白，爸爸落到警察手里，就算被抢救过来也活不了几天，因此这个世界已没有我留恋的东西。"

方晟默然。

如果说之前对岑冰冰还有几分不舍和怜惜的话，她参与杀害父亲的行径使他彻底割裂这种依恋，这一刻他嗟叹的是命运竟如此残酷，将两个有生死之仇的人安排在一起相恋相爱，却不给他们看到光明。

岑冰冰又端起杯子，露出古怪的笑容，"咖啡的味道怎样？"

方晟一愣,晃晃杯子没有回答。

虽然吃了不少饼干,咖啡却一口没喝,因为她的眼神、动作都有些异样,而且咖啡虽然香,总有些不寻常的味道,因此他佯装吃惊洒掉一半,又借手腕掩护倒了一些。

"实话告诉你,我在咖啡里下了毒,"岑冰冰平静地说,"我爸爸杀了你爸爸,你千方百计抓他交给警察,如今我再杀你,可谓冤冤相报,"她再度古怪地笑笑,"但这回不同,我这杯咖啡也有毒,陪你一起死,总该满意了吧……"话未说完,她脸色青白如纸,瞳孔放大,晃了两晃一头栽到地上。

"冰冰!"

方晟赶紧扑上前紧紧抱着她,大叫道:"郑阳,快准备灌肠工具!"

郑阳和格蕾丝一齐冲进来,一个摸脉搏,一个翻眼皮。

岑冰冰会有动作,方晟事先已有预感;她在咖啡下毒,也是意料之中的事,但无论如何也想不到她抱定必死之心给自己下毒。

查看之后郑阳、格蕾丝同时摇头,岑冰冰脉搏全无,气息已绝,再高明的医疗手段也回天乏术。

方晟悲愤欲狂,用力搂着岑冰冰的尸首仿佛要将自己揉进去,泪如泉涌,嘴里不停喃喃道:"为什么?为什么?我为什么自作聪明?凭什么认定冰冰只想杀我?难道我不能把两只杯子都砸碎吗?难道……我本可以阻止悲剧发生的……我本可以阻止悲剧发生的……"

格蕾丝担忧地看着他,不知说什么才好。

郑阳用力掰开他的手,冲格蕾丝使个眼色。格蕾丝上前扶住他,柔声道:"谁也预计不到这个结果,方,这件事错不在你。"

方晟悲伤地摇头:"不,不,是我的错,从她表明是滕自蛟的女儿起我就应该想到,我太自作聪明了,却不考虑她的心理承受能力,我错了,我错了……"

郑阳和格蕾丝齐心协力将他硬推出去送到对面房间,把门反锁,坐到沙发上不约而同叹了口气。

"方很痛苦,看得出,他的心快碎了。"格蕾丝闷闷不乐道。

郑阳不语,双手枕在脑后看着天花板出神,过了会儿幽幽道:"只有爱心才能抚平一颗破碎的心。"

这句话拐了好几道弯,格蕾丝琢磨了半天才明白过来:"你是不是暗示我去安慰他?"

郑阳笑笑道:"我只知道这会儿他绝对不可能理我。"

"你想得太多了,"格蕾丝道,"我和方只是工作搭档,不错,我们接过吻,那并不代表什么,你不能因此断定我和他存在暧昧关系。"

郑阳的脸有点红:"你误会了,我的意思是……"

"总之我必须进去,对不对?"格蕾丝突然改变态度,"你不愧是他最好的朋友,真够哥儿们。"

说着拍拍他的脸,嫣然一笑进入房间。

郑阳满脸疑惑看着她的背影,摸着头嘀咕道:"外国女孩子就是怪,让人捉摸不透心里想什么。"

第三十七章　诱敌深入

岑冰冰的死给了方晟最沉重的打击，幸好格蕾丝始终陪在身边温言相伴，加上郑阳插科打诨，不然真迈不过这道坎。大约第六天，安图生悄悄与他们会合，带来一个坏消息和两个好消息。

坏消息是有关部门正式发来通知，同意引渡蒲桑炯、滕自蛟到美国指证威尔逊及辛德诺贩毒集团。

一个好消息是滕自蛟已被抢救过来，目前已脱离危险期，张局与安图生据此制订了一整套计划，如今万事俱备只欠东风。

"既然这样，蒲或滕至少得让我带一个回去，"格蕾丝试图讨价还价，"为查方晟父亲死亡真相，死的死，伤的伤，你们不会打算使所有参与者都付出生命的代价吧？"

安图生笑容可掬道："这是我要说的第二个好消息，我可以负责任地告诉格蕾丝小姐，郭川警方有绝对把握抓捕到郑娆娆和乔，乔曾在威尔逊身边服务过，是最有力的控告者，相比之下蒲桑炯、滕自蛟充其量只算 Supplementary evidence（补充证据），FBI 会怎么选择不言而喻。"

"乔？"格蕾丝脸色一黯，没有说下去。

方晟盘算了很久，问道："如果那个人不露面怎么办？蒲桑炯和滕自蛟都是聪明人，他们应该知道与其把他拖下水，还不如自己揽下责任，那个人或许会出手相助。"

"有道理，他们就是这种角色，但那个人却不会把命运交给别人掌控，这是 100% 与 50% 的区别，他宁可将风险降到零。"

"他很谨慎，不可能随便轻信别人。"

"所以需要借助一块跳板。"

"谁？"

"万文暄，"安图生看看时间，悠然道，"此刻医生正替他们打麻醉剂，然后一辆没有牌照的面包车将两人送到社区门诊急诊室……嘿嘿嘿嘿，格蕾丝小姐，方教官，郑所长，准备行动吧。"

今晚，文暄是值班医生。

凌晨两点左右，前一轮发高烧、输液的病人均已离去，急诊室出现难得的清闲，文暄关上门躺到里间的沙发床小憩片刻，按惯例清晨五点多钟又有一轮高峰，有些生病却不愿意夜里上医院的患者会早点起床前来就诊。

"笃，笃，笃"，外面响起急促的敲门声。

"谁？"她懒洋洋边起床边走过去。

"医生，有急病号，都在车上躺着呢。"外面语气焦急地说。

"喔。"

文暄应了一声，匆匆披上白大褂开门出去，咦，刚才说话的人不见了，外面空无一人，台阶前停了辆面包车，车门半敞，隐约看到里面有人躺着。驾驶位上没有司机，静静的有点诡异。

文暄皱起眉头四下看了看，作为急诊室大夫类似场面见得太多了，黑社会斗殴后不敢抛头露面，悄悄把受伤者送到小诊所，以前滕自蛟就经常干这种事；小偷作案失手被人痛打捂着鼻子不好吱声；中学生偷偷过来做人流，男生到了医院门口溜之大吉等等。不过通常情况是三轮车或出租车，用面包车专程送的并不多见。

轻轻拉开车门，座位上躺着两个人，均头在里，脚在前，身上裹得严严实实，睡得很安静。

"怎么回事？"她嘀咕一声，转身到隔壁药房找帮手，突然觉得其中一人有点熟悉，好像，好像……又返回去一脚踏入车内，打开车顶灯一看，顿时一股热血直冲头顶，四肢僵硬如铁。

躺在外侧的竟是自己的情人：滕自蛟。

旁边那人年纪比他轻些，脸色蜡黄，头部、身上绑着厚厚的绷带，伤势也比较严重，再细看，原来是蒲桑炯！这对难兄难弟手、脚都戴着镣铐，不是电影上常见的小小的细细的一种，而是很厚重、类似枷锁的钢制镣铐，手脚间还有一道细长的链子相连，显然为了更好地限制其行动。

她惶惶不安地看看四周，一时没了主意。

从镣铐看，两人应该落入警方之手；从伤势看，都一度受到濒临死亡的重伤；从包扎的绷带看，他们已接受过比较正规的治疗。

究竟是谁把他们弄到来历不明的面包车上，又在这个时段送到她面前？

如果刻意为之，说明这个人不仅知道滕自蛟与自己的秘密，而且掌握很多细节。

他把人送过来的用意是什么？请她代为藏匿，还是两个人需要专业、细心的治疗？

文暄咬咬嘴唇，飞快跑回办公室取来几件仪器器械蹲在车内做简单检查，外行看热闹内行看门道，一查之后更是惊出一身冷汗，一个在心脏附近动手术，一个全身受伤，胸腹部位几乎全部切膛开刀，都是难度极高、极为精细的大手术，别说小小的社区门诊，就是郭川综合水平最高的第一人民医院，敢操刀的医生也屈指可数，而且刀口缝合得细密扎实，一丝不苟，一看便知出自名家之手。

手术时间就发生在几天之内。

揭开滕自蛟被子时里面掉出一张卡片，上面写着：西城郊东冈别墅区6—2号别墅，卡片背面还别着两把钥匙。那是滕自蛟度假休闲的地方，文暄去过两次，门前有个小水库，既能钓鱼又可以游泳，再向南便是郭川地区唯一的网球训练中心。他曾有意把别墅送给她，被婉言谢绝，她不愿意无偿获取任何东西，除了感情。

轻轻推滕自蛟的身体，在耳边呼喊他的名字，毫无反应，摸摸脉搏，跳动平衡有力，呼吸也基本正常，无疑两人被注射剂量很高的麻醉剂，短时间内不会苏醒。

脑中的问号越来越多，但此时路上还有两两三三的行人，巡警、联防队也不时经过，再耽搁势必引起注意。她理理头发匆匆关上车门，与右侧儿科值班医生打了声招呼请人家代为照看，然后到医房挑选些消炎、镇痛、调理等方面的药塞进包里，行动利索地跳进面包车发动车子疾驶而去。

20分钟后车子驶入东冈花园别墅区，停入车库后把两人一个个搬上楼。对身材纤细的她来说，这是个相当艰巨的任务，差不多用了半个小时才将他们移到二楼东侧客房，那一间有两张席梦思，早上拉开前面窗帘阳光满屋，东面小窗户吹来水库的风，清凉宜人，非常适合病人疗养。

文暄找来衣帽架，挂上两瓶含有消炎药的葡萄糖为他们输液，为防止伤口感染或手术并发症，正常情况下手术后至少得输液一周，从两人手背上的针眼看,已经输了五天。

做完这一切,她瘫软在二楼阳光室沙发上,心脏"嘭嘭"乱跳仿佛要蹦出嗓子眼。

她不清楚自己这样做对不对,也不清楚这样做会导致什么后果,但内心有个声音在告诉她:为了爱,你别无选择!

这么多年来,只要是滕自蛟的事,无论是否触犯法律,或是违背她做人的底线,都义无反顾一冲到底,从未产生过顾虑。可不知为什么,这一次却有些惶惑,有种摸不着深浅、茫茫不可测的恐惧。

一阵轻风吹来,她生生打了个寒噤,突然想起什么,飞快关紧所有门窗并加了保险,最后熄掉灯在黑暗中沉思。阳光室通向外面的隔断上方有个小红点不停地闪烁,她呆呆盯着它,目光却投向别墅外面微明的晨曦。

"她是否发现不对劲儿了?唉,真不该把摄像头放在那个位置。"郑阳看着监视器懊恼地说,他和方晟、格蕾丝三人挤在二楼狭小的储藏间里,屏幕上八个画面分别显示别墅内外各个场景的情况。

半小时前他们赶到这里里外外布置摄像头、录音话筒,调试监控图声效果,坐等文暄过来。将滕自蛟、蒲桑炯送到社区门诊的举动很突兀很悬乎,完全经不起推敲,即使如此安图生还是坚信万文暄要上当,因为被爱情迷乱的女人眼中只有心上人,根本顾不上逻辑,也不在意危险。

方晟道:"她是医生,对监控方面知识了解不多,不会怀疑到这上面……我反而担心那个人不来,那样的话一切都徒劳无功。"

郑阳道:"安图生说有九成把握。"

"哪怕只有一成我们也必须等。"格蕾丝道。

"我知道,可是万一他觉得有风险,"方晟说,"这种人最在乎自己的安危,宁可采取守势而不冒险……"

格蕾丝打断他的话,嗔怪道:"方,你想得太多了,你总是想得多做得少。"

"对,你总是不做,人家很讨厌啦。"郑阳怪腔怪调道。

方晟捶了他一拳,格蕾丝却不明白所指何意,只感觉其语气怪怪的似乎另有所指。

"有人!"格蕾丝惊喜地指指屏幕右上角,不错,别墅西南角树丛中有个人影探出头东张西望,过了四五秒钟向前试着走出两步,又赶紧缩回去。

方晟等人欢呼雀跃，郑阳笑道："看看，看看，说曹操曹操到。"

"曹操是谁？是他的外号吗？"格蕾丝不解道。

方晟笑了笑正待解释，突然脸沉了下来："等等，怎么回事？有两个人！"

"两个？"郑阳差点扑到屏幕上。

果不其然，树丛里先后出来两个人影快步贴到别墅墙根下，拉拉不锈钢防盗窗，纹丝不动，遂摇摇头，其中一人抓住窗户栏杆向上攀，双手吊在二楼空调架上悬空晃悠两下，一只脚钩住二楼东侧书房的窗台，单手撑在水泥边框像荡秋千般跃到窗台上，然后轻轻推开窗户进入书房，再半悬身体双手合力将另一人也拉上来。

"郑娆娆和古特瑞加？"

借着淡淡的晨曦看到两个黑影的面孔后，三个人全惊呆了。

按计划应该是王小安先到，然后郑娆娆两人才能进来，如果次序一乱事情就很难进行下去，弄不好影响后面的发展。

方晟立即接通安图生的手机，劈头就问："是不是哪个环节出了错？金小咪和乔先进来了，怎么办？"

安图生愣了会儿缓缓道："我正在局长室汇报工作，有什么事一会儿再说。"说着挂断电话。

此时安图生在郁局办公室报告刚刚得到的消息，有人发现万文暄把蒲滕二人藏在东冈花园疗伤，另外还附了一张模糊不清的照片，画面显示文暄正驾车进入小区。

"万文暄是谁？东冈花园那边是谁的房子？"郁局大口大口地吸着烟，眉毛紧锁。

"我调查过，这栋别墅是滕自蛟很久以前买的，平常用来避暑度假，青藤会里不少人都知道；万文暄是他的秘密情人，也是方局医疗事故的责任人之一，但当年并没有查出两个人的暧昧关系。"

郁局点点头："方局的死疑点很多啊，以后不妨再回头看看，把该查的事情都查清楚。"

"东冈花园这边是否采取行动……"

郁局不经意说先放这儿，你回去做个详细的方案，等张局他们回来再研究研究，这一次要么不动，一动就得一网打尽，不能再出洋相！

"是。"安图生说。

第三十八章　局中之局

　　滕自蛟笑容满面，精神焕发，双手抱着一捧鲜花缓缓走过来，文暄接过花含情脉脉看着他，两人甜蜜地拥抱在一起……

　　文暄正迷迷糊糊想得入神，突然间脖子一凉，一柄寒光闪闪的匕首架在上面，耳边传来一声低语："不要叫喊，否则没命！"

　　郑娆娆和古特瑞加。

　　几天前两人侥幸从郑阳手中脱逃后，古特瑞加被追寒了胆，嚷着要离开郭川偷渡到东南亚，可转了一圈后发现警方将郭川海陆空封锁得水泄不通，车站、港口、机场、各交通要道均有警察把守，古特瑞加如瘪了气的皮球，只好继续待下去。

　　郑娆娆化妆成老妇人在王小安住所周围转悠了好几天，终于在巷口几个成天无所事事，一看便是帮派人物的小混混嘴里偷听到一句重要信息：今夜蒲哥在东冈花园滕哥的别墅约见王小安！

　　蒲桑炯那天晚上去了哪里？他为何不先找自己而约王小安？又为何不顾危险用滕自蛟的别墅，难道不担心警方抓捕吗？

　　思虑细密的郑娆娆疑窦丛生，直觉告诉自己这个见面有点唐突，暗暗提醒自己不要中计，一切等明天再说。

　　然而入夜后她怎么也睡不着，十多年前的一幕幕场面如同快镜头在脑海闪过，一时间思潮汹涌，她按捺不住心中的冲动，遂叫醒古特瑞加直奔东冈花园。

　　郑娆娆转到对面，手指托起文暄的下巴，气势汹汹问："王小安在哪里？"

　　"王小安？王小安是什么人？"文暄丈二和尚摸不着脑袋，"你找错地方了吧？"

　　"那你家里还有什么人？老实说！"

这时文暄江湖经验不足的弱点就显露出来了，她偷眼瞟一眼东厢房间，道："没……没有。"

郑娆娆轻笑一声，指示古特瑞加进去查看。

文暄带着哭腔道："相信我，真……真的没有。"

就听古特瑞加在房间里轻呼一声："上帝，他们都在这里！"

"你呀，撒谎都不会，"郑娆娆持刀推开房门，然后进去踱了一圈，出来时两眼发光，"无心插柳柳成荫，没想到钓了条大鱼，嘻嘻，你跟他们什么关系？"

"朋友。"文暄凛然道。

郑娆娆眯起眼将她从头打量到脚，笑道："蒲桑炯的朋友？不像，他喜欢幼齿。滕自蛟的相好？嗯，年龄倒蛮配的……他不是在郑阳手上吗，怎么弄到手的？"

文暄木然道："不知道，有人把他们送到急诊室门口，今天正好是我当班。"

"两人为何都伤成这个样子？"

"送过来时就如此，从刀口看应该才动过手术。"

"谁送的？"

"没看到，叫开门就不见了，然后身上有张卡片写着这儿的地址。"

郑娆娆愈听愈惊，目光闪闪道："糟糕，糟糕，这是个圈套！"

话音刚落楼下"咯"一声，郑娆娆赶紧押着文暄躲进房间，过了会儿王小安手持匕首惴惴不安地走上二楼。

"你猜娆娆见了他会说什么？"郑阳不安地说。

方晟神色凝重："我想是一个悲剧……"

王小安在客厅转了一圈，然后打算进两边房间，这时一个脆生生的声音道："你终于来了，王小安，你让我等得好苦。"

郑娆娆倚在门框悠悠地说。

王小安吃惊地看着她，似乎不相信自己的眼睛，用力揉揉眼再盯在她脸上瞅了会儿，突然间仿佛见了鬼似的，惊恐地连退几步。

"十多年不见，你好像瘦了许多，什么事总让你放不下？"郑娆娆不紧不慢地说。

王小安仓皇地四下张望，随时准备夺路而逃。

"想跑是不是？你能跑到哪儿？你躲了十多年如今还不是被我找到了吗？"郑娆娆一句句话如刀子般扎在他心上，"坐下来谈谈吧，毕竟我们也算老朋友呀。"

"扑通！"

王小安突然跪倒在地，泣不成声道："求求你，别折磨我了，当年我一时糊涂做了错事，可是这些年我可曾有一天好日子过？我像老鼠一样东躲西藏，既怕你找我算账，又怕蒲桑炯灭口，我……我……"

"照这么说今天我应该宽恕为怀，听你轻轻说声'对不起'就心满意足地打道回府了，对不对？"郑娆娆语气逐渐转冷，"当时你却不是这副嘴脸，那天晚上我苦苦哀求，恨不能把自己拥有的一切送给你，只为了保住我的清白……但你根本不在意，嬉皮笑脸说蒲哥要杀你，我假公济私先快活一场，来个先奸后杀，这叫到嘴的便宜不占白不占……"

王小安反手狠狠打了自己两个耳光："我错了，我真的错了，那天晚上我不该喝那么多酒，我被猪油糊了心窍……"

郑娆娆道："上高中时我是大家眼里的坏女孩，其实我压根没做什么坏事，就是贪玩而已，不管别人怎么说，我唯一自豪的是守着干干净净的女儿身，这是我始终无视别人的眼光自行其是的秘密。所以那天晚上与其说你糟蹋了我的身体，更不如说是彻底粉碎了我面对社会的信心，因为从那天起我真正成为一个坏女孩……一个从里到外都坏的女孩……"说到此她哽咽得说不下去了。

密室里异常安静，方晟、郑阳都情不自禁流下眼泪。

王小安痛哭流涕，额头在地上撞得咚咚直响："别说了郑姑娘，我……我……"他将匕首扔到她脚下，"你拿它杀了我吧，反正我这种人活在世上也没有意思。"

郑娆娆静静看着他："你果真想死？"

王小安毫无惧色抬头道："老实说我今晚带这把匕首是打算跟蒲桑炯拼命，因为我不想再在他的阴影下活着，可你不同，我毁了你，我欠你一条命，现在你拿走吧。"

"好，我成全你！"郑娆娆道，一使眼色，古特瑞加拿着绳子过去绑他。

蓦地"砰"一声，走到一半的古特瑞加应声倒地，紧接着又一声枪响，王小安挣扎两下也倒在地上。

第三十八章 局中之局

一个蒙面人从书房慢慢踱出来。

格蕾丝见状捂住嘴叫了一声,眼泪簌簌直往下掉。

郑娆娆何等机敏,当即反手将文暄扭到前面,匕首横在她脖子上挡在身前,与持枪蒙面人对峙。

蒙面人盯着郑娆娆看了会儿,捏着嗓子问:"人在哪儿?"

"什么人?"郑娆娆反问。

"蒲桑炯和滕自蛟!"

"你怎么知道他们在这儿的?"

"别啰唆,不然连你们俩一起杀!"

郑娆娆蓦地放声大笑。

"笑什么?"蒙面人有些不安。

"今天气温很高,蒙面巾围在脸上很热的,郁局,还是脱了说话吧,免得别别扭扭地听着难受。"

蒙面人僵住了,愣了会儿依言解开,果然是郭川市公安局局长,郁华峰。

密室里的三个人均长长吐了口气,这才是他们想要的结果。

郁局有点奇怪,安图生提供的情报中没有这么多人,不过也没关系,除了被放倒的两个,剩下的两个女人都没有武器,杀她们易如反掌。

郑娆娆微笑道:"很奇怪我为何听得出你的声音是不是?去年我跟蒲桑炯见面时你正好打电话给他,我坐在旁边随便听了两句,嘻嘻,我有个特长,不管什么声音,只要听过一遍就永远记得。"

郁局冷冷道:"你听错了,我从没跟蒲桑炯通过电话。"

"喔,我明白你的意思,你是否想说你与蒲桑炯有过约定,从不在电话称呼对方的名字,也不泄露对方身份,所以手机里的声音不一定是你,对不对?"

郁局"哼"了一声。

郑娆娆道:"对不起,我刚才的表述有些错误,正确的说法应该是那天当我听到手机里的声音后就确定是你,有点拗口,不过原因你也知道,方局生前在家里经常与你通电话,我呢,偶尔在他家玩,还帮着接过几次,对你的声音自然一清二楚。"

郁局的脸一变再变,仔细打量她道:"方局家……你是……"

郑娆娆脆生生道:"贵人多忘事啊,郁局,十多年前你指使青藤会暗杀方局，蒲桑炯为防止我与纪大嘴碰头，派王小安在半路拦截我灭口……这些事难道都忘了吗？"

郁局愈发狼狈："我不明白你在说什么，你到底是谁？"

她沉下脸，一字一顿道："郑——娆——娆。"

郁局惊得倒退两步，枪口微微上抬，郑娆娆巧妙地闪在文暄后面，娇笑道："想灭口吗，郁局长？"

郁局心中杀机大盛，脸上却绽出笑容："我想起来了，你是郑阳的姐姐，唉，可惜他心浮气躁冲动杀人，不然应该成为公安战线上的栋梁，至于你，好像与方局有点关系，但不知为何沦落为一名毒贩，唉。"

"郁局谈到往事好像有几分不堪回首的感慨，其实谈到方局的死，尽管是蒲桑炯指使人下手，难道不是你在幕后安排的吗？"

郁局突然浮现起古怪的笑容，一指文暄道："你想找真正的凶手？好办好办，你手中的女人是滕自蛟的情妇，那天晚上她负责接待方局，然后通风报信，最后悄悄把毒药塞进邰子俊口袋，可以说是她一手操纵了方局的死！"

文暄身体一震，脸上露出恐惧的神色。

"真的是你？"郑娆娆冷冷问。

文暄突然大叫道："都是这个人搞的鬼，自蛟对我说过，他和蒲桑炯其实都不敢对方局下手，全仗着这个人在背后撑腰，说什么没问题，一切尽在他掌握之中，要不然自蛟何苦冒那么大风险？反正他是黑社会，出问题也就坐几年牢，不像这个人身居高职……"

"住口！你这个泼妇乱说什么？"郁局恶狠狠道，"不管怎么花言巧语，都改变不了方局因你而死的事实！"

"纪大嘴也是被你诬陷入狱的，"文暄被激怒了，不管不顾叫道，"你怕黄永泉出事后把你咬出来，就默许他带人抓捕纪大嘴，然后罗织很多莫须有的罪名套上去……"

"疯婆子，简直是胡说八道。"

郑娆娆接口道："对，我亲眼看到黄永泉把纪大嘴抓到警车上，那天晚上我被……被王小安侮辱后，乘他松懈捡起身边的砖块狠狠把他砸昏过去，然后急匆匆赶到城东，正好看到纪大嘴反手被铐上警车的一幕，我又到月亮湾咖啡厅，那里一片狼藉，我从现场群众议论中听出来龙去脉，意识到大势已去，便连夜跑出郭川，在外面流浪了一段时间……后来我应聘到新加坡打工，并从那里去了美国……"

方晟和郑阳聚精会神地聆听，不放过每一个字，这正是了解娆娆过去经历的最好机会。

"你应该回来把事情说清楚，我们会为你主持公道的。"郁局虚情假意道。

"只要你在公安局一天，就不可能有所谓的公道……几年后一个偶然的机会我认识了占姆士，也上过一两次床，FBI因此说我是他的情人，太可笑了，如果这种偶然兴起的也算数，占姆士的情人要比皇帝后宫还多，"郑娆娆笑道，"他主要看中大陆广阔的毒品市场，想找个代表过来拓展，结果选择了我……"

郁局叹道："如果知道邻家女孩变成人见人憎的毒枭，方局在天之灵也不能瞑目。"

郑娆娆痴笑一声："要说方局对我的影响，恐怕从接触纪大嘴起，我对黑道生涯产生了浓厚兴趣，觉得一帮人打打杀杀挺有趣，郁局，这一点我们俩有共同之处吧？"

郁局"哼"了一声不理她。

"回郭川后我试着联系蒲桑炯，意外发现滕自蛟居然投靠到其麾下，而郁局你还是青藤会的保护伞，一切变得有趣起来……"

"你回来的目的就是报复，所以才建议蒲桑炯与辛德诺合作，把所有人都拖下水？"郁局之所以有耐心与她周旋下去，就是想证明这个问题。

郑娆娆眨眨眼："西方有句谚语，如果你恨一个人，就让他吸毒；如果你恨一个家族，就让他们贩毒……嘻嘻，郁局是聪明人，不需要我解释吧？"

郁局脸色铁青，身体微微颤抖。

早就预料蒲桑炯会栽在这个臭娘儿们手里，青藤会也会因为毒品毁于一旦，一年多来他苦口婆心劝说过很多次，就是不听，事实果然如此。

"青藤会对毒品生意的兴趣越来越大，于是我再度回来，精心设计了窃听事件。原想先把蒲桑炯拉下水再说，谁知酒席间滕自蛟说要送手机过来，我临时应变引诱他偷走窃听器，紧接着用另一只窃听器制成录音带寄给安图生，精确提供青藤会涉毒贩毒证据，有这些东西他才有底气不经你同意就查封商务会所，而滕自蛟为求自保果然亮出录音带，却不知这样做更把他拖入旷日持久的调查之中，不断翻出那些陈年旧账……郁局，凭良心说，小女子这几手做得漂不漂亮？"

郁局终于恍然大悟，闹了半天，所有奔波、所有忧患，都是眼前这个笑语盈盈的女子在兴风作浪；所有变化、所有进展，都逃不脱她工于心计的策划。

储藏室里，郑阳双膝跪地泣不成声，方晟紧紧按住他双肩防止他冲动之下跑出去。

"姐姐……姐姐……"郑阳语不成调。

方晟沉痛地说："是啊，我们都是她的棋子。"

郁局沉默片刻，慢慢道："你确实是很有智慧的女孩，十多年前小看你了，凭一个王小安怎是你的对手，早知如此应该让黄永泉或蒲桑炯亲自出手……"

几分钟前他还拼命否认与蒲、滕是一伙，转眼间突然改口承认，大出所有人意料。

"注意，他要动手！"方晟低声道。

格蕾丝点点头，打开手枪保险。

"滕自蛟是胆小鬼，蒲桑炯是好色鬼，跟这些低素质的人打交道，实在很累，"郁局真诚地叹息道，"所以，洗牌是免不了的，大浪淘沙，适者生存嘛。"说着抬手就是一枪，正中文暄前额正中，她身体一抖，缓缓向右倒下。

郑娆娆支撑不住，双手摊开，身体完全暴露在枪口之下。

郑阳跃起准备冲出去，方晟死死抱住他，在耳边道："别着急，他不敢轻易杀娆娆，出去反而受他挟制！"

就听郑娆娆镇定自若道："怎么不开枪？没子弹了？"

郁局晃晃手枪，笑道："毕竟是郑阳的姐姐，怎么下得了手？"

"十多年前我那么小你们况且忍心下手，现在怎么客气起来了？喔，如今我是美籍华人，你怕惹麻烦，是吗？"

"我们可以做一笔交易。"

"交易？"

"郭川警方已布下天罗地网，凭你一个人很难逃出去，不管动机是什么，碰上贩毒必定是死路一条，但如果跟我合作，我有把握把你平安送出去。"

"愿闻其详。"

郁局又掏出一把枪："拿着它，进房间把蒲桑炯和滕自蛟杀了，再在万文暄身上补两枪，然后我陪你出去，遇到警方的话劫持我做人质，然后我会直接把你送出郭川地界。"

"世上竟有这等好事?"郑娆娆笑道,"要是我刚杀掉他们你就在背后开枪怎么办?到时屋里只剩你一个活人,怎么编都可以。"

郁局摇摇头:"警方的智商不会这么低,一旦你死了,FBI和EDG势必要介入调查,省厅、地方政府将视为大案要案……"说到这里他皱起眉头,此时最大的威胁倒不是郑娆娆,直觉告诉他,方晟、郑阳这两个讨厌的家伙可能潜伏在附近,他必须尽快解决掉蒲滕二人,以郑娆娆做盾牌与他们周旋,"只要你活在世上一天,青藤会贩毒案就结不了案,就能无穷无尽拖下去,明白吗?"

郑娆娆不置可否:"请把枪放到沙发上。"

郁局依言而为。

手枪在握,她突地一笑:"郁局,假如我调转枪口对准你怎么办?"

郁局冷峻一笑:"我是几十年的老公安,出枪速度虽比不上方晟那种经过特种训练的年轻人,对付你绰绰有余,你想试试?"

这时东侧房间蓦地传来微弱的吼叫:"郁华峰,你坏事做绝最后反想杀我们灭口,真是狼心狗肺猪狗不如!"

这是蒲桑炯的声音,他由于伤势较轻醒得早些,从文暄被杀到郁局挑唆郑娆娆杀人听了个全。

郁局脸色阴沉下来:"不能再拖了,还不动手?"

蒲桑炯继续嚷道:"你太过分了!青藤会贩毒收入连我在内只拿六成,你一个人独吞四成;你儿子在美国住的是价值几百万美元的豪宅,开的是上百万美元的跑车,泡的是曼哈顿最高档的妓女……"

"快!"郁局的情绪几乎要失控了。

郑娆娆犹豫一下,目光所及瞥见别墅前面停了四五辆警车,再扑到西侧小窗户上看,同样停着警车,不消说,整个别墅已被警方围得水泄不通。所有警车都静静地不动,仿佛用静默表达对这位公安局长的蔑视。

郁局也发现了。

他脑中高速运转,立即判断出这是一个完美的圈套,眼下只有一条路可走:劫持郑娆娆!

与此同时储藏室的门突地打开,方晟与格蕾丝一齐冲出去。

郁局故意高高抬起右腿向东侧房间移动,郑娆娆认为他想以蒲滕两人做人质，急忙冲到他前面，这一来正好中了郁局诡计，从背后一把抱住她的腰，手枪顶在她太阳穴上。

方晟、格蕾丝冲到书房边，举枪与他对峙。

郑阳稍后一步过来，朝郁局怒目而视。

屋子里死一般沉寂。

郁局突然开口笑道："人都齐了，很好，很好，你们不打算说点什么？或者直接叫安图生上来跟我谈判？"

格蕾丝道："没有谈判，也没有妥协，FBI给我的指示是只要一个活的，这个人不一定是金小咪。"

郁局斜眼看着郑阳："你应该弄清他们的关系。"

格蕾丝冷冷道："对我来说FBI指令高于一切，我有权根据现场情况决定是否开枪。"

"方晟，郑阳，你们二位有何看法？"郁局问。

郑阳直直看着郑娆娆，目光中有痛惜，有留恋，有伤感，有悲哀，郑娆娆微笑回视他，笑容越来越暗淡，越来越苦涩，良久，眼角沁出两滴眼泪。

方晟道："没有看法，唯一选择是赌谁的枪快。"

郁局扫了他们一眼，心中惊疑不定，实在拿不准格蕾丝说的到底是真话还是与他们串通一气，西方人原则性强，脑子里没有人情观念，弄不好就是一根筋。

可是不硬撑下去又能如何？束手就擒？这不是他的风格。

念及此，他硬着头皮道："我不赌枪快，只想赌命，拿我的命赌郑娆娆的命，你们告诉张局和安图生，必须在五分钟之内提供一辆加满油的警车，否则我跟她同归于尽。"

方晟道："只要能过我们这一关，你就直接跟张局说。"

"你们真不想她活？"郁局终于控制不住，大吼道。

格蕾丝道："想，前提是你放下枪。"

郁局狂怒道："我要让你们后悔！"说着扳扣上的手指微微加力。

郑阳突然大叫道："停，我同意！"

郁局脸上浮现笑意，手指又慢慢放下，就在这一瞬间，"啪"的一声脆响，一股大力将他的手枪击出几米之外。

安图生。

第三十八章 局中之局

安图生站在离他们30米距离的别墅窗前，用狙击步枪击飞郁局的手枪。

所有人都呆了一下。

郁局立即垂手掏腰间的备用手枪。

"噗，噗，噗"，手臂上多了三个弹孔。

他不甘心，松开郑娆娆颈部的左手臂取枪，"噗，噗，噗"，又是三个弹孔。他呆呆看着方晟和格蕾丝手中的手枪，枪口处正冒着青烟，不消说，还有一枪是安图生所发。

郑阳平静地说："结束了，郁华峰，准备一篇稿子做报告吧，不过是在法庭上。"

郁局脸上似笑非笑："做了那么多坏事，早就该下地狱了，能拖到现在也值，郑娆娆，当初如果是老子亲自出手，照样对你先奸后杀，绝对不会有今天的事发生！"

郑娆娆脸上闪过一抹杀气，举起郁局给的那柄手枪顶在他脑门上。

方晟叫道："别上当，他在故意激怒你！"

郑阳叫道："快放下枪，他会受到法律的制裁！"

"我也会受到法律制裁，"她平淡地说，看着郁局，又转过去看看房间里的两人，"十多年的恩怨至此曲终人散，对我来说这个结局算是最完美的……"

方晟隐隐感觉不对劲，沉声道："娆娆……"

这时王小安吃力地从地上爬到沙发边缘，古特瑞加虽一直处于清醒状态，但他瞄出形势不对，始终蜷伏在地上一动不动。

郑娆娆突然闪电般对准王小安脑袋连开两枪，王小安哼都没哼一声便气绝身亡，接着她将枪口移到自己太阳穴上——

"不要，姐姐！"郑阳急得声音都变了调。

她脸上泛起甜美而宁静的笑容："你们可知道这十多年来我最大的心愿是什么？就是亲手杀死这个害了我一生、把我推向深渊的人！现在好啦，如愿以偿，我也到了告别的时候了，阳阳，再见，大晟，再见——"

"砰！"

"姐姐！"

"娆娆！"

方晟和郑阳嘶吼着冲上去，眼睛血红。

格蕾丝出神地远瞭三十米外的安图生,以他的枪法和反应,明明可以在郑娆娆出枪前阻止这一切,就像刚才远距离射伤郁局。可他好像看呆了,始终无动于衷,似乎与她的想法一模一样。

她悄悄调转姿势,将手枪藏到身后。

第三十九章　春梦无痕

两辆警车从街道尽头飞驰过来，开至郭川郊区一家小旅馆前戛然刹止，张局、安图生等人依次跳下车直奔客房。

根据连夜紧急提审的结果，基本证实郁华峰与格森之间保持某种联络，他们共同遥控指挥 NF 和鳄鱼杀手团的行动，张局与 EDG、FBI 协商后决定立即拘捕格森，然后按照法定程序引渡到美国受审。

河塘巷枪战之后，格森自知暴露身份，连夜潜逃，但由于警方严密封锁通向外面的各交通要道，他只得栖身小旅馆企图避过风头，不料还是被附近派出所查出踪迹。

一行人上了三楼，迎面竟碰到格森的助手希蒙，神情紧张，行色匆匆。

"希蒙警官，早上好，"安图生上前道，"你怎么在这儿？"

"你们来了最好，今天早上格森约我在这里见面，可是……"希蒙顿了顿，"他已经死了。"

"什么？"张局等人大惊。

希蒙耸耸肩："具体情况我也说不清，几分钟前我敲他的房门，久久没有回应，于是叫来服务员打开房间，发现他卧躺在床上，血流满地，手上握了柄手枪，看来是自杀……服务员还守在现场，过去看看？"

张局与安图生对视一眼，顿足叹道："格森……他可死得真不是时候。"

EDG 与 FBI 联合调查显示，上海分部有问题的不仅仅是格森，资深特工、高级警官希蒙也是重点嫌疑对象，他除了监视格森的言行，更是辛德诺集团锲入 EDG 的一颗重要棋子。上回警方包围北关大桥，希蒙就擅作主张提前动手，目的是想抢在警方之前灭口。

如果格森落网后肯出面指控威尔逊，当是检方最具攻击力的重磅武器，然而他却自杀了——以他的性格不会有自杀的勇气，被希蒙灭口然后伪装成自杀现场的可能性更大，然而这已是另一个案子了。

安图生盯着希蒙看了好一会儿，微笑道："如果不介意，可以跟我们回去问些问题吗？"

"OK。"希蒙爽快地说。

另一路方晟、郑阳和格蕾丝守在机场安检室警觉地盯着每个过往旅客。

"对不起，请到这边来一下。"安检人员彬彬有礼地对一名三十多岁、身材高大、金发碧眼的外国人说，他叫肖恩，葡萄牙护照，身份是中学教师。

"Why？"他表示不理解。

两名民警一左一右夹上去："请配合检查，这边请。"

肖恩看看身后旅客，又看看四周，无奈摇摇头跟着走进安检室。

"砰"，门重重关上。

"刷"，窗户落下钢制栅栏。

肖恩有些惶惑，紧张地朝里面看，却见偌大的房间空荡荡的，房间尽头横放着一张长条桌，桌子后面坐着三个人。

"谁能解释这到底怎么回事？"肖恩瞪着双眼表情无辜地说。

格蕾丝道："NF，欧洲最伟大的杀手，是该休假了，不过期限是永久。"

"你说什么？"

方晟道："你有一张变幻无穷的脸，你作案从不留案底，所以欧洲各国警方对你始终无奈何，你尽可以手持多个国家的护照飞来飞去，杀人无数，可这回不同，你有样东西不小心落在我们手上……"

肖恩迷惑地摊开手："对不起，请尽量用英语，我的中文不太好。"

郑阳用英语笑嘻嘻道："NF先生，还记得旧城门巷子前那场让你丧失斗志的大战？回想一下，那次打斗中你丢了什么？"

"真不知道你在谈论什么，"肖恩道，"也许我应该打电话给大使馆。"

方晟冷峻道："如果需要提醒的话，我不妨告诉你，一只假发套，虽然是假的却让我们收获真惊喜，因为上面粘了一根色泽、形状明显不同的头发。NF先生，下面要做的事就简单了，麻烦你献一根头发让我们做个检测，如果与样本不同，警方将按照国际惯例赔礼道歉，如果一致……你恐怕得永久休假。"

话音刚落，"刷"，四道钢栅栏将肖恩——NF一关在空间不足两平方的空间。

郑阳和方晟一齐逼上去，微笑道："NF先生，是你主动拔一根头发呢，还是要我们动手？"

NF看着他们，语气异常平静："我想联系我在英国的律师，在律师到来之前我拒绝回答任何问题。"

……

由于郑阳的房子被翻得一塌糊涂，当晚三个人留宿在机场附近的宾馆。

当晚发生了一些事，因为格蕾丝让方晟忘记彼此的身份，她不是FBI特工，他也不是特种部队教官。她让他不要想得太多，他是男人，她是女人，就这么简单。

但是激情之后方晟还是想了很多，包括明天早上怎么对郑阳解释，包括岑冰冰的墓碑上到底写岑冰冰还是滕晶，包括与格蕾丝的情感是否列入报告，包括郑娆娆身上还有许多未解之谜等等，原本还打算继续想下去，熟睡中的格蕾丝翻过身紧紧搂住他，醉人的香气顿时使他迷失，没多久便沉沉睡着了。

第二天醒来格蕾丝已不见踪影，桌上便笺上只写着一句话：我去上海使馆，办完手续即带人犯回国。再见。格蕾丝。

语气平淡而刻板，像例行公文的句法，全然不见昨夜的热情、奔放和缠绵。

方晟愣愣拿着纸笺怅然若失，又想起如何过郑阳这一关，心中有些忐忑，悬着心走出房间，在走廊间一头碰到郑阳，他正拎着包匆匆跑向电梯。

"去哪儿？"方晟惊奇道。

"回市区，到刘璐家。"

"她出事了？"

"没有，"郑阳停下脚步，脸上愁云密布，"刚才刘璐打电话过来，说她老爸正式邀请我今天中午去她家做客。"

方晟大喜："这是好事呀。"

"好个屁，她老爸又说了，吃饭时大家随便聊聊，谈谈时政、经济问题，顺便探讨些国计民生方面的事，他将在两个工作日内作出是否同意我为刘璐男朋友的决定。"

"闹了半天是鸿门宴？"方晟倒吸一口凉气。

"也没这么严重，毕竟，毕竟有那个事实嘛……"电梯到了，郑阳赶紧上去挥挥手，"先走一步，刘璐找了些材料让我预习着，唉，祝我好运吧……"

"好运……"

方晟苦笑道，看着电梯一层层向下闪烁的数字，联想起昨晚考虑的那些问题，真是才下眉头，却上心头，人生的烦恼无穷无尽，但愿刘教授要比滕自蛟好对付些，但愿格蕾丝有一天突然出现在面前……